MIX
Papier aus verantwortungsvollen Quellen
Paper from responsible sources
FSC® C105338

Zwischen Zen und Zoigl

Ein Oberfranken-Liebesroman

Von Melanie Schubert

Für Jule!
Beim Ausflug in die
Zöiglstube ganz viel
Spaß!

Melanie Schubert

Impressum

Bibliografische Information der Deutschen Nationalbibliothek:
Die Deutsche Nationalbibliothek verzeichnet diese Publikation
in der Deutschen Nationalbibliografie; detaillierte bibliografische
Daten sind im Internet über *https://dnb.d-nb.de* abrufbar.

Mögliche Ähnlichkeiten oder Verwechslungen von fiktiven Charakteren in diesem Buch mit realen Personen sind unbeabsichtigt und ohne realen Bezug.

Erste Auflage: August 2023
Copyright © 2023 Melanie Schubert
c/o Fakriro GdR / Impressumsservice,
Bodenfeldstr. 9, 91438 Bad Windsheim
Lektorat: Simona Turini | lektorat-turini.de
Korrektorat: Maria Rumler | lektorin-online.de
Satz, Layout und Umschlaggestaltung:
Linda Grießhammer | herzkontur.de
Bildmaterial von depositphotos.com: Bleskk, unkreatives, sumbajimartinus , U_D, nebojsa78, safeeee1@gmail.com
Herstellung und Verlag: BoD – Books on Demand, Norderstedt
Alle Rechte vorbehalten

ISBN: 978-3-7568-8464-3

Für meine Familie

Umstände

Der Akkuschrauber drehte die finale Schraube schwungvoll in das Holz. Rick strich mit der Hand darüber, um den Staub zu entfernen. Mühsam richtete er sich auf. Zum Ende hin hatten sich die letzten Einbauteile für den begehbaren Kleiderschrank ziemlich gewehrt. In seiner Werkstatt, wo er die Teile vorbereitet hatte, war es einfach deutlich kälter als hier gewesen. Da musste er für den Lückenschluss ganz schön nacharbeiten, damit alles auch passte.

„Wow", erklang es hinter ihm. „Das sieht noch besser aus, als ich es mir vorgestellt habe."

Er klopfte sich seine Hände an der Arbeitshose ab und drehte sich zu Maike um, die mit hingerissenem Blick den nagelneuen Kleiderschrank musterte.

„Rick, du bist ein Künstler. Nein, was sag ich, ein Zauberer."

„Ein Holzmagier", ergänzte Bastian, der hinter Maike aufgetaucht war und seinen Blick anerkennend über Ricks neues Werk schweifen ließ.

„Danke euch." Rick grinste. Für seine Freunde etwas zu bauen, machte ihm immer am meisten Spaß.

Bastian schlang seine Arme von hinten um Maike und meinte: „Jetzt gibt es kein Zurück mehr. Deine Klamotten werden nie wieder woanders sein wollen."

„So wie ich", sagte sie und küsste ihren Freund.

„Langsam, Leute. Lasst mich raus, bevor ihr hier übereinander herfallt."

„Was hältst du von uns?!", rief Bastian mit gespielter Entrüstung.

Rick sparte sich die Antwort und bückte sich, immer noch grinsend, zu seinen Werkzeugen, um sie zurück in den großen, zigfach ausklappbaren Koffer zu räumen. Dieser Koffer war sein Heiligtum. Der hatte schon seinem Vater gehört.

‚Nur mit gutem, sauber sortiertem Werkzeug kann man gute Arbeit leisten', war einer der Sätze, mit denen Rick aufgewachsen war. Und ein anderer war: ‚Nach fest kommt ab.'

„Könntet ihr mir einen Staubsauger, einen Lappen und einen Eimer heißes Wasser bringen?", fragte er seine beiden Zuschauer.

„Was hast du damit vor?", wollte Maike wissen. „Du willst doch nicht putzen, oder?"

„Klar. Gehört für einen guten Schreiner dazu, alles in perfektem Zustand zu hinterlassen."

„Jetzt mach mal halblang." Maike klang entrüstet. „Du hast deinen Teil überragend erledigt. Den Rest machen wir dann schon. Du hast dir ein Bier verdient."

„Sie hat recht", sagte Bastian. „Außerdem ist Sonntag und schon spät."

„Also gut." Rick klopfte sich noch mal die Klamotten ab. „Da sag ich nicht nein."

In der Küche stießen sie mit Bier an. Ricks Blick ging zum Fenster. Das Licht aus dem Küchenfenster erhellte die dicken Schneeflocken, die draußen in der Dunkelheit fielen. Besorgnis trübte seine Stimmung. Er würde unterwegs nach Hause seinen Waldweg wohl noch mal räumen müssen, wenn morgen der Marius mit seinem Lkw durchkommen sollte.

Weihnachten im Fichtelgebirge war, wie so häufig in den letzten Jahren, mild und grün gewesen. Aber kaum war der Jahreswechsel vollzogen, fielen die Temperaturen und ein schneereicher Winter brach über die Gegend herein. Es schneite nun seit fast zwei Wochen immer wieder. Für die Skifahrer und Wintertouristen natürlich großartig, war es für Rick einfach nur mühselig. Sein Haus mit der Werkstatt befand sich im Wald, mit der Zivilisation nur durch einen etwa fünfhundert Meter langen Waldweg verbunden. Den befahrbar zu halten, wurde in so einem Winter zu Ricks Tages- und manchmal auch Nachtgeschäft.

„Ich muss dann wohl los. Morgen früh kommt der Lkw für die großen Lieferungen und den kriegen wir nicht durch, wenn ich nicht räume."

„Du Ärmster", sagte Maike.

Er winkte ab. „Macht nichts. Bin es gewohnt. Außerdem hab ich ja meinen Rudi."

„Wer ist Rudi?", fragte Maike. Bastian lachte.

„Mein Schneeräumer. Hab vor vielen Jahren dem Bauhof einen alten Unimog abgekauft, als sie einen neuen bekommen haben. Mittlerweile ist Rudi schon ziemlich altersschwach, aber er hat mich noch nie im Stich gelassen."

Mit großen Schlucken trank er das Bier aus und bedankte sich bei den beiden, die ihn ihrerseits mit Dankesbekundungen überschütteten.

„Das Geld überweise ich gleich morgen", sagte Bastian beim Abschied, während er Rick umarmte und fest auf den Rücken klopfte.

„Kein Stress. Zahlungsziel sind 14 Tage."

„Kommt gar nicht infrage", sagte Maike. Um sie zu umarmen, musste sich Rick etwas bücken. „Wir sind Geschäftsleute. Wir haben einen Ruf zu verlieren. Morgen ist Zahltag."

Eine Böe riss Rick beinahe die Haustür aus den Händen, als er sie öffnete. Schneeflocken stoben in den Hauseingang. Mit einem leisen Seufzer schritt Rick über die Schwelle mitten hinein in den Wintertraum. Oder Winteralbtraum. Kam auf die Sichtweise an.

In den paar Stunden, die er bei Bastian gewesen war, hatte es so stark geschneit, dass die Räder seines Allrad-Volvos mehr als zur Hälfte im Neuschnee versanken. Die Flocken fielen so dicht, dass das Scheinwerferlicht Mühe hatte, den Weg vor ihm zu erreichen. Die Straßen bis hierher waren frisch geräumt gewesen, aber um seinen Waldweg musste er sich allein kümmern. Und das intensiv, die paar Hundert Meter würden sonst zu einem unüberwindbaren Hindernis werden. Er konnte kaum die farbigen Holzpfosten der Seitenmarkierung erkennen, die er vor ein paar Wochen zur Orientierung neben dem Weg in den Boden getrieben hatte, so stark war der Schneefall.

An Tagen wie diesen bereute er es manchmal, die Schreinerei an dem Wohnhaus seines verstorbenen Vaters übernommen und auch noch ausgebaut zu haben. Er hätte locker irgendwo im Ort eine leer stehende Werkstatt finden und sein Geschäft in der Nähe der Zivilisation aufbauen können. Aber nein, es musste ja im Haus im Wald sein. Noch dazu im Herzen des Fichtelgebirges. Seine sture Liebe zu diesem Gebäude konnte er manchmal selbst nicht verstehen.

Plötzlich schälten sich aus der Dunkelheit direkt vor ihm die Umrisse eines umgestürzten Baumes. Mit beiden Füßen trat er fest auf die Bremse und brachte seinen Wagen gerade so vor dem Hindernis zum Stehen.

„Scheiße!", stieß er hervor. „Verdammte Scheiße!" Vor Wut schlug er mit der flachen Hand auf das Lenkrad. Er stieg aus und kämpfte sich durch eine kniehohe Schneewehe auf den Baum zu. Eine Fichte hatte offenbar unter dem Gewicht des Schnees nachgegeben und war auf den Weg gestürzt. Der Schneefall, der seit ein paar Tagen stetig über sie kam, hatte sich heute noch einmal verstärkt, die Temperaturen lagen allerdings nur knapp unter dem Gefrierpunkt und so war der Schnee schwer, voluminös und nass. Unbehaglich ließ Rick seinen Blick nach oben gleiten. Einige der Bäume um ihn herum machten einen recht krummen Eindruck. Die Gefahr eines Umsturzes konnte er zwar bei keinem erkennen, aber wenn er großes Pech hatte, würde der ein oder andere seine Schneemassen auf ihn abschütten. Mit dem Eis, das dabei oft mitgerissen wurde, konnte das durchaus riskant werden.

Er versuchte, sich zu orientieren. Dunkel glaubte er sich zu erinnern, dass er eben am Holzlagerplatz der Staatsforsten vorbeigekommen war. Oder? Wenn er doch nicht so in Gedanken gewesen wäre. Wenden ging nicht, also würde er rückwärtsfahren müssen. Großartig. Wo man schon vorwärts so einen tollen Überblick hatte bei dem Wetter. Aber es blieb ihm ja keine Wahl, der Wagen musste vom Weg runter, sonst würde er nur die Räumarbeiten behindern.

Immerhin hatte er sich nicht getäuscht, um die nächste Biegung herum war wirklich der Holzlagerplatz. Er stellte sein Auto ab, zog sich den Reißverschluss der Winterjacke hoch, setzte seine Mütze auf und arbeitete sich durch die Reifenspuren zurück zum Baum. Das Handylicht, das ihm als Leuchthilfe diente, konnte nicht unbedingt durch seine Strahlkraft bestechen. Zu seinem Unglück lag die Fichte so über dem Weg, dass er nirgendwo um sie herumkam. Herzhaft fluchend begann er, sich über den Baum zu kämpfen, aber nicht, ohne sich kräftig das Knie anzustoßen, seine Mütze im Gestrüpp zu verlieren und sich einen Ast schmerzhaft in den Oberarm zu piksen.

Nach wenigen Metern auf dem zugeschneiten Weg war von oben so viel Schnee in seine Stiefel gelangt, dass seine Fußgelenke bereits unangenehm kalt prickelten. Als das Handy in seiner Hand vibrierte, hätte er es vor Schreck beinahe fallen lassen. Linda! Na die konnte er gerade ja unbedingt gebrauchen!

„Wolfrum!", blaffte er ins Telefon.

„Rick, hi! Hier ist Linda!" Zuckersüß trällerte ihm seine Ex-Freundin ins Ohr. „Entschuldige, dass ich so spät anrufe."

Na, das hatte sie bestimmt mit Absicht gemacht, so wie Rick sie kannte. Ihn konnte sie mit ihrer niedlichen Art und ihren schmeichlerischen Worten nicht mehr so schnell täuschen.

„Was gibt's? Ich hab zu tun." Selbst wenn er gewollt hätte, freundlich ging heute nicht. Dazu war er zu gereizt.

„Was musst du denn machen? Es ist doch Sonntagabend!"

„Schon mal aus dem Fenster geguckt?"

„Ahh, ach so", sagte sie langsam. „Da hab ich kein Mitleid. Du willst es ja nicht anders." Ja, das hatte ihr nie gepasst. Während ihrer ganzen Beziehung hatte sie immer gejammert, wie mühevoll das Leben bei Rick wäre. Und damals war es noch nicht einmal Winter gewesen! Als sie ihm das Ultimatum gestellt hatte, - „das Haus oder ich" - war ihm die Entscheidung sehr leichtgefallen.

Als Rick nichts darauf erwiderte, sagte sie endlich: „Warum ich anrufe. Hast du sie schon gefunden?"

„Was? Für Rätsel hab ich grad keine Zeit." Der geschmolzene Schnee erreichte mittlerweile seine Fersen. Bald würden seine kompletten Füße nass sein. Der Tag wurde immer besser.

„Na meine Halskette! Die mit dem gelben Citrin. Ich hatte sie das letzte Mal bei dir an. Du solltest sie doch suchen. Sie muss bei dir sein."

„Aha. Keine Ahnung. Hab nicht geschaut."

„Mann, Rick!", rief sie entrüstet. „Die war von meiner Urgroßmutter. Die brauch ich wieder!"

„Du bist vor einem Monat das letzte Mal hier gewesen. Seither ist sie mir nicht in die Hände gefallen. Vielleicht hast du sie woanders verloren."

„Nein!", schrie sie beinahe. „Ausgeschlossen. Die ist unbezahlbar. Wenn du sie nicht suchst, werde ich vorbeikommen und es selber machen."

„Nein!" Jetzt war es an ihm, entrüstet ins Handy zu rufen. „Das wirst du nicht. Ich mach schon. Ich meld mich bei dir." Bevor sie noch etwas sagen konnte, legte er auf.

Die anfangs süße, nette Linda hatte sich als unheimlich anstrengend erwiesen. Diese kurzen drei Monate Beziehung mit ihr waren ihm wie Jahre vorgekommen. Er hatte sich eigentlich auch nur auf sie eingelassen, weil er schon so lange keine Freundin mehr gehabt hatte. Verliebt war er nie in sie gewesen. Er bereute es, überhaupt etwas mit ihr angefangen zu haben.

Die Bäume machten der großen Lichtung Platz, als er sein Anwesen erreichte. Der mickrige Lichtkegel des Handys erreichte kaum die Gebäude. Zügig überquerte er den Hof und steuerte auf die Scheune zu, in der Rudi geparkt war und in der er sein Forstwerkzeug aufbewahrte. Schnell zog er sich seine schnittfeste Hose über, packte Forsthelm, Handschuhe, Kettensäge und Stahlkette und lud es auf die offene Ladefläche des orangefarbenen Unimogs. Genervt strich er sich eine nasse und kalte Strähne seines halblangen Haares aus dem Gesicht. Wenn er doch bloß seine Mütze nicht im Baum verloren hätte.

Der Schnee an den Stiefeln machte das Einsteigen in das Fahrerhaus des Räumfahrzeugs schwierig. Die Steighilfen wurden nass und schlüpfrig und er musste sich gut an den Handgriffen festhalten. Seine Eins-neunzig-Körpergröße halfen da auch nicht gerade.

„Rudi, zick nicht rum!", rief er seinem Gefährt zu, das nach dem dritten Anlassversuch immer noch nur jaulte, aber nicht zünden wollte. „Alter, komm. Lass mich nicht im Stich." Er streichelte sanft das Lenkrad. Es wirkte. Der vierte Versuch wurde von Rudi mit einem lauten Aufheulen quittiert, bevor der Dieselmotor ratternd seine Arbeit aufnahm. Erleichterung durchströmte Rick. Im Hof senkte er das vorne montierte Räumschild und begann, sich zum Baum vorzuarbeiten.

Es war schon weit nach Mitternacht, als er endlich todmüde in seinem Haus ankam. Erschöpft schälte er sich aus den verschwitzten Klamotten, duschte heiß und föhnte sich seine nassen Haare. Zum Trocknenlassen war es im Schlafzimmer zu kalt, er würde sich den Tod holen. „Ich sollte mir die Haare mal abschneiden", war sein letzter Gedanke, nachdem er sich ins Bett hatte fallen lassen. Sofort schlief er fest ein.

Der nächste Tag begann, wie der letzte geendet hatte. Mit viel Schweiß und Schnee. Nach einer kurzen Nacht fuhr er gegen sechs mit dem Unimog noch einmal den Waldweg ab, dann holte er sich seine Schneefräse und bearbeitete damit die Randbereiche des Hofes. Er war gerade rechtzeitig fertig, als um sieben Uhr seine Kollegen Arno und Martin mit dem Azubi Robin auftauchten.

„Servus", grüßte Rick die drei. „Und? Fit, Robin?", fragte er seinen Azubi, der heute seinen ersten Arbeitstag nach dem Weihnachtsurlaub hatte.

„Basst scho", gab der 18-jährige Schreinerlehrling zurück und winkte ab. „Noch etwas müd."

„Na, das wird schon." Martin, Ricks dienstältester Kollege, der bereits für Ricks Vater gearbeitet hatte, lachte herzhaft, sodass sein eindrucksvoller Bauch nur so wippte. Fest klopfte er dem schlaksigen Robin auf den Rücken, sodass der taumelte.

„Mach ihn nicht kaputt", mischte sich der Vierte im Bunde, Arno, ein. „Wir brauchen ihn noch."

„So schnell geh ich nicht kaputt!" Robin richtete sich grinsend auf und schob die Brust raus.

„Das ist gut. Ich hab dir auch extra letzte Woche ein paar deiner Lieblingsarbeiten aufgehoben", sagte Arno und zwinkerte dem Azubi zu. Robin war im Laufe seiner Ausbildungszeit so sehr gewachsen, dass der kleine Arno nun zu ihm hochblicken musste.

„Mir schwant Böses", meinte Robin.

„Ah gee", sagte Rick. „Back mers, Leut! Der Marius wird gleich da sein."

Und als hätte der seine Worte gehört, heulte ganz in der Nähe im Wald ein Dieselmotor laut auf. Kurze Zeit später schwankte der bestellte Lkw auf die Lichtung und in den Hof. Mühsam konnte der Fahrer den Wagen wenden und stellte ihn rückwärts an der Lagerhalle ab. Marius' Geschimpfe schwoll an, als er sich von der Fahrerkabine nach unten auf die geräumte Schneedecke wuchtete.

„Meine Herrn! Noch an bleederen Ort fier die Werkstodt hättst da a net aussung känna!"

„Servus, Marius! Dir a an scheener Morgn!", gab Rick lachend zurück. Er kannte Marius schon so lange und wusste, dass „Grantig" Marius' „Freundlich" war.

„Jaja", winkte der ab. Die Winterjacke, die er trug, spannte sich gefährlich an seiner Körpermitte. „Wennst ma an Kaffee gibst, bin iech fier die Scheißfohrd doraher endschädicht."

„Freilich! Waas iech doch! Der is doch glei ferdich!" Kumpelhaft legte er den Arm um Marius' Schulter und bugsierte den störrischen Lastwagenfahrer sanft in die Küche des neuen Werkstattanbaus.

„Am Wech doraher, hob iech die Audo im Wold steh säng. Kabudd?"

„Nee. Bloß im Wech."

Rick erläuterte Marius kurz seine gestrige Abendgestaltung, was der mit einem herzhaften, anteilnehmenden „Bleed!" kommentierte.

Als der Fahrer schließlich durch Kaffee besänftigt und der Lkw mit den auszuliefernden Möbelstücken beladen war, atmete Rick erleichtert auf. Arno kletterte zu Marius in den Lastwagen.

„Am Schrank hab ich schon alles vorinstalliert. Musst bloß noch die Schubladen reinmachen", gab Rick letzte Anweisungen an

Arno. „Beim Bett weißt du ja selber, was du alles gemacht hast. Und beim Couchtisch ist so weit alles fertig. Vergesst nicht, in Weiden für diese Garderobe genau abzumessen."

„Jaja, Rick. Haben wir alles aufm Schirm. Die heutige Oberpfalzrunde wird ja nicht ewig dauern. Wir sind bis heut Nachmittag zurück, dann mach ich gleich an der Vitrine weiter."

„Basst", antwortete Rick und streckte zur Bestätigung den Daumen nach oben. „Ich bin heut aber etwas früher weg wegen Bandprobe."

„Ach ja. Na, vielleicht seh mer uns noch. Servus dann!"

Erst beim zweiten Versuch bekam Arno die verzogene Tür auf der Beifahrerseite geschlossen. Schwankend verließ der Lkw den Hof.

Während er am Mittag für sich, Martin und Robin Würste warm machte, kam eine Whatsapp von seinem Freund Bastian in die Bandgruppe: „Heute Probe. 17.30. Net vergessen. Gibt Pizza."

Sofort kam von Flo ein Daumen nach oben. Während Rick seine Antwort – „Geht klar" – verfasste, trudelte ein „OK" von Thorsten ein. Rick freute sich darauf. Wegen der Weihnachtszeit hatten sie einige Proben ausfallen lassen, aber da im Sommer drei Auftritte geplant waren, mussten sie mal wieder aktiv werden.

Mittlerweile war Rick der Einzige in der Band, den *Borderline Spruces*, der keine Partnerin hatte. Seit Bastian mit Maike zusammen war, wurden die Zeitfenster, die er für seine Kumpels und die Musik zur Verfügung hatte, deutlich kleiner. Aber Rick machte es trotzdem sehr glücklich, Bastian mit seiner neuen Freundin zu sehen. Sie war hübsch, sauklug und hatte in Bastians Kunststofffirma eine leitende Position übernommen. Die war für seinen besten Freund in jedem Fall ein Jackpot. Vor allem, weil Maike sich tatsächlich bereit erklärt hatte, von Frankfurt in die fränkische Provinz zu ziehen. Rick hatte sie vom ersten Moment an gemocht. Da konnte man schon neidisch werden.

Arno kam am frühen Nachmittag zurück und nachdem Marius mit Kaffee versorgt war, machten sich Rick und Arno daran, die Maße für die Garderobe in die Möbelskizze einzuarbeiten. Am späten Nachmittag dann verließ Rick die Werkstatt durch eine Seitentür. Die Schreinerei war früher ein Stall gewesen und die Tür war als direkter Zugang zum Haus beibehalten worden. Im Verbindungsflur entledigte er sich seiner Arbeitsschuhe, betrat das Treppenhaus und stieg in Socken die knarzende Holztreppe nach oben in den ersten Stock des alten Bauernhauses.

Seine Arbeitskleidung – ein braunes T-Shirt mit dem Logo der Schreinerei, einem stilisierten Hobel über dem Firmennamen ‚Möbelschreinerei Wolfrum' – ließ er zusammen mit der braunen Hose neben seinem Bett auf den Boden fallen. Auf dieses Möbelstück war er richtig stolz. Er hatte es aus Altholz selbst designt, einer seiner ersten umgesetzten Entwürfe. Im angrenzenden Bad wusch er sich schnell das Gesicht und befreite sich vom Holzstaub. Seufzend trocknete er sich ab. Rasieren müsste er sich auch mal wieder, verriet ihm ein kurzer Blick in den Spiegel. Er rasierte sich ungern, kam im glatten Gesicht seine markante, große Nase doch deutlich zum Vorschein. Er kaschierte sie gerne mit einem leichten Bart. Sein Blick fiel im Spiegelbild auf die Uhr hinter sich. Jetzt musste er sich aber beeilen. Zurück im Schlafzimmer zog er sich ein T-Shirt der Metalband *Slipknot* und eine Jeans an, streifte sich ein schwarzes Sweatshirt über und verließ die obere Etage.

Im Erdgeschoss angekommen, packte er seine Winterjacke und den Rucksack, in den er schon ein paar Noten von Songs, die er noch nicht auswendig konnte, und seine Drumsticks gepackt hatte. Als er seine Schlüssel in die Hand nahm, fiel ihm ein, dass sein Auto ja noch am Waldweg stand. Ach Mist. Den ganzen Tag über war er nicht dazu gekommen, es holen zu gehen. Tja, dann musste er eben jetzt den ungeliebten Spaziergang machen. Immerhin hatte es mal aufgehört zu schneien. Das ersparte ihm heute Abend vielleicht die Extratour mit Rudi. Diesmal mit Taschenlampe bewaffnet, stapfte er durch den winterlichen Wald zu seinem Auto, ließ sich mit einem tiefen Seufzer auf den Fahrersitz gleiten und konnte sich nun endlich auf den Weg in Richtung Oberstemmenreuth machen.

Die Sonne war schon lange untergegangen und der Lichtkegel seines Autos wurde von den hohen, ausgefrästen Schneerampen am Straßenrand der Staatsstraße reflektiert, auf die er von seinem Waldweg aus abgebogen war. Wenn es so viel Schnee gab wie in diesem Jahr, hatte man beim Autofahren immer ein bisschen das Gefühl, in einer Bobbahn zu sein.

Kurze Zeit später bog er in das Gewerbegebiet von Oberstemmenreuth ein. Die erste Firma, an der er vorbeikam, war Bastians ‚Polytech'. Im Bürogebäude brannte Licht, Maike war offenbar noch fleißig. Als er das Gewerbegebiet fast durchfahren hatte, bog er zu einem kleinen Lagerhaus ab. Das Grundstück hatte Bastians Vater Alois Langmaier vor vielen Jahren erworben und an eine Töpferei vermietet. Leider war der Inhaber kurz darauf unerwartet verstorben, also hatte Bastian die Werkräume von seinem Vater gemietet, um sie als Proberaum für die *Borderline Spruces* zu nutzen. Der alte Lagerraum stand nach wie vor leer, aber früher oder später würde sich dafür eine Nutzung oder ein Mieter finden lassen.

Vor einigen Jahren hatten sie in der Lagerhalle ein paar Bandkonzerte gegeben. Allerdings waren die Vorschriften zum Brandschutz und für Veranstaltungsräume im Allgemeinen so streng geworden, dass es zu mühselig geworden war, etwas zu organisieren.

Die vier Freunde kannten sich bereits aus ihrer gemeinsamen Schulzeit und hatten irgendwann beschlossen, ihre musikalischen Talente zusammenzulegen und eine Band zu gründen. Anfangs waren sie eine reine Coverband gewesen, doch dann begannen sie, eigene Sachen zu schreiben. Sie standen sogar kurz vor einem Plattenvertrag, da entschieden sie sich, ein *normales* Leben führen zu wollen. Bis auf Rick waren alle in Beziehungen gebunden, Ausbildung beziehungsweise Studium neigte sich jeweils dem Ende zu und am Scheideweg angekommen, kamen sie überein, den bürgerlichen Weg weiterzugehen. Einzig Rick war daraufhin ein wenig enttäuscht gewesen, denn er hatte sich und seine Freunde schon fast als erfolgreiche, auch außerhalb der Provinz beliebte Musiker gesehen. Vielleicht hatte es daran gelegen, dass er als Einziger keine feste Beziehung hatte und scheinbar dazu gar nicht fähig war.

Ein Leben als Musiker entsprach eher seinem Selbstbild als das des spießigen Ehemannes. Aber ohne seine Freunde, ohne die Band, machte es auch keinen Sinn für ihn. Mittlerweile hatten sie ihre eigenen Songs beiseitegelegt und konzentrierten sich wieder mehr auf Cover. Das kam besser an auf den Dorffesten, auf denen sie meistens auftraten. Die Leute wollten einfach mitgrölen und mitsingen können. Er hatte sich damit arrangiert und seinen Frieden geschlossen.

Flos Golf stand schon vor dem Probenraum. Florian Schmied war das kleinste der vier Bandmitglieder, aber dafür hatte er den vollsten Bart. Seine Frau Marianne und er hatten zwei Kinder. Die kleine Franziska war diesen Herbst in den Kindergarten gekommen und der zweite Nachwuchs, Max, war gerade mal anderthalb Jahre alt und hielt die Familie mit seiner Quirligkeit ziemlich auf Trab. Musste er wohl von Flo haben, dachte sich Rick grinsend, als er sein Auto abschloss. Flo war Lehrer am Walter-Gropius-Gymnasium in Selb und mit Abstand die größte Plaudertasche der vier Freunde. Eigentlich müsste er irgendwann mal müde werden, wenn er in der Schule schon den ganzen Tag redete, aber weit gefehlt. Flo war unermüdlich. Und der kleine Max kam ganz nach seinem Papa.

„Servus, Rickimaus!", wurde er von Flo fröhlich begrüßt.
„Servus, Schmiedsi!"
Routiniert klatschten sie sich ab und schlenderten zur Eingangstür.
„Die andern sin noch net da, werden aber jeden Moment auftauchen. Und? Hast geübt?", fragte Flo, während er drinnen nach dem Lichtschalter tastete. Mit lautem Klack ging das Licht in der Halle an.
„Ja, geht so", antwortete Rick. „‚Waiting on a War' von den *Foo Fighters* klappt jetzt ganz gut. Ich hab aber noch Probleme mit dem Mittelteil von ‚Space' von *Biffy Clyro*."
„Glaubst du, der Thorsten bekommt ‚The Pot' von *Tool* hin heute? Ist auch echt übelst schwer auf dem Bass."
„Heut krieg ich's hin!", rief ihnen Thorsten beim Reinkommen zu.
„Geil! Bluten deine Finger?", scherzte Flo, während Thorsten mit ihnen beiden abklatschte.
„Fast." Er grinste sie an. Thorsten Kolb war der ruhigste der Freunde. Etwas größer als Flo und immer mit gepflegten kurzen Haaren. Anders als Flo, der einen dichten blonden Bart trug, und Rick, der sich selten rasieren wollte, waren Thorstens Wangen stets tadellos glatt. Seinen Job als Steuerberater konnte man förmlich riechen, wenn man ihn ansah. Er war der Mann von Bastians Schwester Resi und hatte mit ihr eine dreijährige Tochter, Laura.
„Servus!", rief ihnen Bastian zu, der sich gerade mit dem neuen Monitor für Flos Gitarre durch die Tür quetschte. Der alte war bei der letzten Probe abgeraucht und hatte ihnen damit einen verfrühten Feierabend beschert.
„Hättest du halt was gsagt. Ich hätte ihn doch bei dir abholen können", rief Flo aus.
„Nee, basst scho. Ist eh erst heute angekommen. Hab ihn in die Firma schicken lassen, damit auch jemand da ist und wir das Teil sicher heute haben."

„Du siehst wieder blendend aus, Mann", gab Rick staunend von sich.

Bastian hatte sich, seit Maike bei ihm wohnte, von einem mürrischen Typen in einen strahlenden, gut gelaunten Mann verwandelt. Das machte ihn noch attraktiver, als er sowieso schon war. Tatsächlich war Bastian der mit Abstand bestaussehende Mann, den Rick kannte, was ihm bei aller Liebe zu seinem besten Freund manchmal einen Stich versetzte. Er beneidete ihn um sein tolles Aussehen, fand er sich selbst doch eher wenig attraktiv. Seine Unsicherheit verbarg er gerne hinter einem exzentrischen Auftreten und so konnte er die meisten Leute täuschen – bis auf Bastian.

Ihm erzählte Rick Dinge, die er sonst niemandem anvertraute, und Bastian wusste wahrscheinlich am ehesten von allen, was für ein Mensch Rick wirklich war und welche Rolle er oft anderen gegenüber spielte. Als beste Freunde hatten sie schon viele Gespräche darüber geführt. Die beiden klatschten sich ab und umarmten sich wie jedes Mal.

„Maike kommt später und bringt uns Pizza. So um sieben, hat sie gemeint."

„Super, dass sie sie uns vorbeibringt. So blöd, dass der Alfonso die Lieferungen eingestellt hat. War der letzte Lieferdienst im Ort", sagte Flo und schüttelte bedauernd seinen Kopf, dass der Bart nur so wackelte. „Also los. Dann bauen wir mal das neue gute Stück auf. Bin schon gespannt, wie sie klingt." Hoch motiviert schleppte er den Karton mit der Lautsprecherbox zu seinem Platz.

Am Kopfende der alten Töpferei hatten sie einen Teppich ausgelegt. Dort waren alle Instrumente, Verstärker und das restliche Equipment aufgebaut. Das Zentrum bildete das große Schlagzeug, an dem sich Bastian und Rick abwechselten. Heute würden sie nur Sachen proben, bei denen Rick den Gesangspart und die Begleitgitarre übernahm. Bastian saß dabei an den Drums. Wenn die Leadgitarre reichte und eine andere

Stimmfarbe als die von Rick benötigt wurde, zum Beispiel bei Popsongs und etwas ruhigerem Rock, tauschten die beiden Freunde die Rollen. Eines der wenigen Dinge, die Bastian nicht konnte, war Gitarrespielen, dafür war er in Ricks Augen der bessere Drummer. Für komplizierte Rock- und Metalsongs war er der beste Mann hinter den Toms und Becken. Dafür hatte Rick in seiner Stimme einen raueren Ton kultiviert, der gut zu den härteren Sachen passte. Es gab über die Rollenverteilung also beinahe nie eine Diskussion.

Rick staunte nicht schlecht, als sie mit ‚The Pot' loslegten und Thorsten am Bass wie ein Berserker arbeitete. Da hat der Herr Steuerberater aber fleißig geübt, dachte er und ein leichtes Lächeln stahl sich auf seine Lippen. Trotz allem waren sie nach einer Stunde kaum über ‚The Pot' hinausgekommen, da erschien Maike mit einem großen Stapel Pizzakartons im Probenraum.

„Hi, Jungs! Essen fassen!"

„Woa, zum Glück", rief Thorsten aus. „Meine Finger haben in der letzten Stunde wahrscheinlich 3 000 Kalorien verbrannt."

„Schmarrkopf", meinte Bastian kopfschüttelnd. Als er Maike ein strahlendes Lächeln mit makellos weißen Zähnen schenkte, hatte Rick das Gefühl, dass sie kaum an sich halten konnte, ihn nicht an Ort und Stelle niederzuknutschen. Himmel waren die verliebt. Aber es war ihnen zu vergönnen. Beide hatten in der Vergangenheit nicht sehr viel Glück mit ihren Partnern gehabt.

Wie hungrige Wölfe stürzten sie sich auf die Pizzakartons und trugen sie zur Couchecke, die auf der anderen Seite des Raumes stand. Eine Weile aßen sie stumm, bis Maike schließlich das Schweigen brach.

„Ich hab heute mit meinem Freund Tommy aus Frankfurt telefoniert. Er und meine beste Freundin Tamara werden uns am nächsten Wochenende besuchen kommen."

„Ah, cool", antwortete Rick mit dem Mund voller Salamipizza. „Musst uns dann auch vorstellen. Vielleicht können wir ja gemeinsam was machen."

„Das wäre super." Maike strahlte.

Rampenlicht

Am nächsten Abend hatte Rick es sich gerade mit einem Glas Wein in seinem Ohrensessel gemütlich gemacht, als sein Handy klingelte.

„Servus, Richard! Däi Wochn gibt's an Zoigl va uns im Wirtshaus. Kummst umma?"[1] Donnernd bellte sein Cousin Matthias die Frage in das Telefon. Immer wenn er anrief, hielt Rick das Handy etwas vom Ohr weg. Durch seine Arbeit war er Lärm zwar gewohnt, aber Matthias' Organ übertraf noch die Sägen in der Schreinerei.

„Servus, Hias! Samstag oder Sonntag?", fragte Rick nach.

„Vo Doaschta bis Sunta"[2], antwortete Matthias.

„Samstag bin ich beim Wandern mit Bekannten vom Basti aus Frankfurt."

„Wo seitzn?"[3]

„Schneeberg. Aber vielleicht kann ich Basti überreden, dass wir danach zu dir nach Althauptsberg fahren, um den Tag ausklingen zu lassen."

„Fraali! Däi Preissn bringst miid! Des wird a fetzn Gaudi!"[4]

„Also gut. Ich sag mal, halb sieben könnten wir da sein."

---

1 „Servus, Richard! Diese Woche gibt es Zoigl in unserer Wirtschaft. Kommst du rüber?"
2 „Von Donnerstag bis Sonntag."
3 „Wo seid ihr denn?"
4 „Freilich! Diese Preußen bringst du mit! Das wird ein wahnsinniger Spaß!"

„Sua mach mas! Oba niat spader. Woißt ja: koi Reservierung beim Zoigl. Servus, Richard! Gfrei mi!"⁵, verabschiedete sich Matthias.

„Ich mich auch, Hias. Bis dann."

Rick grinste. Er liebte den starken oberpfälzischen Dialekt seines Cousins, denn der erinnerte ihn immer an seine Mutter Hildegard, die leider sehr früh, als Rick erst vierzehn Jahre alt gewesen war, einer schweren Krebserkrankung erlegen war.

Ricks Vater Peter war seit dieser Zeit nicht mehr derselbe gewesen und hatte mit ihrem Tod zu viel seines Lebenswillens eingebüßt. Kurz nach dem Abitur fand Rick den Vater, an einem Herzinfarkt verstorben, in der Schreinerei. In seinem Testament fielen ihm als Alleinerben die Werkstatt, das Wohnhaus und die vielen Wald- und Wiesengrundstücke zu. Das meiste hatte Rick verpachtet, aber einige Hektar Wald und die große Lichtung mit dem Haus behielt er. Er beschloss, nicht Architektur zu studieren, wie er es eigentlich vorgehabt hatte, und begann im Nebenort eine Ausbildung zum Schreiner. Seither wohnte er allein auf seinem Einsiedleranwesen. Seine einzigen noch lebenden Verwandten waren zwei Cousins und eine Cousine aus Althauptsberg, einer beschaulichen Ortschaft in der nördlichen Oberpfalz.

Matthias betrieb dort den familieneigenen Gasthof mit kleiner Brauerei. Regelmäßig einmal im Monat öffnete das Gasthaus seine Pforten zu einem besonderen Anlass. Dann wurde das selbst gebraute Zoiglbier ausgeschenkt und ein am Eingang angebrachter Zoiglstern zeigte den interessierten Trinkwilligen die Verfügbarkeit an. Ein- bis zweimal im Jahr ging auch Rick mit seinen Freunden in die Zoiglstube seines Cousins, meist, um neue Setpläne für zukünftige Auftritte zu besprechen. Das wäre für Maikes Besucher aus Frankfurt sicherlich ein

---

5 „So machen wir das! Aber nicht später. Weißt ja: keine Reservierung beim Zoigl. Tschüss, Richard! Ich freu mich!"

besonderes Erlebnis. Regional und traditionell, sogar ein immaterielles Kulturerbe. Wenn Maike sie noch nicht anderweitig verplant hatte, wäre das ein prima Programmpunkt.

Er schrieb Bastian dazu auf Whatsapp an und prompt reagierte dieser auf seinen Vorschlag mit einem Daumen-hoch-Emoji. Na also. Zum Bier würden sie eine regionaltypische Brotzeit essen, die bei Matthias stets ausgezeichnet war, und wenn sie Glück hatten, würde noch eine Musikkapelle aufspielen. So was fanden auswärtige Besucher immer riesig.

Das würde ein cooles Wochenende werden. Endlich mal wieder was los. Ricks letzte Monate waren in einem Sog aus Arbeit an ihm vorbeigezogen. Bis auf die Bandproben hatte er seine Freunde kaum gesehen und wenn er mal nicht gearbeitet hatte, saß er wie jetzt allein in seinem Ohrensessel im Wohnzimmer, trank ein Glas Wein und hörte Musik auf dem alten Plattenspieler.

So ganz ohne Familie fühlte sich sein Leben an wie eine Abfolge von Bluesakkorden. Sich immer wiederholend und eine leicht depressive Stimmung verbreitend. Es war nicht so, als hätte es in den letzten Jahren keine Bewerberinnen für die Frau an seiner Seite gegeben. Im Gegenteil. Auf den Dorffesten, bei denen sie auftraten, war er ein regelrechter Frauenmagnet. Mit seiner lockeren Art rannte er bei den Damen offene Türen ein und von seinem etwas verwegenen Aussehen und seinem Gesang erhofften sie sich Abenteuer. Von Dauer war das nie, aber das Bedauern über die Trennungen hielt sich immer in Grenzen, als wäre ihm seine Unabhängigkeit wichtiger als die Liebe.

Vielleicht war er einfach nicht beziehungsfähig. Andererseits hatte er auch noch keine Frau getroffen, mit der er sich nicht mehr allein gefühlt hatte. Ein kleiner Rest Einsamkeit war in jeder seiner vergangenen Beziehungen verblieben. Und das sollte doch eigentlich anders sein, oder? So fühlte man sich doch nicht, wenn man wirklich verliebt war. Was war nur los mit ihm?

Seufzend nahm er einen kleinen Schluck Rotwein und spürte dem bitteren, fruchtigen und leicht schokoladigen Geschmack nach, bis er verweht war und den Wunsch nach mehr hinterließ.

Als sich Rick am Freitagabend zum zweiten Mal innerhalb einer Woche im Flur von Bastians schickem neuen Einfamilienhaus die Winterstiefel auszog, drang ihm aus dem angrenzenden Wohnzimmer schon lautes Gelächter entgegen.

„Wow, die Party geht ja gleich richtig ab!" Rick grinste, als er sich Bastian zuwandte, der übers ganze Gesicht strahlte.

„Auf jeden, Mann! Tamara und Tommy sind wie ein Sturm hereingebrochen. Im Auto bei der Fahrt von Marktredwitz hierher war es lauter als auf einem Rockkonzert direkt an den Lautsprechern."

„Habt ihr sie dort am Bahnhof abgeholt?"

„Klar. Alles andere wär a Gwaaf[6] gwesen. Du kennst ja die Busverbindungen hier. Die waren eh schon vier Stunden im Zug unterwegs, da wollten wir ihnen nicht noch den großartigen öffentlichen Nahverkehr zumuten."

„Vier Stunden geht eigentlich", meinte Rick.

„Ja, ne? Einmal umsteigen in Nürnberg. Da die beiden kein Auto haben, war das die einzig sinnvolle Möglichkeit, herzukommen. Schön, dass du da bist", sagte er und klopfte Rick kräftig auf die Schulter.

„Supergerne!", meinte Rick.

Um hierherzukommen, hatte er zwar extra seinen Waldweg räumen müssen, aber der geplante Abend war es ihm wert. Immerhin hatte Bastian ihn ausdrücklich eingeladen. Anscheinend glaubte er, Unterstützung gegen die Frankfurt-

---

6 Quatsch

Allianz zu brauchen. Als Bastians bester Freund konnte Rick da nicht Nein sagen, zumal es versprach, ein weniger einsamer Freitagabend zu werden als sonst.

Bisher hatte Rick immer gedacht, keinen bestimmten Frauentyp zu haben. Aber das war, bevor er Bastis Wohnzimmer betrat. Kaum stand er drinnen, hätte er seine Traumfrau bis ins kleinste Detail beschreiben können: groß, breite Schultern für die schlanke Figur, lange braune Locken. Hellbraune Augen, die vor Lebenshunger glühten. Die Frau seiner Träume kam mit eleganten Schritten in einem dunkelblauen Strickkleid auf ihn zu, gab ihm ihre perfekte schmale Hand, an deren Handgelenk mehrere exotisch aussehende Armreifen leise klirrten, und sagte mit glockenreiner Stimme: „Hi! Ich bin Tamara!"

„Rick." Mehr brachte er gerade nicht zustande. Er spürte Bastians Blick und wendete ihm verunsichert den Kopf zu. Der runzelte die Stirn und musterte ihn aufmerksam. Dem konnte Rick nichts vormachen, Basti kannte ihn einfach zu gut. Er musste deutlich spüren, dass Rick völlig von der Rolle war.

Er räusperte sich. Da musste doch noch mehr drin sein. War er vierzehn, oder was? Er hielt Tamaras klarem Blick stand, als er sagte: „Freut mich riesig, dich kennenzulernen." Na bitte.

„Ich mich auch! Ich hab schon total viel von dir gehört."

„Ach echt? Hoffentlich nur Gutes!"

„Was hätten wir denn Schlechtes über dich erzählen sollen?", fragte Maike grinsend, die ebenfalls auf ihn zugekommen war. „Gibt es da was?"

„Natürlich nicht!", antwortete Rick übertrieben energisch und zwang sich zu einem Lachen.

„Und hier haben wir noch den Tommy", sagte Bastian und deutete mit ausgestreckter Hand auf einen dunkelhaarigen, attraktiven Mann um die dreißig. Seine Augen waren fast so dunkel wie seine Haare und sein ganzes Erscheinungsbild war äußerst gepflegt. Mehr als es Rick von den Männern seiner Umgebung, und vor allem von sich selbst, gewohnt war.

Die Hand, die Tommy ihm zur Begrüßung reichte, war perfekt manikürt. Ricks eigene Hände waren rau, trocken und an manchen Stellen etwas schrundig von der Arbeit. Auf seinem linken Handrücken hatte er einen frischen Kratzer, den er sich heute Morgen an einer unfertigen Tischkante zugezogen hatte. Vor lauter Scham geriet er ins Schwitzen.

„Wow! So hab ich mir Handwerkerhände immer vorgestellt", sagte Tommy. „Toll!"

Bei diesen Worten schwitzte er gleich noch mal so viel. Spitze, mit der Aussage hatte Tommy alle Blicke auf seine Hände gelenkt. Und mit diesen rohen Pratzen hatte er eben Tamaras zarte Hand geschüttelt. Scham floss langsam von seinen Wangen ausgehend den ganzen Körper hinab.

Bastian musste was gespürt haben, denn er klopfte Rick fest auf die Schulter und meinte laut: „Und vor allem noch mit sämtlichen Fingern!"

Das allgemeine Gelächter nahm die Aufmerksamkeit von Rick und Bastian bugsierte alle Richtung Sofa. Wie es das Schicksal so wollte, landete Rick ausgerechnet zwischen Tamara und Tommy. Er konnte nicht sagen, welcher der beiden besser roch. Tommy trug ein Parfum, das ihn wie in ein Seidentuch hüllte. Süß und herb zugleich. Es passte perfekt zu ihm. Tamaras Geruch dagegen war eher holzig als süß. Nach blühender Waldlichtung. Nach zu Hause. Viel fehlte nicht mehr, dann würde er jegliche sprachliche und geistige Kompetenz einbüßen. Bastian drückte ihm ungefragt ein Bier in die Hand und er nahm dankbar ein paar Schlucke.

„Du bist also der Einsiedler aus dem Wald", meinte Tommy.

„So ist es", bestätigte Rick.

„Find ich ja wahnsinnig spannend. Fürchtest du dich da nachts nicht? Ganz allein, nur von Wald umgeben?"

„Nö. So furchterregend ist es nicht. Besucht mich doch mal, dann merkt ihr, dass es harmloser ist, als es sich anhört."

„Würde ich gerne mal sehen", sagte Tamara mit ihrer glockenreinen Stimme rechts neben ihm. Rick wurde es sehr heiß. Und das hatte nichts mit dem Bier zu tun.

„Ich stelle mir das total beruhigend vor", ergänzte Tamara noch.

„Beruhigend?", fragte Tommy nach. „Nicht beängstigend?"

„Nein. Warum? Ein Waldspaziergang reduziert nachweislich den Stresslevel. Wie ausgeglichen muss man erst sein, wenn man da wohnt? Find ich faszinierend." Sie blickte Rick strahlend an. Und erwartungsvoll.

„Äh ... geht so, denk ich. Ich lebe schon immer dort und weiß gar nicht, wie ich mich anderswo fühlen würde."

„Das ist eine interessante Frage", meinte Tamara, sah ihm nachdenklich in die Augen, nahm ihr Glas und trank einen großen Schluck daraus. Aber anscheinend etwas zu schnell, denn sie verschluckte sich und wedelte sich hustend hilflos Luft zu, während Rick ihr sachte auf den Rücken klopfte. Seine Hand brannte.

Um den Moment zu überspielen, sagte er rasch: „Und ihr wart die Mitbewohner von Maike in Frankfurt? Lebt ihr noch zusammen?"

„Noch, ja", antwortete Tommy. „Ich überlege ernsthaft, mit meinem Lebensgefährten Elios zusammenzuziehen. Aber der ziert sich noch etwas."

Rick wusste schon von Bastian, dass Tommy homosexuell war und mit seiner Zufallsbekanntschaft Elios eine durchaus ernste Beziehung führte. Die beiden schienen sich zwar nicht gesucht, dafür aber gefunden zu haben.

„Das wird alles noch ein bisschen dauern. Und so lange muss meine liebe Cousine Tamara auch nicht allein wohnen."

„Mach dir mal um mich keine Sorgen, Tommy. Ich komm klar. Ich hab dir doch gesagt, dass ich damit zurechtkäme, wenn ich ausziehen soll. Ist ja deine Wohnung. Ich käme schon irgendwo unter."

„Wie ebenfalls schon oft vorgeschlagen, könnte ich auch zu Elios ziehen. Besser wäre allerdings ein Mann für dich. Maike ist versorgt, ich bin versorgt, fehlst nur noch du."

‚Ich melde mich freiwillig', schoss es Rick durch den Kopf. Kurz erschrak er, als er sich unsicher war, ob er es laut ausgesprochen hatte. Aber offenbar hatte er den Mund gehalten, weil keiner auf ihn reagierte. Ein Glück. Hätte er mehr als die paar Schlucke Bier intus, hätte er dafür nicht seine Hand ins Feuer legen können, schließlich war er ziemlich impulsiv.

„Wann bist du so konservativ geworden, Tommy?" Tamara zog ihre wunderschön geschwungenen Augenbrauen gefährlich zusammen. „Muss ich, um versorgt zu sein, einen Mann haben?"

„O nein!", sagte Tommy schnell und wedelte abwehrend mit den Händen. „Auf keinen Fall! Ich dachte nur, du würdest vielleicht auch mal wieder gerne eine starke Schulter zum Anlehnen haben."

Sie saßen so eng beieinander, dass Ricks Schulter direkt an Tamaras gepresst war. Das Gespräch machte ihn zunehmend nervös.

„Wow. Dünnes Eis, Tommy", sagte Tamara und lachte auf. „Meine eigenen Schultern sind dank des Schwimmens breit genug." Zu Rick gewandt, ergänzte sie: „Gut, dass du zwischen uns sitzt. Ich glaube, Tommy und ich waren heute durch die Zugfahrt zu lange zusammen. Das geht bei uns nie gut."

„Stimmt", mischte sich Maike ein, die mit einem breiten Grinsen die Diskussion der Streithähne verfolgt hatte. „Die beiden zanken sich eigentlich immer. Und ob du es glaubst oder nicht, aber Tommy ist tatsächlich der weitaus Konservativere. Stimmt's, Tommy?"

„Ja, stimmt vielleicht. Aber ich will mein Cousinchen eben auch so glücklich sehen, wie wir es sind. Ist doch so, Rick, oder? Ein Partner macht doch zufriedener?"

„Äh", machte Rick, vollkommen überfordert damit, in dieses Gespräch hineingezogen zu werden. „Wenn man den richtigen Partner gefunden hat, ist das schon so. Wenn es der Falsche ist, kann das aber auch extrem anstrengend sein."

„Oh", machte Tommy. „Du hast offenbar Erfahrung auf dem Gebiet."

„Leider." Vier Augenpaare blickten ihn abwartend an. „Bin kein Glückspilz gewesen in dieser Hinsicht."

„Schade für dich", sagte Tamara.

Die Hitze in seinen Wangen stieg an. Hoffentlich wurde er nicht rot. Er brauchte ein neues Thema, schnell.

„Du hast einen recht ungewöhnlichen Beruf, wie ich gehört habe", sagte er zu Tommy gewandt.

„Kann man sagen", antwortete der. „Ich gehe mal davon aus, dass es hier in der Gegend nicht sehr viele Dragqueens gibt?"

„Nein. Ich kenn absolut keine", meinte Rick.

„Na ja, die gehen sicher alle in die Großstadt. Auf dem Land fehlt interessiertes Publikum und in der Stadt gibt es viel mehr Möglichkeiten, seine Neigung öffentlich auszuleben und in der Menge unterzutauchen."

„Stimmt, Menge gibt es hier nur bedingt. Und sicher keine Diversität", sagte Bastian.

„Das heißt aber nicht, dass es nicht auch sehr viele tolerante und weltoffene Menschen gibt", warf Rick ein.

„Das stimmt vielleicht. Aber dadurch, dass es nicht alltäglich ist, kommen die Leute damit einfach nicht gut klar und bekommen so auch nicht die Möglichkeit, einen natürlichen Umgang mit Andersartigkeit zu lernen. Weil anders eben auch immer gleich besonders ist", meinte Bastian. Er erntete zustimmendes Nicken von den Anwesenden.

„Ist wirklich eine Schande", sagte Tommy. „Viele meiner Bekannten und Kollegen sind von ihrem ländlichen Zuhause in die Stadt abgewandert, damit sie sein können, wie sie sich fühlen. Zumindest ist das in der Stadt ein bisschen leichter als auf dem Land. Angefeindet werden wir aber auch da. Und das nicht zu knapp."

„Wirklich? Ist es nicht besser geworden in den letzten Jahren?", fragte Rick.

„Wo denkst du hin! Wir sind froh, wenn es nur bei Beleidigungen bleibt."

„Scheiße, echt?", meinte Bastian mit entsetztem Gesichtsausdruck.

Tommy lachte freudlos auf. „Wir leben das meistens nicht in der Öffentlichkeit aus. In der Stadt habe ich wenigstens Publikum für Auftritte, der Job wäre auf dem Land wahrscheinlich nicht sehr lukrativ. Aber als Drag draußen rumlaufen oder die Öffentlichen nehmen, dazu bringen mich keine zehn Pferde."

„Und du hast dann feste Auftritte und verkleidest dich dafür als Frau?", fragte Rick interessiert nach.

„Ich verkleide mich nicht als Frau, sondern werde zu meiner Rolle, meinem Alter Ego Talula, die sich durch extravagante Frisuren, Schminke und Kleidung auszeichnet. Talula liebt Glitzer und grelle Farben und vor allem kurze Röcke und Kleider. Tommy hier", er deutete auf sich, „mag es eher unauffällig mit gedeckten Farben und gediegener Eleganz."

Das stimmte allerdings. Bis auf die auffällig gepflegte Erscheinung machte Tommy einen wenig exzentrischen Eindruck mit einem dunklen Hemd und den Jeans.

„Konservativ eben", warf Tamara ein und streckte Tommy die Zunge raus.

„Du freches Ding!", rief Tommy lachend.

„Wie lange brauchst du, um zu Talula zu werden?", fragte Rick.

„Die einfachste Version dauert etwa eine Stunde. Bei ausgefallener Optik brauche ich schon mal zwei, bis alles perfekt ist."

„Boah!" Zwei Stunden auf das Aussehen verwenden; da kam Rick höchstens in einer ganzen Woche drauf. Manchmal nicht mal das.

„Und dann trete ich mit meinen bezaubernden Kolleginnen in einem Klub auf. Wir haben unser Programm und unterhalten da die Gäste."

„Hast du das gelernt? So Entertainment?", fragte Rick nach.

„Ich habe Theater und Englisch studiert. Auf der Bühne fühle ich mich also durchaus wohl."

„So wie du, haben wir gehört", sagte plötzlich die wunderschöne Stimme neben ihm. „Du bist doch zusammen mit Bastian auch öfters auf Bühnen unterwegs. Und das recht erfolgreich, wenn ich Maike glauben darf."

Mit einem weiteren Schluck Bier versuchte Rick, den Frosch in seinem Hals wegzuschwemmen. Für die angepriesene Rampensau musste er gerade einen ziemlich verkrampften Eindruck machen.

„Geht so, denk ich. Ich fühle mich ganz wohl auf der Bühne. Aber nur, wenn ich sicher bin in dem, was ich mache. Ich erinnere mich an Auftritte mit der Band, die waren schrecklich, weil ich mit dem Set noch nicht gut zurechtkam oder einzelne Songs nicht richtig draufhatte. Ich hatte auf der Bühne also sowohl meine besten als auch meine schlimmsten Momente."

Nachdenklich musterte Tamara mit ihren klaren, glänzenden Augen seine. Er hätte darin versinken können.

„Das kenn ich nur zu gut!", rief Tommy. „Ich hab auf der Bühne mal so niesen müssen, dass mir die Schlotze aus der Nase geschossen ist. Ist dann auch noch bei einer Dame, die ganz vorne gesessen war, in die Haare geklatscht. Das war definitiv mein schlimmster Bühnenmoment."

Rick prustete in die Bierflasche, die er gerade angesetzt hatte. Auch alle anderen brachen in lautes Gelächter aus.

„Was waren eure schlimmsten Auftritte?", fragte Tommy mit gespieltem Ernst, während seine Mundwinkel verräterisch zuckten.

„Also meiner war, als ich bei einem Gig beim Überqueren der Bühne an einem Kabel hängen geblieben bin und mit Schwung noch Flo mitgerissen habe, der neben mir stand. Gemeinsam sind wir dann in die Drums zu Rick gerauscht. Wir mussten danach fast eine halbe Stunde unterbrechen, um alles wieder richtig aufzubauen", erzählte Bastian.

„Ja, stimmt! Das hatte ich total verdrängt. Flos Kopf lag auf einmal auf der Snaredrum vor mir." Rick fuhr fort, nachdem sich die anderen die Lachtränen aus den Augenwinkeln gestrichen hatten: „Mein persönlicher Katastrophenmoment war, als ich mit einem Fuß in der Bühne eingebrochen bin."

„Ach ja!", rief Basti. „Der Balken war morsch. Das war in so einer alten Landjugendscheune. Da konnten wir auch erst weitermachen, nachdem man dir die Holzsplitter aus der Wade entfernt hatte."

„Genau. Dann haben wir einfach ein Holzbrett über das Loch gelegt und weitergespielt", beendete Rick die Geschichte.

„Es geht doch nichts über Professionalität", sagte Tommy und erhob die Flasche zum Toast. Die anderen taten es ihm nach und man prostete sich gut gelaunt zu.

„Apropos Professionalität", wandte sich Rick an Tamara. „Du hast ein Geschäft, wie ich gehört habe."

„Ja, aber sonst bin ich völlig langweilig. Ich hab Vergleichende Religionswissenschaften und Philosophie studiert und betreibe ein Esoterikgeschäft, in das noch nie besonders viele Kunden gekommen sind. Spektakulär ist anders."

Faszinierend, dachte Rick und verlor sich in ihrem Lächeln.

„Eigentlich wirklich langweilig. Aber langweilig liegt mir. Ich mag Trubel nicht", sagte Tamara.

„Und ihr seid sicher, dass ihr verwandt seid?", warf Bastian ein und blickte zwischen Tamara und Tommy hin und her. Alle lachten.

Als sich die Gemüter wieder beruhigt hatten, sagte Tamara: „Ich überlege, ob ich meinen Shop nicht vielleicht ins Netz verlegen soll. Das Ladengeschäft läuft nicht so gut. Ich will demnächst eine Website mit Shop aufbauen."

„Ich verkaufe viele meiner Werkstücke auch über meine Website", sagte Rick.

„Oh, wow. Dann müssen wir uns darüber mal ausführlich austauschen. Ich hab da noch wahnsinnig viel zu lernen."

„Gerne. Immer doch."

Sie plauderten noch ein bisschen über Geschäftsmodelle, dann wurde Tamaras Aufmerksamkeit von Maike in Anspruch genommen. Sie tauschten sich mit Tommy über ihre Eltern aus und Rick begann ein Gespräch mit Bastian über den neuen Holzspalter, den sich Bastians Vater zulegen wollte. Sehr lange blieb Rick an diesem Abend nicht. Sie hatten sich für den nächsten Morgen schon recht früh zum Wandern verabredet und Rick war sich nicht sicher, ob er nicht vorher noch mal seinen Weg würde freiräumen müssen. Also verließ er die Runde, nachdem er sein Bier ausgetrunken hatte, vermied es, Tamara oder Tommy seine zerschundene Hand zu geben, und winkte nur zum Abschied.

Als Bastians Haustür hinter ihm ins Schloss fiel, kam es ihm vor, als hätte er sich eben selbst von der Welt ausgesperrt. Fröstelnd zog er den Reißverschluss seiner Jacke zu und machte sich auf den Heimweg.

Schneeberg

Das Wetter am nächsten Morgen war klirrend kalt. Es dämmerte noch, als Rick seinen Volvo auf dem Wanderparkplatz bei Karches zwischen dem Ochsenkopf und dem Schneeberg parkte. Er war früher dran als erwartet, weil es in der Nacht nicht geschneit hatte und ihm eine frühmorgendliche Räumaktion dadurch erspart geblieben war. Er musste allerdings nicht lange warten, da bog Thorstens Familienvan auf den schneebedeckten Parkplatz ein. Während sie sich noch über die winterlichen Straßenverhältnisse unterhielten, trafen Flo und Marianne ein. Da Thorsten und Flo jeweils ihre Kinder zu Verwandten hatten bringen müssen, hatte man sich im Vorfeld darauf geeinigt, dass jeder für sich zum Treffpunkt fahren würde.

Es dauerte, bis schließlich Bastians BMW auf dem Parkplatz einbog. Die Wartenden bekamen langsam kalte Füße und begannen schon, von einem auf das andere Bein zu treten. Strahlend und gut gelaunt stieg Maike als Erste aus.

„Hi, ihr alle! Sorry! Die Hälfte meiner Besucher tut sich schwer, zu so früher Stunde in die Gänge zu kommen."

„Hey", rief Tommy lachend, der ebenfalls ausgestiegen war. „Bin eben 'ne Eule, keine Lerche. Aber wenn ich mal heiß gelaufen bin, stoppt mich so schnell nichts." Fröhlich steuerte er auf Flo, Marianne, Thorsten, Resi und Rick zu. „Ich bin Tommy, Maikes Ex-Mitbewohner, und ich freu mich außerordentlich, die gesamte Truppe endlich kennenlernen zu dürfen. Hab schon irre viel von euch gehört."

Sie schüttelten sich alle die Hände und Resi meinte: „Das können wir nur zurückgeben. Super, dass ihr da seid!"

Zwischenzeitlich waren auch Bastian und Tamara ausgestiegen. Ricks Herz machte einen kleinen Satz, als sie ihn mit einem Lächeln als Ersten begrüßte. „Hallo Rick."

„Hallo Tamara."

Wow, was für eine lahme Begrüßung. Er musste dringend an seiner Wortgewandtheit arbeiten. Ihr Lächeln wurde ein bisschen breiter, dann wandte sie sich den anderen zu.

„Hallo, ich bin Tamara."

„Servus, Tamara. Ich bin Flo und das ist meine Frau Marianne."

Auch Resi und Thorsten schüttelten Tamara die Hand und stellten sich vor. Rick verfolgte jede ihrer Bewegungen. Ihre schlanke Gestalt verschwand fast in der dicken, hellen Winterjacke. Die langen Haare hatte sie zu einem Zopf geflochten, der ihr über die linke Schulter nach vorne hing. Auf dem Kopf trug sie eine herrlich bunte Wollmütze mit Bommel und an den Füßen hatte sie dicke, flauschige Winterboots. Ricks Meinung nach hätte sie locker als Model für Wintermode durchgehen können.

Darin stand ihr Tommy in nichts nach. Er war in einen schwarzen langen Mantel gehüllt, den Hals von einem riesigen grauen Schal umschlungen. Die Farbe seiner Mütze entsprach exakt der des Mantels und seine Hände steckten in schwarzen Lederhandschuhen. Ein so perfektes Winteroutfit hatte Rick noch nie gesehen. Zumindest nicht außerhalb von Werbung und Katalogen. Winterklamotten hatten für Rick eigentlich nur eine Funktion: Wärmen. Auf die Optik achtete er dabei eher weniger. Verstohlen zog er sich seine Mütze tiefer in die Stirn und schob seine Hände mit den uralten Handschuhen in die Jackentaschen.

„Also, auf geht's!" Bastian klatschte einmal kräftig. „Back mers."

Zustimmendes Gemurmel von allen Seiten, man holte die Rucksäcke aus den Autos und machte sich auf den Weg. Schnell bildeten sich Grüppchen. Tommy, Marianne und Resi waren in ein angeregtes Gespräch vertieft und Maike und Tamara gingen untergehakt vor Rick und seinen Jungs her. Der Unterhaltung seiner Bandkollegen konnte Rick kaum folgen. Er war damit beschäftigt, Tamara dabei zuzusehen, wie sie staunend durch den winterlichen Wald lief. Sie schien die Eindrücke aufsaugen zu wollen.

Es war aber auch fantastisches Wetter für eine Winterwanderung. Die Sonne war inzwischen ebenfalls in den Tag gestartet und beschien eine eiskalte, weiß überzogene Glitzerwelt. Kleinere Fichten ragten nur noch als krumme Schneeskulpturen aus der dicken Schneedecke heraus. Ihre Schritte knirschten laut auf dem ausgetretenen Weg. Hier unten am Berg waren die Temperaturen in den letzten Tagen offenbar auch mal etwas höher gewesen. Einige der großen Bäume hatten ihre Schneelast abgeschüttelt und zeigten ihr Grün, aber Rick wusste von früheren Wanderungen, dass sich das bald ändern würde. Wenn sie Glück hatten, gab es auf dem Gipfel oben eine makellose Eiswelt. Dann wollte er unbedingt Tamaras Gesicht sehen.

„Und Maike? Alles klar bei dir?", rief Thorsten nach vorne.

„Ja, warum?" Maike blieb stehen und beide wandten sich um.

„Na ja, nur so. Wegen deiner vergangenen Erfahrungen mit Wanderungen im Fichtelgebirge."

Alle lachten und auch Rick schmunzelte. Kannten doch alle die Geschichte von Maikes einsamer Waldwanderung, bei der sie sich verlaufen hatte und Bastian nach ihr suchen musste.

„Mir geht es prima. Danke der Nachfrage." Maike grinste breit und ihr strahlender Blick spiegelte sich in Bastians Gesicht wider. „Ich bin diesmal ja nicht allein. Und ihr kennt euch aus, habt ihr gesagt. Oder etwa nicht?", fragte sie neckend.

„Aber auf jeden Fall kennen wir uns aus", rief Flo. „Wir laufen jetzt den Berg hoch und nachher wieder runter. Kann eigentlich nichts schiefgehen."

„Nur eigentlich?", fragte Tamara.

„Keine Sorge", antwortete Flo. „Mein Onkel ist Förster. Ich bin praktisch im Wald groß geworden."

„Groß würde ich das nicht nennen", sagte Rick frech.

„Depp", war Flos Antwort. Rick warf ihm eine Kusshand zu und alle lachten.

„Lass dich nicht aufziehen, Schatz", sagte Bastian zu Maike. „Sollten wir uns verlaufen, wirst du diesmal nicht allein auf Rettung warten müssen."

„Oh", rief Thorsten. „Mister Romantic!"

Klatschend traf ihn der Schneeball am Hinterkopf. Bastian warf gleich noch einen hinterher, bevor er losrannte, Thorsten johlend auf den Fersen.

„Ihr seid solche Kinder!", rief Resi ihnen nach.

Eine Wegbiegung weiter trafen sie wieder auf die beiden Streithähne. Bastian war ganz rot vom Schnee, den Thorsten ihm ins Gesicht gerieben hatte. Thorsten zog sich lachend seine Mütze auf den Kopf, nachdem er seine Haare vom Schnee befreit hatte.

Der Weg führte sie immer weiter den Berg hinauf und langsam, aber stetig verschwanden die letzten grünen Flecken in der Natur. Die einzigen Farben trugen sie selbst und der Himmel, der sich in einem tiefen Blau präsentierte, nur vereinzelt durchsetzt von langsam verblassenden Kondensstreifen der Flugzeuge.

„Wir sind gleich am Haberstein", rief ihnen Marianne zu, die mit Tommy und Resi ein Stück vorausgegangen war.

„Da ist es im Sommer zwar etwas spektakulärer, aber der Ausblick wird trotzdem super sein", meinte Bastian. „Das ist ein riesiges Geröllfeld aus der letzten Eiszeit. Ich hab mal mit einem Biologen in der Uni darüber gesprochen. Der hat zum Mikroklima dieser Geröllhalden geforscht und war ein richtiger Haberstein-Fan. Unter und zwischen den Felsen hat es auch im Winter recht milde Temperaturen und im Sommer ist es dort schön kühl. Das ist ein eigenes kleines Ökosystem mit Schlangen und Spinnen und …"

„Schlangen? Ist das dein Ernst?" Maikes Augen waren weit aufgerissen.

„Klar. Ist ein Schlangenparadies. Nicht im Winter natürlich", fügte er hinzu, als er sah, wie Maike fröstelte. „Ich war mal allein hier, da hab ich mich erst ziemlich einsam gefühlt, aber dann hab ich mir vorgestellt, was um und unter mir herum alles los ist, und schon war die Einsamkeit verschwunden. Ich zeig euch mal Fotos vom Sommer hier", meinte er an Maike, Tommy und Tamara gerichtet. „Das ist echt faszinierend."

„Ich bin mir gerade nicht sicher, ob ich im Sommer herkommen will, wenn hier so Schlangengetier rumkriecht", sagte Maike.

„Ach was. Die haben mehr Angst vor dir als du vor ihnen", sagte Resi und klopfte Maike fröhlich auf den Rücken.

Sie bogen vom Hauptweg ab auf einen schmalen Pfad. Angeführt von Flo erreichten sie hintereinander nach ein paar Dutzend Schritten einige zerklüftete und rund geschliffene Granitfelsen und den Aussichtspunkt. Tommy entfuhr ein beeindrucktes „Wow".

Dank des klaren Tages war der Ausblick wirklich besonders schön. Der Ochsenkopf wirkte so nahe, als könnte man ihn in wenigen Minuten erreichen. An seinen bewaldeten Flanken hingen Dunstwolken. Auch Bischofsgrün, am Fuße des Berges, war in einen leichten Nebel gehüllt, aber das tat dem Eindruck keinen Abbruch. Wie ein strahlendes Polster hüllte der Schnee die ganze Welt ein und dämpfte alles. Es war so kalt, dass die weiße Schneehülle glitzerte und in Verbindung mit dem tiefblauen Himmel eine freundliche, stille Atmosphäre schuf.

„Na, hab ich zu viel versprochen?", wollte Bastian wissen.

„Nein, hast du nicht", sagte Tamara. „Da muss ich echt mal im Sommer herkommen, wenn es hier noch schöner sein soll. Das ist richtig toll."

Zustimmendes Gemurmel ertönte. Nach einigen Handyfotos und ein paar Minuten Verschnaufen machten sie sich wieder auf den Weg.

„Die halbe Strecke hoch haben wir schon", meinte Rick zu Tamara, die mittlerweile neben ihm lief. Sie antwortete ihm mit einem Lächeln und ihr Blick tauchte tief in seinen ein. Sein Herz klopfte ihm heftig in der Brust. Und das kam sicher nicht von der Anstrengung.

Er sah es kommen, bevor sie es merkte. Aus dem Augenwinkel nahm er die nahende Gefahr wahr und versuchte noch, sie zu warnen: „Achtung, da ist eine Wu..." Weiter kam er nicht, da war sie schon an der herausragenden Wurzel hängen geblieben und der Länge nach auf den schneebedeckten Waldweg gestürzt.

„Alles okay?" Sofort ließ er sich neben ihr in die Hocke sinken und half ihr dabei, sich zum Sitzen aufzurappeln. Er hielt den Atem an. Keine Antwort von Tamara. Hoffentlich hatte sie sich nichts getan! Er überlegte schon, wie er sie den Berg runterbringen könnte, wenn etwas mit ihrem Fuß wäre.

Immer noch wortlos strich sie sich den Schnee von den Klamotten und aus dem Gesicht. Auch die anderen waren herbeigeeilt.

„Tamara! Ist alles gut?", fragte Maike mit besorgtem Ton.

Tamara vergrub ihren Kopf in den Händen und krümmte sich auf einmal. O Gott! Sie hatte sich bestimmt verletzt. Ihre Schultern bebten und Rick machte sich jetzt wirklich ernsthaft Sorgen. Zaghaft berührte er sie, da nahm sie ihre Hände vom Gesicht und brach in schallendes Gelächter aus. Kollektives Aufatmen antwortete ihr.

„Mann! Warum passiert das immer mir?", brachte sie zwischen zwei Lachsalven hervor.

„Weil du die Dusselkönigin bist", sagte Tommy grinsend. „Das sollte dir mittlerweile auch klar sein."

„Gott, ist das peinlich."

Lachend half Rick ihr dabei, einige Schneereste von der Kleidung zu wischen, und bot ihr seine Hand an, um ihr aufzuhelfen. „Ach, Schmarrn", sagte er und zog sie auf die Füße. „Zum Glück liegt so viel Schnee. Der hat das gut gedämpft, hoff ich."

„Etwas, ja." Sie richtete sich die Mütze, die schief auf dem Kopf saß, und schüttelte ihren von Schnee weißen Zopf aus.

„Du hast mir einen ganz schönen Schrecken eingejagt", sagte Rick. „Ist am Fuß alles okay?"

„Basst alles? Nix passiert, oder?", fragte auch Flo noch mal nach.

„Alles prima. Wie Rick eben sagte: Der Schnee hat es abgefedert. So, weiter geht es. Vergesst es, damit ich wieder zu business as usual zurückkehren kann." Mit roten Wangen ließ sie ihren Blick über die Runde schweifen und verzog den Mund dabei zu einem schiefen Grinsen. Sie erntete ein Daumen-hoch von Thorsten und so setzten sie ihren Weg fort.

„Ich muss sagen, dass ich es anstrengender finde als erwartet. Ich mach zwar viel Yoga und so, aber mit Bergwanderungen hab ich es in meinem Alltag nicht so. Hat man ja eben sehen können." Sie lachte kurz auf.

„Was machst du sonst in deiner Freizeit?", wollte Rick wissen, die Ereignisse wunschgetreu ignorierend. Auch wenn es ihm schwerfiel, denn sie war in seinen Augen gerade noch süßer als vor dem Stolperer. Er bemühte sich, aus der Verlegenheit, die ihre Gegenwart verursachte, herauszukommen. Sonst dachte Tamara noch, er wäre schüchtern oder so. Das stimmte ja nicht. Sie machte es ihm einfach schwer, die richtigen Worte zu finden.

„Ich les viel, meditiere und mach Yoga. Hin und wieder mach ich einen Ausflug in die Natur. Raus aus der Stadt. Das meiste von meinem Geld gebe ich für Wochenendseminare aus.

Retreats, Achtsamkeitstage, Yogafortbildungen, Pilates und so was alles." Sie blickte ihn vorsichtig von der Seite an. „Das kommt dir sicher total blöd vor."

„Nein, gar nicht!", beeilte er sich, zu sagen. „Ich geb mein Geld für Schallplatten, Musikequipment oder auch mal neue Motorsägen aus." Er lachte auf. „Wenn es dich glücklich macht, dich mit so was zu beschäftigen, kann es doch nicht falsch sein."

„Schön, dass du das sagst." Tamara lächelte ein bisschen breiter. „Was macht dich glücklich?"

„Holz", kam es wie aus der Pistole geschossen. „Holz und Musik."

„Passt irgendwie gut zusammen, find ich. Die meisten Instrumente sind aus Holz."

„Ja, stimmt. Holz ist das Hauptmedium für Musik. Aber ich mag nicht nur das geschlagene Holz. Ich mag auch das lebende Holz, wie hier im Wald." Er machte eine ausgreifende Geste. „Das hat seine ganz eigene Musik, wenn du weißt, was ich meine."

„O ja! Das hab ich beim Waldbaden schon erlebt. Das stimmt wirklich."

Die Begeisterung, die aus Tamara sprach, schwappte auf Rick über. „Aber ich liebe nicht nur den Klang von Holz, ich liebe auch, Holz zu berühren und zu riechen. Es fühlt sich immer lebendig an. Warm, organisch. Es gibt mir die Möglichkeit, meine Visionen zu verwirklichen, Neues zu schaffen. Nichts, was aus Holz gemacht wird, ist starr. Es bleibt lebendig. Es bewegt sich. Es arbeitet. Ich muss der bestehenden Struktur folgen, wenn ich etwas daraus baue. Ich kann nicht einfach stur was draus machen. Ich muss mit dem Holz arbeiten."

Er hielt inne und blickte Tamara vorsichtig an. Da hatte er wohl ein wenig übertrieben. Sie sah ihm schweigend in die Augen und sagte nichts. Gott, das war jetzt doch peinlich. Aber dann stahl sich ein Lächeln auf ihre schönen Lippen.

„Ich würde meinen, du hast dir den richtigen Beruf ausgesucht. Ab heute bist du der Schreiner meines Vertrauens."

Während Rick ihr Lächeln erwiderte, flutete Wärme seinen Körper.

Eine Weile verließen sie die emotionale Ebene ihrer Jobs und sprachen über Möglichkeiten des Onlinevertriebs. Sie waren so in das Gespräch vertieft, dass sie beide zusammenschraken, als Thorsten plötzlich rief: „Wir sind am Tausend-Meter-Stein!"

Und tatsächlich. Ohne es zu merken, hatten sie nahezu hundert Höhenmeter überwunden. Am Wegesrand, kurz vor einer Lichtung mitten im Wald, war ein großer Granitblock mit einem kleinen Kreuz auf der Spitze aufgestellt, in den ‚1000 m ü. d. M.' eingraviert war.

„Wow. Schon lange her, dass ich so hoch war", meinte Tommy. Leise pfiff er durch die Zähne.

„Jetzt ist es nicht mehr sehr weit", sagte Resi. „Bald haben wir es geschafft. Ist doch um einiges kälter als vorhin, findet ihr nicht?"

Jetzt, wo sie es sagte, bemerkte auch Rick, wie stark die Temperatur im Vergleich zum Treffpunkt abgefallen war. Auch bei Tamara schien die Kälte angekommen zu sein. Sie rieb sich ihre Hände, die schon ganz rot waren. Sicherlich auch vom Sturz in den Schnee.

„Hast du keine Handschuhe?", fragte Rick.

„Nein, hab ich vergessen. Ich hab normalerweise keine Probleme mit kalten Händen, aber ich hatte auch nicht mit einer solchen Schweinskälte gerechnet, wenn ich ehrlich bin. Und mit meiner Tollpatschigkeit", fügte sie hinzu.

„Hier." Rick zog sich seine alten, abgeschrammten braunen Lederhandschuhe von den Fingern. Die waren zwar nicht ideal, aber besser als nichts. „Nimm meine. Ich kann das an den Händen ganz gut ab und bin das auch mehr gewohnt."

„Nein." Tamara hob abwehrend ihre Arme. „Ist in Ordnung. Wirklich."

Vielleicht mochte sie die alten Dinger gar nicht anziehen. Rick blickte unsicher zwischen den Handschuhen, die er ihr hinhielt, und ihrem Gesicht hin und her. Warum hatte er nicht seine neuen Handschuhe mitgenommen? Er hatte sich doch erst vor zwei Wochen welche gekauft.

„Na gut", sagte sie dann. „Überredet. Aber nur, wenn ich sie dir zurückgeben darf, wenn meine Hände warm geworden sind."

„Okay, gebongt." Rick grinste erleichtert, als sie sie entgegennahm und ihn mit einem erstaunten Ausdruck auf dem Gesicht ansah.

„Hey! Die sind ja hammermäßig bequem. Und wahnsinnig warm."

„Ja, das stimmt. Die hab ich schon eine Ewigkeit. Der einzige Nachteil ist, dass sie so abgenutzt sind. Sie sind nicht mehr wirklich wasserdicht. Vermeide es also am besten, mit ihnen in eine Schneeballschlacht zu geraten. Oder hinzufallen." Er konnte es sich nicht verkneifen.

„Werd ich im Hinterkopf behalten." Ihr Lächeln glänzte wie die Glitzerwelt um sie herum.

Keine zwanzig Minuten später erreichten sie den Gipfel. Perfekter konnte der Winter hier oben nicht sein. Die Natur kleidete sich komplett in Weiß. Jeder Ast, jeder Fels war von Eis, Schnee und Raureif bedeckt. Das Backöfele, die Nachbildung eines historischen Aussichtsturmes, war vollständig mit einer dicken Eis- und Schneeschicht überzogen. Überall funkelte und glitzerte es. Der Himmel über ihnen ging von einem sanften Blau am Horizont in ein tiefdunkles Blau über. Die Flugzeuge malten wie mit weißer Kreide ihre Spuren hinein.

Allein die Eindrücke der Natur hätten genügt, um das hier zu einem einzigartigen Erlebnis zu machen, doch gab es auf dem Schneeberg noch eine zusätzliche Besonderheit. Die ehemalige militärische Abhöranlage mit dem weithin sichtbaren Funkturm. Zwar wurden Teile der Anlage nun zivil von Mobilfunkanbietern genutzt, der bedrückende Eindruck eines Lost Places war dennoch stark.

„Wow. Das ist ja voll unheimlich", sprach Tommy die Gedanken aller aus. „Hier könnte man auch gut einen Horrorfilm oder so ein Apokalypseding drehen. Kriegt man ja richtig Gänsehaut."

„Ja, ist immer ein bisschen gruselig hier. Man fühlt sich beobachtet, obwohl wahrscheinlich gerade niemand in der Anlage ist. Als wäre der Kalte Krieg hier oben eingefroren worden", meinte Resi.

„Was ist das für ein surrendes Geräusch?", fragte Maike mit einer gewissen Beunruhigung in der Stimme.

„Das ist der Wind am Turm", antwortete Bastian.

„Total faszinierend", sagte Tamara. Sie stand neben Rick und betrachtete staunend die Umgebung. Zu fürchten schien sie sich nicht. „Wie das wohl gewesen sein muss, hier oben stationiert zu sein? Nachts vor allem."

„Von nachts allein im Wald kann dir Rick einiges erzählen", sagte Flo.

Das lenkte Tamaras Interesse von der Umgebung auf Rick zurück, dem dabei im eiskalten Wind etwas wärmer wurde.

„Gehen wir auf das Backöfele? Wir sollten gute Sicht haben", sagte er, um die Aufmerksamkeit wieder von sich abzulenken.

Nacheinander bestiegen sie vorsichtig die schneebedeckten und eisglatten Stufen des Aussichtsturmes. Von dort aus hatten sie tatsächlich einen großartigen Blick auf den Ochsenkopf und die Umgebung des Schneeberges. Alle machten ausgiebig Handyfotos, wobei Tommys Interesse dabei mehr den verlassenen Anlagen galt, während Tamara deutlich stärker die Natur in den Fokus nahm.

„Lasst uns vor dem Backöfele noch ein Foto mit uns allen machen!", rief Marianne. Eine angeregte Diskussion entbrannte zwecks der Durchführbarkeit eines gemeinsamen Fotos, da trafen sie am Fuße des Aussichtsturms auf eine vierköpfige Wandergruppe. Maike ging direkt auf sie zu und fragte, ob jemand von ihnen ein Foto machen könnte.

„Aber nur, wenn Sie eines von uns machen", kam fröhlich von einem älteren Herrn der Gruppe.

„Na klar! Das lässt sich einrichten", rief ihnen Bastian zu.

Und so posierten sie zusammen vor dem Holzturm. Da sich die Paare zusammenstellten, geriet Rick erneut zwischen Tommy und Tamara und als beide ihren Arm um ihn legten, erwiderte Rick die Umarmungen. Wieder konnte er deutlich Tamaras Duft wahrnehmen und begann schon, in ihrer Nähe zu versinken, da war der Fototermin bereits beendet und Bastian übernahm es, die andere Gruppe abzulichten. Nur am Rande bekam Rick mit, wie man sich verabschiedete. Er war noch ganz im Moment neben Tamara gefangen und ließ sich mit den anderen treiben, die den Weg hinab vom Schneeberg in Richtung des nächsten Gipfels ihrer Tour, des Nußhardts, einschlugen.

Es musste ihn ganz schön erwischt haben. Er war seit Ewigkeiten nicht mehr wirklich verliebt gewesen. Den Zustand, den er gerade empfand, kannte er nur aus seiner Jugend. Aber so unmittelbar? Das war ihm schon sehr lange nicht mehr passiert. Hoffentlich merkte man ihm das nicht an, es war schließlich irgendwie peinlich.

Kaum hatte er den Gedanken zu Ende gedacht, trat Bastian neben ihn und stieß ihm schwungvoll mit der Schulter an seine. „Was ist mit dir? Geht's dir nicht gut? Du bist merkwürdig, find ich."

„Nee. Passt alles", beeilte sich Rick, zu antworten.

„Glaub ich dir nicht. War was diese Woche auf der Arbeit? Dich beschäftigt doch was. Sag's mir halt. Spuck's aus."

Rick bedachte ihn mit einem langen Blick. Was sollte er machen? Bastian kannte ihn besser als jeder andere. Ihm konnte und musste er nichts vormachen, im Gegenteil, ihm konnte er alles erzählen, denn niemand würde es von Basti erfahren, darauf konnte sich Rick immer verlassen. Vorsichtig blickte er sich nach den anderen um. Sie waren alle ein gutes Stück den Weg bergab vorangegangen. Rick verlangsamte ein wenig den Schritt, um den Abstand noch etwas größer werden zu lassen, und beugte sich dann zu Bastian.

„Ich glaub, mich hat's erwischt."

„Hä? Womit?" Bastian wirkte irritiert, bis bei ihm der Groschen zu fallen schien. „Tamara? Im Ernst? So schnell?" Seine Stimme war zu einem Flüstern geworden.

„Scheint so." Rick zuckte resigniert mit den Schultern. Es tat gut, es jemandem erzählen zu können.

„Okay ...", meinte Bastian. „Und was willst du jetzt machen?"

„Ich habe nicht den blassesten Schimmer", antwortete Rick. „Ich stehe irgendwie unter Schock. Fühlt sich zumindest so an. Ich weiß gar nicht, wann mir das zuletzt passiert ist."

„Hm", machte Bastian nachdenklich. Die anderen waren weiter unten am Weg stehen geblieben und schienen auf sie beide zu warten. Lange hatten sie nicht mehr für ihr Gespräch.

„Was würdest du an meiner Stelle machen?", wollte Rick wissen.

„Ich denke, ich würde es versuchen. Was soll schon passieren, wenn es nichts wird? Sie wohnt ja nicht mal hier."

„Und wäre das für Maike in Ordnung? Was meinst du? Wäre ihr das nicht peinlich, wenn ich gnadenlos an ihrer Freundin scheitere?"

„Wir sind alle erwachsen, Rick. Mach dir da mal keine Sorgen. Maike würde dir da nichts nachtragen. Vorausgesetzt, du meinst es ernst und verarschst Tamara nicht." Rick wollte schon empört reagieren, da legte ihm Bastian den Arm um die Schultern und fügte hinzu: „Was du natürlich nie tun würdest. Und auch noch nie getan hast. Also entspann dich."

„Was ist denn mit euch? Was trödelt ihr so?", rief ihnen Maike gut gelaunt entgegen.

„Wir haben einen Schlachtplan ausgearbeitet, wie wir eine Schneeballschlacht gegen euch alle gewinnen könnten", entgegnete ihr Bastian.

„Und? Wie?", fragte Maike grinsend.

„Indem wir uns zuerst das schwächste Glied raussuchen", sagte Bastian, beugte sich nach unten, griff sich großzügig Schnee und bewarf Maike damit.

„Boah! Du Schlawiner!" Mit gespielter Empörung stürzte sich Maike auf Bastian, um ihn einzuseifen. Die Gruppe beobachtete begeistert das Schauspiel und begleitete Maikes scheiternde Versuche mit lautem Gelächter.

Der Abstieg zum Nußhardt war über den felsigen Weg bei den winterlichen Verhältnissen nicht einfach. Auch, weil sie an einer Schutzhütte eine Trinkpause einlegten, brauchten sie fast noch eine Stunde bis zum Gipfel.

Dieser Berg war einer von Ricks Lieblingsorten im Fichtelgebirge. Der Ausblick war großartig und die Felsformationen, die den Gipfel bildeten, waren besonders schön. Hinter Tamara betrat er den Aussichtspunkt und genoss die herrliche Sicht über das Gebirge und eine perfekte Winterwaldlandschaft.

„Oh!", rief Tamara begeistert aus. „Von da sind wir gekommen. Sieht von hier aus richtig mächtig aus." Sie zeigte auf den Schneeberg, der sich zu ihrer rechten Seite erhob.

„Diese Wanderung hat im Winter ihren besonderen Reiz, aber im Sommer finde ich sie noch viel schöner", sagte Rick. „Dann fühlt man sich wie im Märchenwald. Dieser Märchenatmosphäre ist sicher auch die Geschichte mit den Druidenschüsseln zu verdanken."

Tamara warf ihm einen fragenden Blick zu.

„Hier", er deutete auf den Felsen, auf dem sie standen, „sind unter dem Schnee so schüsselförmige Vertiefungen im Stein. Die hat man früher für Opferstätten gehalten."

„Mit so was hast du mich", meinte sie. „Religiöse Kulte waren meine Spezialität im Studium. Jetzt werde ich wohl nicht umhinkönnen, im Sommer wiederzukommen." Sie lächelte ihn strahlend an.

„Herbst ist auch noch mal was ganz anderes", sagte Rick und zwinkerte ihr dabei verschmitzt zu.

„Ach echt? Na dann. Und wie ist es im Frühling? Soll ich da auch wieder herkommen?" Auch ihr Lächeln wurde zu einem frechen Grinsen. Sie flirtete eindeutig zurück. Rick wurde heiß.

„Unbedingt. Der Frühling auf dem Nußhardt ist etwas ganz Besonderes."

Die Sekunden verstrichen, während derer sie sich tief in die Augen sahen. Doch der Moment wurde gnadenlos abgewürgt, als Flo laut vom Fuß der Treppe rief: „Hey! Seid ihr festgefroren? Mir wird kalt. Lasst uns jetzt mal hoch!"

Zoiglbrödl

Der Zauber, den er auf dem Nußhardt mit Tamara verspürt hatte, wiederholte sich leider auf dem letzten Wanderabschnitt nicht. Die Gruppe durchmischte sich kräftig und Rick ging eine ganze Weile mit Tommy, Flo und Marianne. Am Seehaus kamen sie überein, nicht einzukehren, da Maikes Schuhe langsam durchnässten. Also zogen sie weiter bergab, bis sie die Bundesstraße, auf der sie hergefahren waren, überqueren und auf der anderen Seite fast fünf Stunden nach Aufbruch wieder bei ihren Autos ankamen. Sie verabschiedeten sich und verabredeten ihr Treffen in Althauptsberg für den Abend.

„Wir holen dich dann gegen dreiviertel sechs daheim ab, ne?", sagte Bastian zu Rick.

„Dreiviertel sechs? Welche Uhrzeit ist das? Viertel vor sieben?", fragte Tommy irritiert.

„Die Frage kann ich mittlerweile beantworten!", rief Maike. „Das ist Viertel vor sechs. Stimmt's?"

„Sehr richtig", lobte sie Rick. „Du lernst schnell."

„Dreiviertel bei dir. Bis dann", sagte Bastian.

Sie bestiegen ihre Wagen und fuhren winkend vom Parkplatz. Nur Rick blieb einen Moment länger in der Stille zurück. Tamara hatte ihm bei der Verabschiedung zugezwinkert. Das musste doch was bedeuten. Grübelnd stieg er in sein Auto und trat die Heimfahrt an.

Nach einer ausgiebigen heißen Dusche und einer halben Kanne Pfefferminztee hatte Rick schließlich das Gefühl, völlig durchgefroren zu sein, vertreiben können. Da er nicht wusste, was er bis zum Abend machen sollte, entschloss er sich, noch in die Werkstatt zu gehen. Sein neues größeres Projekt war eine ausgefallene Schrankwand, in der Platten, CDs, Bücher, Filme und diverse Abspielgeräte ihren Platz finden sollten. Der Kunde war ein musikverrückter Kumpel, der es satthatte, keinen schönen Ort für seine ganzen Heiligtümer zu haben. Er hatte Rick völlig freie Hand gelassen, die einzigen Vorgaben waren der Preisrahmen und der Wunsch, dass alles seinen Platz haben sollte.

Solche Projekte liebte Rick, da konnte er seiner Kreativität völlig freien Lauf lassen. Allerdings brachten sie auch immer ein besonderes Problem mit sich. Er war nie richtig zufrieden mit diesen Werken, denn irgendwie hatte er ständig das Gefühl, da wäre noch mehr gegangen. Bei genauen Vorgaben konnte er das auf eben jene schieben, aber bei den freien Projekten war er selbst sein allergrößter Kritiker.

Er war komplett in die Pläne versunken, als er mit einem kurzen Blick auf die Uhr registrierte, dass er in wenigen Minuten abgeholt werden würde. Schnell ging er nach oben und wechselte von seinen Arbeitsklamotten in eine schicke Jeans und sein Lieblingshemd, ein warmes Holzfällerhemd, weich, kariert und farblich gedeckt. Irgendwie fühlte er sich darin immer am wohlsten und es passte gut zu ihm. Nicht nur seines Berufes wegen, es verlieh ihm auch einen verwegenen Look mit seinen halblangen, wilden Haaren. Und verwegen hatte in der Vergangenheit schon öfter gezogen.

Es klingelte an der Tür, kaum dass er den letzten Knopf des Hemdes zugemacht hatte. Sofort wurde ihm heiß und sein Herz klopfte heftig in seinem Brustkorb. Er atmete zweimal tief durch und sprang die Treppe mehr hinunter, als dass er ging. Atemlos öffnete er die Tür.

„Servus", sagte Bastian. „Wäre eine kleine Besichtigungstour für die Gäste möglich?"

„Na klar! Immer hereinspaziert." Er machte Platz für die Besucher und nacheinander betraten Bastian, Maike, Tamara und Tommy seinen Flur. „Geradeaus geht es in die gute Stube, wie meine Mutter immer so schön betont hat."

„Sollen wir die Schuhe ausziehen?", fragte Tommy.

„Nee, könnt ihr anlassen. Ich muss morgen sowieso putzen und saugen. Schmutzige Böden sind bei dieser Location Standard. Irgendwas trägt man immer mit rein vom Wald, selbst wenn man die Schuhe auszieht." Er zuckte mit den Achseln.

„Das war aber auch eine abenteuerliche Fahrt hierher", meinte Tommy. „Zwischendurch habe ich echt gedacht, der Bastian veräppelt uns."

„Ja", sagte Rick und lachte laut. „Das geht vielen so, die das erste Mal zu mir kommen. Ihr hättet das Gesicht meines Spediteurs mal sehen müssen, als er seine erste Fahrt hier raus hatte. Seither haben wir die Abmachung, dass er immer einen Kaffee bekommt, wenn er es hergeschafft hat." Die anderen stimmten in sein Lachen mit ein.

Mit ausgreifender Geste lud er sie in sein Wohnzimmer ein. Eigentlich war das Zimmer, an das die große Küche anschloss, Ess- und Wohnzimmer in einem. Er war froh, dass er erst vor Kurzem das Echtholzparkett abgeschliffen und neu eingelassen hatte, denn das schuf eine deutlich hellere Atmosphäre als vorher. Die Möbel waren eine Mischung aus rustikal und modern. Einige hatte er von seinen Eltern übernommen und generalüberholt, wie den Esstisch, die Schrankwand und den Ohrensessel seines Vaters. Alles andere war neu und hell. Das gab dem großen Raum eine gewisse Würze, fand er. Er hoffte, dass seine Gäste, besonders Tamara, das genauso sahen. Zögerlich musterte er ihr Gesicht, das leider keine Rückschlüsse zuließ, ob es ihr hier gefiel oder nicht. Er wurde zunehmend nervös.

„Du hast das Schlagzeug aus dem Keller geholt?", fragte Bastian erstaunt. „Wann hast du das denn gemacht?" Er zeigte auf die hintere Zimmerecke, die von einem großen Orientteppich bedeckt war, auf dem Schlagzeug, Verstärker, Gitarren auf Ständern und allerhand anderes Equipment verstreut standen.

„Nach dem Bodenschleifen hatte ich Bock auf 'ne Veränderung. Ich dachte mir, wieso soll das Teil immer im Keller stehen, da sieht es ja keiner. Außerdem hört mich ja eh niemand, wenn ich spiele. Da kann ich das auch hier oben machen."

„Find ich spitze." Bastian klopfte ihm anerkennend auf die Schulter.

„Dein Boden ist richtig schön geworden", meinte Maike.

„Ziemlich praktisch, wenn man so was selber machen kann", warf Tamara ein. „Ich kann gar nichts Praktisches." Sie lachte.

„Dann musst du dir einen Mann suchen, der das kann", sagte Tommy salopp.

„Stimmt", antwortete Tamara.

Okay ... Diesmal regte sie sich gar nicht über Tommys Kommentar auf. Bastian und Rick wechselten einen kurzen vielsagenden Blick. Rick wurde heiß.

„Hier geht es nach oben", sagte er und öffnete die Tür zum kalten gefliesten Treppenhaus. „Die alte Holztreppe ist als Nächstes dran mit der Renovierung. Die knarzt ganz furchtbar und ist an manchen Stellen total ausgetreten."

„Was ist oben?", fragte Tommy interessiert.

„Mein Schlafzimmer, ein großes Bad, ein Arbeitszimmer, in dem ich meinen ganzen Papierkram habe, ähm, etwas unordentlich leider, und noch ein ungenutztes Zimmer. War mal mein Kinderzimmer. Zur Werkstatt bitte hier entlang." Rick öffnete die Tür neben dem Treppenhaus und deutete ihnen an, einzutreten. „Das ist ein altes Bauernhaus. Damals war es den Leuten wichtig, trockenen Fußes in den Stall und wieder zurückzukommen. Daher haben viele dieser Häuser eine Verbindung zwischen Wohnhaus und Stall."

Sie durchquerten den Flur, er öffnete eine Stahltür und sie betraten seine Werkstatt. Maike lachte laut auf.

„Du bist echt der Knaller! Das hat sich seit deiner Einweihungsparty praktisch nicht verändert. Wie kennst du dich in dem Chaos aus?"

Staunende und ungläubige Blicke schweiften durch die weitläufige Halle. Dieses erste Entsetzen, wenn man seine Werkstatt betrat, war Rick gewohnt. Er hatte schon viele Strategien probiert, das Ganze etwas ordentlicher und strukturierter zu gestalten, aber wirklich durchgehalten hatte er nichts.

„Das Werkzeug ist immer geordnet und weggeräumt. Das klappt", sagte er zu seiner Verteidigung. „Arno, einer meiner Mitarbeiter, ist von der sehr pedantischen Sorte. Aber auch der hat sich mittlerweile daran gewöhnt." Er grinste.

„Der arme Arno", sagte Tamara und schien mühsam ein Lachen zu unterdrücken.

„Und dein Azubi?", fragte Maike.

„Der kommt ganz nach mir. Martin, mein anderer Mitarbeiter, bewegt sich sozusagen zwischen den Welten."

Die Fröhlichkeit, die sie aus der Werkstatt mitgenommen hatten, hielt bei Rick so lange an, bis er im Auto an Tamara gedrückt auf der Rückbank saß. In Sekundenbruchteilen wich die Unbeschwertheit einer angespannten Nervosität. Die Wärme ihres Körpers, die langsam durch seine Kleidung auf seine Haut sickerte, ließ ihn kaum einen klaren Gedanken fassen. Er bekam die Gespräche auf der Autofahrt nach Althauptsberg nur wie durch einen Nebel mit.

„Servus! Kummts eina!"[7], brüllte ihnen Matthias entgegen, als die gesamte Truppe die Zoiglstube betrat. Thorsten, Flo, Marianne und Resi hatten auf dem Parkplatz des Gasthauses auf sie gewartet.

„Weddernei[8]!", stieß Flo staunend aus. „Da ist ja schon der Teufel los!"

Die Wirtsstube war gut gefüllt, die Stimmung bereits alkoholschwanger und die kleine Drei-Mann-Kapelle baute eben in eine freie Ecke gequetscht ihre Instrumente auf.

„Himmel", war Tommys Reaktion. „Da ist es ja im Hofbräuhaus nicht so voll!"

„Ist der erste Zoigl des Jahres beim Hias. Und nach seiner Meinung eh der beste, den es gibt." Rick grinste breit. Hier fühlte er sich immer wohl. Sein Cousin Hias war ihm stets ein Bruderersatz gewesen und so bedeutete, hierherzukommen, jedes Mal auch, die Familie zu besuchen.

Matthias lotste sie durch die prallvolle Stube zum letzten freien Tisch in der hintersten Ecke. „Dou habt's Glick ghabt, der is nu frei. Also servus midanand. I bin übrigens der Matthias Grubenhammer, der Cuseng vom Richard. Owa olle songs Hias zu mia, Grubi oder hald Matthias. Matze und Matthais moch i ned a su. Kinnt's owa a song. Wirts engs wollts."[9]

„Okay ...?", sagte Tommy zögernd. Er, Tamara und Maike starrten den Hias an und hatten offenbar kein einziges Wort verstanden.

---

7 „Servus! Kommt rein!"
8 Wahnsinn
9 „Da habt ihr Glück, der ist noch frei geblieben. Also servus miteinander. Ich bin der Matthias Grubenhammer, der Cousin vom Richard. Aber alle nennen mich Hias, Grubi oder halt Matthias. Matze und Matthais mag ich nicht so. Könnt ihr aber auch sagen. Wie ihr wollt."

„Ihr habt kein Wort verstanden, oder?", stellte Thorsten grinsend die offensichtliche Frage.

Hias lachte laut, sodass sein mittelgroßer Bauch fröhlich auf und ab wippte. „Da Richard übersetzt's eich. Sagtz'm, wos'd wollts. I kumm glei wieda"[10], sagte Hias und wandte sich dann an Rick: „D'Moni kummt hernach a."[11]

„Oh wie schön!", antwortete Rick. Auf die fragenden Blicke der anderen hin sagte er, während Hias zum nächsten Tisch abschwirrte: „Die Moni ist eine meiner Cousinen und Matthias' Schwester. Die kommt später auch."

„Ah", machte Maike und nickte. Erwartungsvolle Blicke trafen Rick.

„Also", fing er an. „Matthias Grubenhammer ist mein Cousin und der Inhaber der Zoiglstube. Ihr könnt ihn Hias oder Grubi nennen, das mag er am liebsten. Ich soll eure Bestellungen aufnehmen. Zum Trinken gibt es Limo, Wasser, Spezi und eben Zoigl. Zum Essen gibt es Brotzeitplatten mit diverser Wurst, Presssack und Käse. Alternativ Käseplatte."

„Was genau ist jetzt dieses Zoigl?", fragte Tommy.

„Flo, bitte", forderte Rick auf.

Der hatte schon tief Luft geholt. „DER Zoigl ist ein Bier, bei dem die Maische im Kommunbrauhaus der jeweiligen Ortschaft gekocht wird. Dort kommt auch der Hopfen dazu. Dann wird sie an die verschiedenen Häuser mit Braurecht verteilt. Die versetzen es nach ihren eigenen Rezepten mit Hefe und lassen es in ihren Kellern gären. Manche machen ein Helles, andere ein Dunkles. Der Zoigl vom Hias ist dunkel, was mir persönlich besser schmeckt. Jeder Zoigl schmeckt anders. Die Zoiglbraukultur ist übrigens immaterielles Kulturerbe der UNESCO und gibt es in dieser Art nur hier in der nördlichen Oberpfalz."

„Oh", machten Maike, Tommy und Tamara anerkennend.

---

10 „Richard übersetzt euch. Sagt ihm, was ihr wollt. Ich komme gleich wieder."
11 „Die Moni kommt nachher auch."

„Es gibt auch Brauereien, die Zoigl herstellen", fuhr Flo fort. „Aber das ist nicht ganz das Gleiche wie diese Art hier. So, wie es hier praktiziert wird, in ganz bestimmten Ortschaften von einigen wenigen Häusern, die immer abwechselnd ihre Zoiglstube öffnen, ist es der ursprüngliche Zoigl."

„Ich hab mich beim Reingehen über den Davidstern über der Tür gewundert", warf Tommy ein.

„Das ist der Zoiglstern. Der wird rausgehängt, wenn es Zoigl gibt. Das ist das Zunftzeichen."

„Spannend", meinte Tommy. Die beiden Frankfurterinnen nickten zustimmend. Jeder wollte eines, bis auf die beiden Fahrerinnen Maike und Marianne.

„Ich probiere mal vom Basti", sagte Maike.

„Ich lass dir am Ende eine Flasche mitgeben. Dann kannst du es zu Hause trinken, okay?", meinte Rick.

„Super", sagte Maike.

Hias kam zurück und Rick bestellte die Biere und für jeden eine Brotzeitplatte. Kaum hatten sie die Getränke, dröhnte auch schon die kleine Volksmusikkappelle los. Tommy war sofort begeistert und kündigte an, nach dem Essen mal zu den drei Herrschaften dazustoßen zu wollen.

„Auf den müssen wir aufpassen", sagte Tamara zu Rick und Bastian.

Bastian grinste und Rick bedauerte stumm, dass er nicht neben ihr sitzen konnte. Man hatte ihn auf die Stirnseite verfrachtet, an Bastians und Resis Seite. Aber vielleicht ergab sich später noch die Gelegenheit, die Plätze zu wechseln.

Die kam schneller als erwartet. Direkt nach dem Essen, das alle begeistert verschlungen hatten, stand Tommy wie angekündigt auf und schob sich zwischen den Tischen durch bis zu den Musikanten. Die machten gerade eine Pause, nachdem sie die Stimmung in der Wirtsstube ordentlich angeheizt hatten.

Kurzentschlossen schnappte Rick sich Tommys Platz neben Tamara. Die blickte ihm erfreut entgegen, als er sich setzte.

„Hoffentlich bringt Tommy nicht deren Programm durcheinander", sagte sie an ihn gewandt.

„Nein, das glaub ich nicht. Die haben kein Programm. Die machen das hier aus Spaß und umsonst. Dafür können sie so viel essen und trinken, wie sie wollen."

„Wow. Cool", meinte Tamara.

Eine lange Pause entstand, in der er nicht umhinkam, ihr Aussehen zu bewundern. Sie trug einen übergroßen Strickpullover, dessen riesige Halsöffnung auch ihre linke Schulter mit einfasste. Ihre Haare waren zu einem dicken Zopf geflochten, der über ihre freie Schulter hing, was die Muskeln dort betonte. Er wusste, dass sie früher viel geschwommen war, denn Maike hatte das mal erzählt. Ihrer schlanken Figur nach zu urteilen, machte sie das noch immer. Unverhohlen ließ er seinen Blick über ihren Körper bis zu ihren übergeschlagenen Beinen in der engen Jeans gleiten.

„Gefällt dir, was du siehst?", fragte Tamara mit einem Schmunzeln um den Mund.

„Auf jeden Fall", antwortete Rick so bestimmt, dass er sie damit zum Lachen brachte.

„Flirtest du?", fragte sie weiter.

„Du nicht?", war seine freche Antwort.

Sie zwinkerte ihm grinsend zu, was ihm auf jeden Fall Mut machte. Möglicherweise standen seine Chancen nicht schlecht. Diese Gelegenheit würde er sich nicht entgehen lassen. Wenn sie abreiste und er es nicht probiert hatte, würde er sich das sicher vorwerfen.

„Ich bin zwar in der Stadt geboren, aber im Grunde bin ich überhaupt kein Stadtkind", sagte Tamara. „Wenn ich auf Yoga-Wochenenden oder Retreats und so bin, finden die ja meist auf dem Land statt. Diese Stille, die ich aus den Kursen und der ländlichen Ruhe ziehe, hält nach der Rückkehr in die Stadt nicht wirklich an. Sie wird dort einfach übertönt."

Die Musik setzte wieder ein und eine neue Stimme sang laut, in mangelhaftem Oberpfälzisch, dafür aber in schönster Stimmlage mit. Tamara warf einen Blick zum fröhlichen Tommy, der zwischen den Musikanten von einem Blatt ablesend alles gab. Der Schankraum johlte und klatschte laut dazu und Tamara schüttelte grinsend den Kopf und wandte sich dann wieder Rick zu. Diesmal kam sie, zu Ricks Freude, noch einmal sehr viel näher, damit er sie überhaupt verstehen konnte.

„Früher habe ich gedacht, ich bin ein unruhiger Mensch, der selbst keine Ruhe findet, aber mittlerweile glaube ich, dass es die Stadt ist, die mir meine Ruhe stiehlt."

„Versteh ich. Ich kann mir nicht vorstellen, in der Stadt zu wohnen. Nicht mal in einer Kleinstadt. Da ich nach der Schule in die Lehre gegangen bin, kam ich auch nicht weg. Hätte ich Architektur studiert, wie ich eigentlich vorhatte, wäre ich jetzt vielleicht woanders. Und wüsste mit meiner Unruhe nichts anzufangen."

„Ist es nicht sehr einsam, so allein in diesem Haus mitten im Wald?", fragte sie.

„Ich will nicht lügen, manchmal schon. Aber meine Freunde sind nicht weit weg. Wenn es mir mal schlecht geht und ich Gesellschaft brauche, ist der Bastian der Letzte, der mich abweist."

„Auch jetzt noch? Wo doch Maike bei ihm wohnt?"

„Ich habe ihn seither erst einmal deswegen angerufen. Aber da ist er sofort gekommen", sagte Rick.

„Maike hat großes Glück", meinte Tamara.

„Das hat sie", antwortete Rick. „Und er auch." Nach kurzem Schweigen fuhr er fort: „Da meine Arbeitsstätte auch bei mir zu Hause und tagsüber ziemlich Action ist, kommen so einsame Episoden nur auf, wenn ich mal krank bin oder an Feiertagen."

„Was machst du an denen? Verbringst du die allein?"

„Manchmal. Aber meistens bin ich hier in Althauptsberg bei meiner Familie oder einer meiner Kumpel lädt mich ein. Ich habe Weihnachten schon öfter mit dem gesamten Langmaier-Klan verbracht, Bastis Familie. Dieses Weihnachten war ich aber allein. Der Hias war im Skiurlaub und den Bastian wollte ich bei seinem ersten Weihnachten mit Maike nicht stören."

Ein nachdenklicher Blick traf ihn.

„Ich fühle mich auch ziemlich einsam manchmal", sagte Tamara nach einer längeren Pause, während der sie sich nur ansahen. „Mein Ladengeschäft läuft nicht wirklich gut. Ich hab schon Kunden, aber die meisten bestellen ihre Sachen im Netz und so sitze ich oft von früh morgens bis zum Abend in meinem Laden und hab nichts zu tun." Sie lachte. „Zum Glück lese ich gerne und viel. Seit Maike aus unserer WG ausgezogen ist, bin ich abends, wenn ich heimkomme, ebenfalls oft allein. Tommy arbeitet ja spät und in der Nacht. Wenn er dann schläft, geh ich wieder aus dem Haus. Es gibt Wochen, da laufen wir uns kaum über den Weg."

„Hm", machte Rick, „ist auch nicht wirklich schön. Und deine Eltern?"

„Die arbeiten beide ziemlich viel. Meine Mutter ist Chemikerin bei einem Hersteller von Klebstoffen und Kühlflüssigkeit und so weiter. Mein Vater ist Kaufmann bei Dell. Familienfeste feiern wir zusammen, das schon. Ansonsten telefonieren wir viel. Weil für ein Treffen, außer an Feiertagen und Geburtstagen, irgendeiner von uns immer keine Zeit hat."

„Und Freunde?", fragte Rick.

„Tommy ist mein Cousin und er und Maike sind meine besten Freunde. Ansonsten habe ich Bekannte vom Schwimmen oder vom Yoga oder von den Retreats. Aber richtige Freunde habe ich sonst nicht. War noch nie so der gesellige Typ." Tamara lächelte leicht. „Du siehst, einsam bin ich auch oft."

„Das kann ich nicht zulassen." Erst wirkte Tamara irritiert, dann fröhlich, als Rick ihre Hand vorsichtig in seine nahm. Gemeinsam grinsten sie um die Wette.

Sanft streichelte er ihren Handrücken mit seinem Daumen. Ihre Haut war weich und warm und ihre Finger schlossen sich fest um seine. Etwas schüchtern noch verbargen sie ihre verschränkten Hände vor den anderen unter dem Tisch. Allerdings schaute auf sie im Augenblick sowieso niemand. Alle hatten sich zur Musikkapelle umgedreht und klatschten und sangen laut mit. Rick brauchte all seine Selbstbeherrschung, um nicht Tamaras nackte Schulter zu küssen, die sich ihm aus dem breiten Kopfloch ihres Pullovers entgegenstreckte. Ihre Nähe, Wärme und ihr unwiderstehlicher Duft brachten sein Herz zum Rasen. Bis es ihm durch eine plötzliche feste Umarmung von hinten fast stehen blieb.

Die Überraschung wich sehr schnell Vertrautheit. Moni drückte ihn an ihre schmale Oberweite. Sie war optisch das genaue Gegenstück ihres Bruders, so dünn und klein, dass niemand, der sie nicht kannte, auf ihre Verwandtschaft mit Hias schloss, der gestanden und groß seinen Bauch vor sich herschob.

„Rickimaus! Wie schee, dass ma uns seng!"[12], rief sie ihm laut ins Ohr. Monis Stimme passte so gar nicht zu ihrem zierlichen Äußeren, denn sie war kräftig, tief und voll.

Er wandte sich auf seinem Stuhl zu ihr um, ließ Tamaras Hand los und umarmte Moni, so gut es ihm im Sitzen gelingen wollte. Seine Cousine schien in dem Moment zu bemerken, dass Rick die Hand seiner Sitznachbarin gehalten hatte, und klopfte ihm daraufhin kräftig auf seinen Rücken. „Sauba! Des hob i ober noch niat kert, doss'd a neie Freindin host!"[13]

„Na ja", versuchte er sich rauszureden. „Wir auch nicht. Ist so frisch wie euer Zoigl. Also grad eben sozusagen."

---

12 „Rickimaus! Wie schön, dass wir uns sehen!"
13 „Sauber! Das habe ich aber noch nicht gehört, dass du eine neue Freundin hast!"

„Auweh! Mein Glückwunsch!" Sie drückte ihn wieder an sich. An Tamara gewandt sagte sie: „Mei Rickimaus is ma wira kloana Bruda. Auf den los i nix kimma."[14]

Tamaras Blick nach zu urteilen, hatte sie höchstens „Rickimaus" verstanden.

„Tamara, das ist Moni, meine Cousine. Sie ist die Schwester vom Hias und eine oberpfälzische Urgewalt." Er zwinkerte Moni zu, die in lautes Gelächter ausbrach, das ebenfalls so gar nicht zu ihrer zierlichen Gestalt passen wollte. An Moni gewandt fügte er hinzu: „Sie ist aus Frankfurt und tut sich etwas schwer, den Dialekt zu verstehen."

„Ah, alles kloar." Also stellte sich Moni nochmals im besten dialektgefärbten Hochdeutsch vor. „Rickimaus sagen wir, weil unser Richard frühers immer gern Mickymaus glesen hoat", fügte sie dann erklärend hinzu. „Die hatten wir immer am Klo. Immer a boa Heftla[15]. Deswegen woar der Richard immer viel am Doopf[16], wenn er bei uns woar."

Tamara lachte schallend, was sich noch steigerte, als Rick trocken zu Moni meinte: „Danke, Moni."

„Kloar, immer wieder gern", antwortete Moni ebenso trocken. „Und wer is er?" Moni zeigte auf Tommy, der inbrünstig sang und mit seiner Darbietung die gesamte Gaststube unterhielt. „Kert der zu eich?"[17]

„Ja. Das ist Tommy."

„Der muss sei Zech auf jeden Foj a umsunst grieng. Ich soch's na Hias. Viel Spoaß noch. Bis donn deraweil."[18]

Mit einem weiteren kräftigen Schulterklopfer für Rick und einem Lächeln an Tamara verabschiedete sich Moni. Rick richtete sich wieder auf dem Stuhl neben Tamara ein und

---

14 „Meine Rickimaus ist mir wie ein kleiner Bruder. Auf den lass ich nichts kommen."
15 Hefte, Heftchen
16 Topf, Toilette
17 „Gehört der zu euch?"
18 „Der muss seine Zeche auch auf jeden Fall umsonst bekommen. Ich sag es dem Hias. Viel Spaß noch. Bis dann derweil."

versäumte es nicht, ihr dabei wie zufällig sanft über den Rücken zu streichen. Diesmal war sie es, die nach seiner Hand griff und strahlte wie ein Frühlingsmorgen. So saßen sie lange, tranken hin und wieder von ihrem Bier und hörten Tommy, der Kapelle und den anderen zu.

„Was macht eigentlich dieses Bier so besonders im Gegensatz zu den anderen Zoiglbieren? Warum ist das hier das beste?", fragte Maike in eine Pause der Musikanten hinein.

Tommy, der seinen Platz neben Tamara wieder einnehmen wollte, quittierte das Händchenhalten von Rick und Tamara mit einem „Aha" und hochgezogenen Augenbrauen. Tamara antwortete ihm mit einem Achselzucken und einem Grinsen. Als wäre nichts, ließ sich Tommy auf Ricks altem Platz nieder. Rick hatte das Gefühl, dass Tommy später noch Näheres dazu würde wissen wollen. Von den anderen hatte es bisher keiner bemerkt oder sie sagten einfach nichts dazu.

Auf Maikes Frage hin setzte Thorsten zu einer Erklärung an: „Siehst du da hinten diese kleine Vitrine? Da ist ein zerbrochener Tonkrug drin. Darauf geht die Legende von Zoiglbrödl zurück, die man sich beim Hias erzählt."

„Zoiglbrödl?", fragte Maike mit ungläubigem Blick. „Oh mein Gott! Ist nicht euer Ernst?" Resi kicherte beim Anblick von Maikes aufgerissenen Augen.

„Das Märchen von Zoiglbrödl ist schnell erzählt", meinte Flo und begann mit allem Ernst, die Legende vorzutragen. „Es war einmal ein Mädchen, das nur noch seine böse Stiefmutter und die beiden Stiefschwestern hatte. Der Vater, ein Brauer, war gestorben, und da die Stiefmutter und die Stiefschwestern sehr faul waren, war Zoiglbrödl für das Brauen zuständig. Man hatte schließlich das Braurecht im Haus und wollte es auch nutzen, zumal das Bier als besonders bekömmlich galt. Zoiglbrödl braute es nach altem Rezept des Großvaters.

Eines Tages verkündete ein Ausrufer, dass der Prinz des Landes auf der Suche nach dem besten Bier wäre. Er hatte noch nicht das Bier gefunden, das ihm schmeckte, also versammelte man alle Brauer zu einem Wettbewerb am Königshof. Auch Zoiglbrödl wollte hingehen, aber es wurde ihr von der Stiefmutter verboten. Sie wurde in den Braukeller gesperrt, während die Stiefmutter und die Stiefschwestern sich mit vollen Krügen auf den Weg zum Wettbewerb machten. Was sie nicht wussten, war, dass Zoiglbrödl schon so etwas vermutet hatte und das Bier im Fass, aus dem sie es abfüllten, verdünnt hatte. Sie selbst füllte sich in einem Tonkrug das eigentliche Bier ab und konnte durch das Kellerfenster nach draußen klettern.

Mit einem zu langen Mantel und einem riesigen Hut verkleidet, kam sie an den Königshof. Dort bekam sie gerade mit, wie der Prinz das Bier ihrer bösen Stieffamilie ausspuckte und diese beschimpfte. Das gefiel Zoiglbrödl sehr und so wartete sie erfreut darauf, dass der Prinz zu ihrem Bierkrug kam.

Als er davon trank, begann er zu strahlen und verkündete laut den Sieger des Wettbewerbs. Zoiglbrödl wollte gerade den Preis, eine königliche Brosche, entgegennehmen, da erkannte die böse Stiefmutter sie und war schon drauf und dran ‚Betrug!' zu rufen, aber Zoiglbrödl entriss dem Prinzen den Krug, sodass er zu Boden fiel. Schnell wollte sie die Scherben aufsammeln, musste allerdings die Hälfte davon liegen lassen, weil ihre böse Stiefmutter sie beinahe erreicht hatte, um sie vor allen zu packen und als Betrügerin anzuklagen. Hastig verschwand sie in der Menge der Zuschauer." Flo legte eine kurze, aber intensive Trinkpause ein.

„Die Verkostung blieb nicht ohne Folgen", fuhr er dann feierlich fort. „Der Prinz konnte das köstliche Bier nicht vergessen und machte sich auf, das Haus zu dem Wappen zu suchen, das auf einer zurückgelassenen Scherbe des Tonkruges abgebildet war. So kam er denn zum Haus von Zoiglbrödl. Als die Stiefmutter sich dessen gewahr wurde ..." Maike spuckte vor Lachen

Spezi zurück in das Glas, aber Flo fuhr ungerührt fort. „Als die Stiefmutter das also merkte, sperrte sie Zoiglbrödl wieder in den Keller und zerbrach mehrere Krüge, um den Prinzen zu täuschen. Natürlich bekam sie die Bruchkante nicht passend hin. Als sie ihm die Bruchstücke hinhielt, erkannte der sofort den Betrug und verlangte nach dem richtigen Krug.

Zoiglbrödl hatte sich auf bekannte Art wieder aus dem Keller befreit und kam gerade rechtzeitig, dem Prinzen ihre Hälfte des zerbrochenen Kruges hinzuhalten. Die Stücke passten und der Prinz ernannte Zoiglbrödls Bier zu seinem offiziellen Lieblingsbier, das sie ihm fortan einmal im Monat zukommen lassen musste. Belohnt wurde Zoiglbrödl mit einem neuen Wappen, das sie selbst mit zu großem Mantel und Hut und einem Tonkrug zeigte. Das ist auch heute noch das Wappen dieses Hauses."

Flo deutete auf das Symbol, das über der Vitrine hing. Tatsächlich zeigte es die eben beschriebene Abbildung.

Als Tommy bitterernst meinte: „Diese Legende kommt mir seltsam bekannt vor in weiten Teilen", blieb kein Auge am Tisch mehr trocken.

Als Erste fing sich Tamara wieder und fragte an Rick gewandt: „Wer hat sich denn diese Geschichte ausgedacht?"

„Ich glaube, mein Großvater war das. Er wurde immer nach der Bedeutung des Wappens gefragt, also dachte er sich die Sage dazu aus. Was das Wappen bedeutet, wer da drauf ist und von wann es stammt, weiß niemand."

„Was?!", rief Flo mit gespieltem Entsetzen. „Die Legende von Zoiglbrödl ist nicht wahr? Du zerstörst mir gerade mein Weltbild."

Das fröhliche Lachen an ihrem Tisch übertraf an Lautstärke noch die der wieder einsetzenden Musik.

Im Laufe des Abends floss noch reichlich Bier und Tommy wurde mit einer Fanfare offiziell zum inoffiziellen Mitglied der ‚Zoiglbuam' ernannt. In seiner ‚Dankesrede' versprach er, beim nächsten Mal einen riesigen Hut wie Zoiglbrödl zu tragen und zum Dank mit einem hessischen Lied über Äppelwoi dieses Kulturgut den Herrschaften aus der Oberpfalz näherzubringen. Vereinzelt gab es nicht ganz ernst gemeinte Buhrufe aus der Wirtsstube und Tommy verbeugte sich tief wie ein Theaterschauspieler vor seinem Publikum.

Rick war absolut fasziniert von diesem Mann. Das Charisma, das er ausstrahlte, hatte so gut wie alle im Raum erfasst und nun verstand er auch, warum Tommy mit seinen Auftritten Geld verdienen konnte. Zu so etwas war man geboren oder eben nicht. Rick konnte mit den Bandauftritten ebenfalls Zuschauer für sich und die Musik begeistern, aber das war kein Vergleich. Tommy füllte den Raum komplett aus.

„Wir werden dann jetzt gehen, oder?", fragte Bastian in die Runde und alle waren sich einig.

Es war ein langer Tag gewesen. Die Wanderung steckte ihnen in den Gliedern und das Bier hatte seinen Beitrag zur Müdigkeit geleistet. Mit Bedauern ließ Rick Tamaras zarte Hand los.

Nachdem alle gezahlt hatten und Tommy sich mit großer Geste bei Hias für den Erlass seiner Zeche bedankt hatte, verließen sie das Lokal. Draußen verabschiedeten sich Tamara und Tommy von jedem Einzelnen mit einer Umarmung und der Beteuerung, nicht zum letzten Mal zu Besuch gewesen zu sein. Bastian, Maike, Rick, Tommy und Tamara bestiegen Bastians Auto. Maike, die Fahrerin, warf Rick, der mit Tamara hinten saß und wieder ihre Hand in seine genommen hatte, einen langen Blick über den Rückspiegel zu.

„Bin ich die Einzige, die eure Annäherung jetzt erst bemerkt?", fragte sie in die Stille hinein.

„Ich schätze schon", antwortete Tommy.

„Jipp", machte Bastian.

„Na toll", meinte Maike verärgert.

„Bist du sauer?", fragte Bastian.

„Nein, bin ich nicht. Ich bin nur enttäuscht, dass ich es nicht gemerkt habe und es alle anderen anscheinend überhaupt nicht überrascht", sagte sie.

„Das musst du doch nicht sein", sagte Tamara. „Es ist eigentlich eben erst passiert."

„Es ist nur ... Es ist schon so lange her, dass du dich für einen Mann interessiert hast. Ich hätte das gerne ausführlich mit dir bequatscht, bevor du wieder wegfährst", sagte Maike. „Ich vermisse das", fügte sie leise hinzu. Bastian streckte die Hand aus und tätschelte leicht ihre Schulter.

„Du kannst jederzeit nach Frankfurt fahren, wenn du das willst. Du bist der Chef. Du kannst Urlaub nehmen, wie du möchtest. Wir müssen nicht immer beieinander sein", meinte er.

„Ich weiß", sagte Maike mit einem traurigen Ton in der Stimme. „Ich habe durch den Besuch vielleicht ein bisschen Heimweh bekommen. Tut mir leid, Rick und Tamara. Ich freu mich eigentlich total für euch."

„Das weiß ich doch, Maike", sagte Tamara. „Du musst dich dafür nicht entschuldigen. In ein paar Wochen hat mein Vater Geburtstag. Komm vorbei und bleib etwas. Du kannst in deinem alten Zimmer in der WG schlafen. Deine Eltern würden sich bestimmt auch freuen, dich mal wiederzusehen."

„Ja", sagte Bastian, „mach das. Würde dir sicher guttun. Und red noch mal mit ihnen, dass sie es sich vielleicht doch anders überlegen und endlich hierherziehen."

„Ich denk drüber nach", meinte Maike.

Sie hatten die Grenze zwischen den Regierungsbezirken längst hinter sich gelassen, da tauchte auch schon der Waldweg auf, der zu Rick führte.

„Ich werde hier mit aussteigen", verkündete Tamara. Schweigen im Wagen antwortete ihr.

„Oder wäre dir das nicht recht, Rick?" Mit fragendem Gesichtsausdruck wandte sie sich zu ihm um. Der hatte nach Maikes Worten Sorge gehabt, dass Tamara nicht bei ihm würde bleiben wollen. Jetzt rollte eine Welle der Erleichterung und Aufregung durch seinen Körper und sammelte sich in seinem Schritt.

„Warum sollte mir das nicht recht sein? Schnarchst du?", fragte er frech.

„Nein, nicht dass ich wüsste."

„Tja, dann ..." Er brach ab. Den Rest ließ er verheißungsvoll in der Luft hängen.

„Die Stimmung hier auf der Rückbank ist eindeutig sexuell aufgeladen", meinte Tommy und brach mit seinem Lachen die Spannung, die sich im Auto aufgebaut hatte. Das Scheinwerferlicht wurde vom Schnee auf dem Waldweg und den Bäumen so stark reflektiert, dass Rick bei einem Blick zur Seite sogar Tamaras Lächeln sehen konnte. Eiskalte Nachtluft strömte in den Wagen, als er die Tür öffnete. Tamara schob sich hinter ihm hinaus.

„Morgen um eins fährt der Zug", rief ihnen Maike aus dem Innenraum noch zu. „Ich hol dich also um kurz nach zwölf ab, ja?"

„Ja. Alles klar."

Man winkte sich noch zu, Tommy machte eine Daumenhoch-Geste und dann verschwand das Auto aus Ricks Hof und ließ die beiden allein im Dunkeln zurück. Tamara schloss ihre Hand fest um Ricks und er erwiderte den Druck. Gemeinsam wandten sie sich zum Haus um, wobei sie überraschend stark schwankten. Die kalte Luft offenbarte, dass sie beide doch angetrunkener waren, als es ihnen selbst noch im warmen Auto bewusst gewesen war.

„Mist", fluchte Rick grinsend, als er dreimal am Schlüsselloch gescheitert war.

„Soll ich es mal versuchen?", fragte Tamara und schon nahm sie ihm den Schlüssel aus der Hand. „Was für ein komisches Schloss ist das?" Auch sie bekam die Tür nicht auf. „Müssen wir jetzt erfrieren?", fragte sie scherzhaft.

„Nicht, wenn wir uns warmhalten", meinte Rick und umarmte sie fest von hinten. Ihre dicken Winterjacken raschelten laut.

Sie ließ den Schlüssel sinken, drehte sich zu Rick um und küsste ihn ohne Zurückhaltung so leidenschaftlich, dass er außerstande war, mehr als ihre Lippen auf seinen und ihre Zunge in seinem Mund wahrzunehmen. Nach einer Ewigkeit lösten sie sich voneinander.

„Lass es mich noch mal versuchen", flüsterte Rick in ihre Mütze, dort, wo er ihr Ohr vermutete. Sie drückte ihm den Schlüssel in die Hand.

Diesmal gelang es ihm. Erleichtert schob er die Tür auf und sie verloren keine weitere Zeit in der Kälte. Schnell traten sie ein und entledigten sich noch im Flur ihrer Schuhe, Jacken und Mützen.

„Willst du mir jetzt das obere Stockwerk zeigen?", fragte Tamara. Ihre Wangen glühten. Vielleicht von der Kälte, vielleicht wegen Rick. Sein Mund wurde schlagartig trocken.

„Und los geht's", antwortete er, nahm sie an der Hand und betrat mit ihr das kühle Treppenhaus, den noch unrenovierten Teil seines Hauses.

Die alten, ausgetretenen Holzstufen knarrten laut, als sie ihre Füße daraufsetzten. Es hallte von den gekachelten Wänden. Stufe für Stufe, wie ein Countdown. Oben angekommen zog er sie direkt auf die Schlafzimmertür zu. Jegliche Zurückhaltung wurde vom unbändigen Drang, mit ihr zu schlafen, in den Hintergrund gerückt. Als die Tür zum Schlafzimmer offen war, übernahm sie die Initiative, küsste ihn, presste sich an ihn und stieß ihn rückwärts auf das Bett.

‚Wow. So muss es den Männchen der Gottesanbeterinnen gehen', dachte er. Jetzt verstand er, warum sie Gefressenwerden in Kauf nahmen. Das war der klarste Gedanke, zu dem er für die nächsten nächtlichen Stunden imstande war.

Abschied

Offenbar hatte sie im Schlaf die Decke von sich geschoben, denn als sie aufwachte, war ihr Körper eiskalt. Das mochte zum einen daran liegen, dass sie nackt war. Zum anderen hatten sie im gestrigen Eifer des Gefechts die Heizung nicht angemacht. Gut, gestern Nacht hatten sie auch keine gebraucht, im Gegenteil. Tamara war froh gewesen, dass es nicht allzu warm war. Sie mochte es nicht, das Bett eines Mannes vollzuschwitzen, mit dem sie zum ersten Mal schlief. Vielleicht war das komisch, aber was sollte sie machen?

Nackt zu schlafen, war normalerweise auch nicht so ihre Sache, in der Nacht hatte sie jedoch ihre Kleider nicht gefunden, die sie achtlos von sich geworfen hatte. Und da Rick nackt neben ihr eingeschlafen war, hatte sie die Suche aufgegeben und sich zu ihm gelegt, wie Gott sie geschaffen hatte.

Meine Güte! Das war das erste Mal gewesen, dass sie so schnell nach dem Kennenlernen mit einem Mann ins Bett gegangen war. Das war eigentlich überhaupt nicht ihr Stil, war sie doch eher schüchtern und zurückhaltend, was das andere Geschlecht betraf. Aber Rick hatte ihr jegliche Selbstbeherrschung genommen. Wenn sie an den Moment dachte, als sie ihn zum ersten Mal gesehen hatte, im Wohnzimmer von Maike und Bastian – wow! Ihr Körper hatte sofort auf ihn reagiert, schlagartig war ihr heiß geworden, alles hatte gekribbelt. O Mann, was für ein Wochenende! Sie musste grinsen.

Seufzend zog sie sich die weggestrampelte Bettdecke wieder über den Körper und drehte sich zu Rick. Dorthin, wo er hätte sein sollen. Langsam öffnete sie die Augen. Es war schon hell und so stellte sie mit einem kurzen Blick fest, dass Rick nicht mehr neben ihr lag. Im Zimmer schien er auch nicht zu sein. Von draußen klang ein brummendes Motorengeräusch an sie heran. Im verschlafenen Zustand konnte sie das Geräusch nicht wirklich einordnen. Ein Auto war es nicht. Mehr so eine Art Motorsäge. Sägte Rick etwa? Großer Gott! Es musste ja schon total spät sein. Sie raffte die Bettdecke um sich und bewegte sich vorsichtig auf das Fenster zu. Überall auf dem Boden waren Klamotten verstreut und sie musste aufpassen, nicht versehentlich auf eine Gürtelschnalle oder Ähnliches zu treten.

Am Fenster schob sie die Vorhänge zur Seite und blickte auf einen Garten, der sich weitläufig bis zum etwa fünfzig Meter entfernten Waldrand erstreckte. Von der Geräuschquelle konnte sie nichts erkennen. Vielleicht war das im Hof, auf der anderen Seite des Hauses.

Noch etwas tapsig sammelte sie rasch die Klamotten des gestrigen Tages zusammen und zog sich an. Dann machte sie sich auf in das angrenzende Badezimmer. Der Blick in den Spiegel verriet, dass man ihr die wilde Nacht deutlich ansah. Ihre langen Haare waren offen, den Haargummi hatte sie irgendwann verloren. Notdürftig fuhr sie sich mit den Fingern durch die zerzauste Mähne und flocht sich einen Zopf ohne Haargummi. Manchmal waren Youtube-Tutorials ja doch zu etwas gut. Schnell wusch sie ihr Gesicht und spülte sich den Mund mit Ricks Mundwasser aus, das sie neben dem Waschbecken gefunden hatte. Gut, der Vogelscheuchenlook war beseitigt. So konnte sie Rick begegnen. Das Lächeln wollte nicht von ihren Lippen schwinden.

Diese ausgetretenen Stufen in dem kalten Treppenhaus waren in jedem Fall eine besondere Herausforderung. Fest umschloss sie den Handlauf beim Abstieg in das Erdgeschoss. Wo war

Rick nur? Da er hier zu Hause war, konnte er sich ja schlecht aus dem Staub gemacht haben, dachte Tamara amüsiert, aber doch etwas unsicher.

„Rick?", rief sie unten angekommen. Keine Antwort. Dann war er wohl doch der Verursacher des Lärms von draußen.

Das seltsame Motorengeräusch war immer noch deutlich zu vernehmen. An der Haustür fand sie ihre Jacke, ordentlich aufgehängt. Anscheinend hatte Rick sie aufgesammelt und an ihren Bestimmungsort gebracht. Sie nahm sie vom Haken, zog sie sich über und öffnete die Tür.

In einiger Entfernung stob eine Schneefontäne auf und begann, sich zu bewegen, bis sie dahinter schließlich Rick erkannte, der ein motorisiertes Gerät vor sich herschob, das die Fontäne verursachte. Ihr Herz machte einen Sprung vor Glück. Offenbar hatte er sie auch gesehen, denn er stellte den Motor ab, winkte und kam im Laufschritt auf sie zu.

„Guten Morgen", sagte er und gab ihr einen schnellen Kuss. Er war eiskalt im Gesicht. Eingehüllt in eine dicke Winterjacke, Handschuhe und Pudelmütze strahlte er sie an. „Hab ich dich geweckt? Ich musste leider heute Morgen schon Schnee räumen. Hat in der Nacht wieder geschneit. Sonst würde niemand durchkommen zum Abholen."

„Was ist das für ein Gerät?", fragte sie.

„Das? Eine Schneefräse. Hast du noch nie eine gesehen? Hat vorne eine Öffnung mit 'ner Schnecke drin. Damit kann man richtig gut Ränder schneiden. Der gefräste Schnee wird dann oben seitlich ausgeworfen. Anders bekommt man bei einer gewissen Schneehöhe nichts mehr weg und der Hof hier würde immer kleiner werden, wenn man den Schnee nur wegschiebt."

„Aha", sagte Tamara interessiert. „Haben wir in Frankfurt nicht. Na ja, so viel schneit es da ja auch nicht."

„Ihr habt wahrscheinlich nur so Schiebebretter am Stiel." Gut gelaunt knuffte er sie am Arm. „Hey", meinte er mit einem Blick auf ihre Füße, „du bist ja barfuß! Schnell wieder rein mit dir!

Ich kann nicht verantworten, dass du dir auf meinem Grund und Boden eine Erkältung einfängst." Sanft, aber bestimmt bugsierte Rick sie zurück in das Haus. „Willst du einen Kaffee? Oder trinkst du gar keinen?", fragte er, während er sich Jacke, Mütze und Handschuhe auszog.

„Doch, ich trinke Kaffee. Meistens aber Tee."

„Tees hab ich wenige. Pfefferminz und schwarzen."

„Ich trinke meistens grünen oder weißen Tee. Oder Mandeltee. Auch Roibusch. Aber Kaffee ist okay, schwarz bitte."

„Alles klar", meinte Rick und zog sie hinter sich her ins Wohnzimmer. Er deutete ihr an, sich in den Sessel zu setzen. „Bin gleich wieder da."

Der Sessel war wirklich bequem. Sie ließ sich wohlig hineinsinken, schloss die Augen und hörte zu, wie leise Tassen klimperten und die Kaffeemaschine ihr Werk tat. Nach einigen Minuten kam Rick mit zwei dampfenden großen Kaffeebechern aus seiner Küche zu ihr zurück. Er reichte ihr einen und zog sich den Fußhocker heran, auf dem er sich neben ihr niederließ. Auch er strahlte über beide Wangen.

„Hast du gut geschlafen?", fragte er.

„Ja, hab ich", antwortete Tamara. „Und du?"

„Auch", meinte Rick, immer noch grinsend. „Wenn auch nicht lange."

„Nein, viel Zeit dafür war nicht." Ihr Gesicht begann zu glühen.

Dann Schweigen. Nur Blicke. Aber das reichte ihr vollkommen. Manchmal musste man nicht reden. Rick sah das anscheinend ebenso. So viel Einverständnis hatte sie selten mit einem Mann erlebt. Es schien zwischen ihnen nicht nur im Bett zu passen. Und Kaffee kochen konnte er auch. Der war wirklich richtig gut. Neugierig hob sie den Kopf, um zu sehen, wie er seinen Kaffee trank.

Er schien ihre Absicht bemerkt zu haben, denn er sagte: „Mit etwas Milch, aber ohne Zucker. So, wie ihn mein Vater auch schon getrunken hat. Und sein Vater davor. Scheint vererbt zu sein."

Das brachte er so trocken und mit einem Schulterzucken hervor, dass Tamara Mühe hatte, den Schluck, den sie im Mund hatte, nicht herauszuprusten. Rick grinste noch breiter.

„Ich mag deinen Humor. Also, dass du mich witzig findest", sagte er.

Da war es vorbei mit Tamara. Sie lachte so laut und befreit auf, wie sie es schon sehr lange nicht mehr getan hatte. Ihre Kaffeetasse musste sie auf der Armlehne des Sessels abstellen, um nicht alles über sich zu gießen. Rick lachte mindestens genauso laut. Seine Augen blitzten fröhlich.

Als der Kaffee ausgetrunken war, nahm Rick ihr die Tasse aus der Hand, bedeutete ihr, dass sie aufstehen sollte, setzte sich selbst in den Sessel und zog sie auf seinen Schoß. Ihre langen Beine baumelten über die Armlehne, seine Arme umschlossen ihre Taille. Warm lehnte sie mit ihrem Körper an seinem. Sein Geruch war überwältigend, so intensiv nach frischer Luft und ein klein wenig Schweiß, aber nicht unangenehm, im Gegenteil. Absolut großartig. Tief atmete sie den Duft an seinem Hals ein. Seine halblangen Haare kitzelten sie im Gesicht und seine Bartstoppeln kratzten anregend über ihre Haut, als sie ihre Wange sanft an seiner rieb. Er seufzte tief und umschlang sie noch fester.

Zärtlich nahm sie eine seiner Hände in ihre und betrachtete sie. Sie war groß, aber nicht klobig. Die schlanken, langen Finger waren an der Innenseite rau. Vorsichtig strich sie über seine Fingerspitzen, die eine ungewöhnlich dicke Schicht Hornhaut aufwiesen. An einigen Stellen schälte sie sich sogar ab.

„Nicht besonders schön, oder?", fragte Rick sie leise ins Ohr.

„Ich finde sie toll", war ihre Antwort. Sie konnte noch spüren, wie seine rauen Hände über ihren nackten Körper gestrichen waren und ihr stockte der Atem beim Gedanken daran.

Sie drehte seine Hand um und streichelte sanft darüber. Die Fingernägel waren kurz geschnitten und sehr gepflegt. Der Knöchel seines Zeigefingers war leicht angeschrammt und ein frischer Kratzer zog sich über den gesamten Handrücken.

„Die müssen ganz schön was leisten für dich, deine Hände", meinte sie beinahe flüsternd und spürte ihn nicken. Der Brustkorb, an dem sie lehnte, hob und senkte sich gleichmäßig und ruhig.

Eine zufallende Autotür weckte sie. Beide schraken auf. Sie hielt noch seine Hand in ihrer und saß nach wie vor quer über seinem Schoß. Offenbar waren sie eingeschlafen. Mist! Das Geräusch konnte eigentlich nur bedeuten, dass Maike sie abholen kam.

„Wie spät ist es?", fragte sie erschrocken mit vom Schlaf rauer Stimme.

„Ähm", machte Rick und wendete offensichtlich verwirrt den Kopf um, so weit er konnte. „Scheiße. Zwölf."

Hektisch glitt sie von Ricks Schoß herunter. „Ich muss mich noch schnell fertig anziehen", rief sie und eilte zum Treppenhaus. Laut knarzend schien sich die Treppe gegen die unsanfte Behandlung durch ihre nackten Füße zu wehren. Als sie den oberen Treppenabsatz erreicht hatte, konnte sie unten Stimmen vernehmen. Rick musste die Tür geöffnet haben. Sie hörte Maike lachen.

So schnell sie konnte, packte sie alles, was sie von sich irgendwo im Schlaf- und Badezimmer liegen sah, und stopfte es in ihre Handtasche. Ihren Koffer hatte sie bei Maike gelassen, aber Tommy hatte ihn bestimmt mitgenommen. Zuletzt streifte sie sich noch die Socken über und eilte zurück ins Erdgeschoss. Maike plauderte noch immer mit Rick. Sie grinste, als sie Tamara auf sich zulaufen sah.

„Na? Verschlafen? Tut mir wahnsinnig leid, hier so als Spielverderber auftreten zu müssen."

„Nee, alles gut, Maike", sagte Tamara darauf. „Ich muss ja den Zug kriegen. Ich denke, ich hab alles. Habt ihr meinen Koffer mitgenommen?"

„Klaro, Tommy hat ihn höchstpersönlich gepackt und an sich genommen. Ich warte derweil im Auto", fügte Maike mit einem Augenzwinkern hinzu.

„Tja", murmelte Rick, nachdem Maike verschwunden war. „Ist jetzt irgendwie richtig scheiße, dass es so schnell gehen muss."

„Allerdings", antwortete Tamara. Sie war mit einem Mal wahnsinnig traurig, denn sie wäre noch so gerne länger bei Rick geblieben. In dieser Umgebung und seiner Gegenwart hatte sie sich so wohl und geborgen gefühlt wie schon seit Ewigkeiten nicht mehr. Gerade wusste sie nicht, was sie sagen sollte. Rick nahm ihr das ab.

„Ich hab es wirklich genossen. Ich will nicht, dass es das letzte Mal gewesen ist", sagte er mit einem traurigen, dennoch hoffnungsvollen Blick.

„Nein, ich auch nicht", sagte sie leise. „Es war so schön mit dir. Ich will nicht, dass es eine einmalige Sache war. Dazu hat es sich irgendwie ...", sie stockte, suchte nach den richtigen Worten, „zu bedeutungsvoll angefühlt", ergänzte sie mit einem schüchternen Lächeln.

Er antwortete ihr mit einem ebensolchen.

„Dann sind wir uns einig, dass wir uns bald wiedersehen?", fragte er und streckte seine Hände nach ihren aus.

„Ja", sagte sie. „Lass es uns trotz der Entfernung versuchen."

Nach einem langen, sanften Kuss wandte sie sich schließlich schweren Herzens von Rick ab, nahm ihre Jacke vom Haken neben der Tür und verließ sein Haus. Bei Maikes Auto angekommen, drehte sie sich noch mal zu ihm um. Er lehnte lässig im Türrahmen und hob eine Hand zum Gruß. Sie antwortete mit einem Handkuss, öffnete seufzend die Wagentür und ließ sich hinter Tommy auf die Rückbank gleiten.

Von der Zugfahrt bekam Tamara nur wenig mit. Sie war so in Gedanken vertieft, dass sie kaum die Umgebung wahrnahm, geschweige denn die Landschaft, auf die sie aus dem Zugfenster blickte. Tommy ließ sie in Ruhe. Er fragte nicht nach und hörte selbst mit seinen Kopfhörern Musik.

Der Abschied von Maike hatte noch ein Übriges zu ihrer Traurigkeit beigetragen. Sie vermisste ihre Freundin jeden Tag, seit die in Bayern wohnte. Erst als Maike aus der WG ausgezogen war, hatte Tamara gemerkt, wie wichtig sie ihr immer gewesen war. Sie waren beide Einzelkinder und hatten in ihrer Jugend so etwas wie Geschwister ineinander gefunden. Sie so weit weg von sich zu wissen, war für Tamara schwer.

Demnächst würde sie sich obendrein eine eigene Wohnung suchen müssen. Ihr war klar, dass Tommy nie dahingehend Druck auf sie ausüben würde, auszuziehen, damit er mit Elios leben konnte, aber sie wollte ihm auch nicht im Weg stehen. Dafür freute sie sich zu sehr, dass Tommy endlich sein Liebesglück gefunden hatte.

Immerhin hatte sie beim Abschied von Maike daran gedacht, Ricks Handynummer von ihr zu erfragen. Im ganzen Eifer des Gefechts war es weder Rick noch Tamara in den Sinn gekommen, die Nummer des anderen in das eigene Telefon zu speichern. Zum wiederholten Male zog sie das Handy aus ihrer Handtasche und warf einen Blick auf Ricks Profilfoto bei Whatsapp.

Es war eine Aufnahme von einem Konzert der *Borderline Spruces*. Rick stand im Scheinwerferlicht am Mikro, eine Gitarre umgehängt. Seine halblangen Haare schimmerten feucht im bläulich violetten Licht. Die Augen hatte er geschlossen und mit beiden Händen das Mikrofon umfasst. Tamara hatte noch nie etwas Attraktiveres gesehen. Als der Bildschirm ausging, tippte sie erneut auf das Display, um ein weiteres Mal in dem Anblick zu versinken.

Die vorbeifliegende Landschaft interessierte sie nicht. Sie spürte Tommys Blick auf sich ruhen, aber ignorierte ihn. Das Display wurde abermals dunkel. Tief seufzend ließ sie ihren Kopf an die Rückenlehne des Sitzes sinken und schloss die Augen. Wie sollte es mit ihnen beiden weitergehen? Darauf hatte sie im Moment keine Antwort.

Müde und erledigt machte sie nach ihrer Ankunft in der WG in Frankfurt die Zimmertür hinter sich zu und ließ sich auf das Bett sinken. Schnee war weit und breit keiner zu sehen, auch wenn es ziemlich kalt war. Es schien ihr wie der Traum von einer anderen Welt, als sie die Augen schloss und diese wunderschöne, faszinierende Winterlandschaft vor ihrem inneren Auge sah. Der Geruch des Waldes war großartig gewesen und die glitzernde Schneedecke, schützend und fragil zugleich, hatte nur erahnen lassen, was sich darunter verbarg. Rick in der dicken Winterjacke, ihre Finger in seinen warmen Handschuhen, die Stimmung in der Wirtschaft seines Cousins, die ausgetretenen Holzstufen unter ihren nackten Füßen, sein warmer Körper an ihrem.

„Wow", sagte sie laut in das leere Zimmer hinein. Niemals hätte sie mit einem solchen Wochenende gerechnet.

Es dauerte einen Moment, bis sie aus ihrer vollen Handtasche das Handy herausgekramt hatte. Nervös wählte sie seinen Namen im Telefonbuch an und ihr Herz klopfte bei jedem Tuten mehr und setzte schließlich kurz aus, als er ranging.

„Hallo? Wolfrum."

Oh, er hatte ja gar nicht ihre Nummer. Er wusste nicht, dass sie das war.

Etwas schüchtern meldete sie sich: „Hi! Hier ist Tamara."

„Hi", flüsterte er beinahe. Sie konnte hören, wie er dabei lächelte.

„Ich bin wieder zu Hause. Und ...", sie zögerte einen Moment, „ich vermisse dich jetzt schon." War es zu früh, so etwas zu sagen?

„Ich dich auch", sagte er. Seine Stimme war wie ein warmer Regen. Erleichterung flutete ihren Magen, der sich vor Aufregung zusammengezogen hatte. „Ich habe ununterbrochen an dich denken müssen. Ich hab versucht, zu arbeiten, aber habe es dann gelassen. Hat überhaupt keinen Sinn gemacht." Er lachte leise.

„Ich kann mich gar nicht an die Zugfahrt erinnern. Ich hab auch die ganze Zeit an dich gedacht." Die Verlegenheit brannte ihr auf den Wangen.

„Und was machen wir da?", fragte Rick. „Soll ich nächstes Wochenende nach Frankfurt kommen?"

„Kannst du denn? Hast du nicht zu viel zu tun?"

„Zu tun hab ich immer, aber ich würde mir die Zeit nehmen."

„Dann … warum nicht? Ich würde dir gerne mein kleines Reich hier zeigen. Mein Zimmerchen, meinen Laden."

„Und ich würde es zu gerne sehen."

„Abgemacht." Sie grinste über beide Ohren. „Wollen wir dazu Mitte der Woche noch mal telefonieren? Vielleicht mit einem Videocall?"

„Hab ich noch nie gemacht", meinte Rick. „Aber klar. Sehr gerne!"

„Ich habe das auch noch nie gemacht. Ich hatte bisher nicht das Bedürfnis, meinen Telefonpartner zu sehen. Aber jetzt finde ich es eine Spitzenerfindung." Sie lachte befreit auf. Bei Rick traute sie sich auszusprechen, was sie vorher nie anderen gegenüber ausgesprochen hätte. Sie erkannte sich selbst kaum wieder.

„Ich kann es nicht erwarten." Bei seinem Flüstern lief ihr ein Schauer über den Rücken. „Aber wir werden doch hoffentlich öfter als einmal in der nächsten Woche miteinander telefonieren?" Er konnte anscheinend ihre Gedanken lesen.

„Wenn du willst", meinte sie. Sie hatte sich vorher nicht getraut, ihn darauf anzusprechen. Nicht, dass er sie zu anhänglich fand.

„Natürlich", beseitigte er mit seiner Antwort jeglichen Zweifel. „Das wird mein Tageshighlight."

Die Glücksgefühle, die seine Worte in ihr verursachten, hielten sie an diesem Abend noch lange wach.

Rudi

Die Woche verging zäh wie alter Kaugummi. Die letzten Tage des Januars zeigten sich in Frankfurt von der trüben Seite und Kälte und Nässe krochen in alle Glieder. Inventur hatte Tamara Ende des vergangenen Monats als Jahresabschluss gemacht und so war in der Hinsicht wenig zu tun. Sie hatte zwar Kunden, aber die meisten lösten Gutscheine ein, die sie zu Weihnachten bekommen hatten. Wenn niemand im Geschäft war, recherchierte sie im Netz die Möglichkeiten und Varianten des Onlinehandels.

„Zum Glück hab ich ein gutes Verhältnis zu meinen Zulieferern. Heute hab ich eine intensive Mailkorrespondenz mit den Verantwortlichen in Indien und Nepal geführt. Könnte klappen mit meinem geplanten Onlineshop. Aber die Lagerhaltung kann ein Problem werden. Ich hab ja nicht allzu viel Platz", sagte sie zu Tommy.

An diesem Donnerstagabend war es das erste Mal in dieser Woche, dass sie gemeinsam mit ihrem Cousin zu Abend aß. Tamara nahm einen Löffel voll Suppe und fuhr fort, Tommy von ihren Geschäftsplänen zu erzählen: „Mit einem Studium der Vergleichenden Religionswissenschaften und Philosophie ist man leider nicht so wirklich auf die Tücken von Onlinehandel und -marketing vorbereitet."

„Aber du hast dir doch schon ziemlich viel wirtschaftliches Wissen angeeignet mit deinem Laden", meinte Tommy.

„Ja, schon, aber das reicht nicht. Ich muss mich da richtig reinfuchsen. Vor allem ins Marketing." Sie verdrehte die Augen.

„Warum fragst du nicht Maike oder Onkel Heinz? Die sind doch Profis auf dem Gebiet."

„Ich hab schon mit Maike gesprochen und sie hat mir viele Tipps gegeben. Papa frag ich erst, wenn ich gar nicht weiterkomme", sagte Tamara nachdenklich. Sie war umgeben von wirtschaftsaffinen Leuten. Aber um ihren Vater zu fragen, war sie zu stolz. Vorerst zumindest.

„Und Rick?", fragte Tommy und zog vielsagend eine Augenbraue hoch. „Der ist doch auch im Onlinebusiness."

Ja, den wollte sie liebend gerne fragen. In dieser Woche hatten ihre Finger mehr als einmal wie von selbst die Adresse seiner Homepage eingegeben. Sie verlor sich regelmäßig in der Betrachtung der wunderschönen Möbelstücke, die er dort anbot, und vor allem des Mitarbeiterfotos. Die kleine Gruppe hatte sich dafür vor die neue Werkstatt gestellt und der Azubi hielt gemeinsam mit Rick ein Schild mit dem Firmenlogo vor sich. Sie zoomte stets so weit wie möglich in das Bild und auf Ricks lächelndes Gesicht, bevor sie sich selbst zur Ordnung und zurück an ihre eigene Arbeit rief. Aber sein Lächeln blieb ihr immerzu vor Augen, egal was sie machte. Ja, die Konzentration fiel ihr in dieser Woche wirklich schwer. Sie konnte es kaum erwarten, dass Rick zu ihr nach Frankfurt kam.

„Gott, Tommy", sagte Tamara, ohne auf Tommys Frage einzugehen. „Wie kann Zeit so langsam vergehen?"

„Weil du verliebt bist", meinte er grinsend und zeigte mit seinem Löffel auf sie. „Dich hat es voll erwischt."

„Ständig schreiben wir uns. Und wenn ich mal eine Zeit lang nichts von ihm höre, werde ich nervös. Ich hätte fast vor Glück geheult, als ich sein Gesicht gestern beim Videoanruf gesehen habe." Sie schüttelte den Kopf über sich. „Wir haben uns bestimmt eine Minute nur angegrinst, ohne was zu sagen. Das ist doch nicht normal. So hab ich mich seit meiner Jugend nicht mehr gefühlt."

„Ich sag's noch mal. Verliebt", sagte Tommy bestimmt und wandte sich dann wieder seiner Suppe zu.

Gedankenverloren rührte Tamara in ihrer herum. Seit Simon war sie nicht mehr richtig verliebt gewesen. Sie hatte zwischenzeitlich sogar daran gezweifelt, ob sie überhaupt dazu noch im Stande wäre. Aber anscheinend hatte es doch nicht an ihr gelegen, sondern an den Männern, denen sie bisher begegnet war. Wärme breitete sich in ihrem Bauch aus. Ob es an der Suppe lag oder am Gedanken, doch normal zu sein, wusste sie nicht.

Morgen würde er endlich kommen. Mit klopfendem Herzen lag sie in der Nacht lange wach und dachte an ihn. Deutlich konnte sie vor ihrem inneren Auge sehen, wie er sich beim Videocall ständig eine Haarsträhne aus dem Gesicht gestrichen hatte. War er auch nervös gewesen? Sie konnte das kommende Wochenende kaum erwarten.

„Wow, du hast einen Parkplatz vor dem Haus gefunden", sagte Tamara, während sie frierend, aber über beide Ohren grinsend auf dem Gehweg stand und ihn glücklich und mit klopfendem Herzen dabei beobachtete, wie er seine Reisetasche vom Rücksitz seines Volvos hievte.

„Ja, ich bin ein Glückskind", meinte er, stellte die Tasche neben Tamara auf dem Gehweg ab und schloss sie fest in die Arme. Dem folgte ein langer Kuss. Nebeneinander stiegen sie die Stufen zum dritten Stock empor.

In der WG angekommen, ließ Tamara Rick kaum die Gelegenheit, sich umzusehen. Schnell zog sie ihn in ihr Zimmer, machte die Tür zu und lächelte ihn erwartungsvoll und ein wenig unsicher an. „Hat nichts mit deinem riesigen Reich zu tun, oder?"

„Nein, wirklich nicht. Aber du bist da, was brauch ich da noch? Platz wird sowieso total überbewertet." Sprachs, zog sie in seine Arme und nach kurzer Zeit landeten sie bereits auf ihrem Bett.

Beim Sex hatte sie das Gefühl, dass Rick versuchte, möglichst leise zu sein. Der Gedanke belustigte sie, denn ihr war es egal, ob sie jemand hörte. Tommy war mit Elios unterwegs und ihre Nachbarn waren Tamara entweder unbekannt oder gleichgültig. Außerdem hatten die schließlich seit langer Zeit keine solchen Geräusche mehr aus ihrer Wohnung hören müssen.

„Hast du dich geschämt wegen der vielen Nachbarn?", fragte sie ihn, als sie aneinandergekuschelt dalagen. Er hielt kurz inne damit, ihre zerzausten Haare zu streicheln.

„Ein bisschen", flüsterte er.

„Blende das einfach aus. Du wirst, wenn du die Nachbarn triffst, oft gar nicht wissen, ob sie neben oder über oder unter dir wohnen. Außerdem ist es den meisten egal. Die haben ja schließlich das gleiche Problem mit der Nähe zu anderen."

„Es fühlt sich an, als hätten wir es in der Öffentlichkeit getrieben." Er lachte beschämt auf.

„Aufregend, oder?", fragte sie.

„Na ja. Nicht so. Ein bisschen vielleicht. Ich bin nicht so der freizügige Typ, musst du wissen."

„Finde ich gut."

Nach einer ganzen Weile, in der sie die Nähe des anderen genossen hatten, zogen sie sich wieder an und begaben sich in die Küche, wo Tamara für Rick seinen Kaffee mit ein wenig Milch und für sich einen Mandeltee zubereitete.

„Das ist also der Küchentisch, an dem der liebe Bastian bei Maike zu Kreuze gekrochen ist", murmelte Rick und setzte sich.

„O ja. Ich war da nicht hier wegen eines Yogaseminars oder so was. Weiß ich gar nicht mehr genau. Aber Tommy hat mir alles ganz ausführlich erzählt."

„Ich hätte nicht gedacht, dass ich jemals hier sitzen würde", sagte Rick.

„Als Maike mir von Bastians Freunden erzählte, hätte ich das hier auch nie für möglich gehalten." Sie zeigte abwechselnd mit dem Finger auf Rick und sich selber. „Umso besser, dass es passiert ist."

Den restlichen Tag führte sie ihn durch Frankfurt. Er hatte darauf bestanden, dass sie ihm *ihr* Frankfurt zeigte, also nicht das, was ein Tourist sich anschauen würde, sondern das, was sie als ihr Zuhause und ihre Umgebung betrachtete. Folgerichtig führte der erste Weg in ihren Laden, wo sie bereits am Vortag einen Zettel mit der Aufschrift ‚Samstag geschlossen' angebracht hatte.

„Wenn du hättest arbeiten müssen, hättest du es nur sagen brauchen. Ich hätte mich derweil allein umgesehen und beschäftigt."

„Ich hab öfter am Samstag geschlossen, sonst könnte ich ja nie irgendwas unternehmen, irgendwohin fahren oder was erledigen. Ist ein Teufelskreis", sagte sie, während sie die Ladentür aufschloss. „Einerseits müsste ich so oft und lange wie möglich offen haben, um Kunden anzuziehen, alleine ist das aber kaum machbar. Andererseits kann ich mir keine Angestellten leisten, um die Ladenöffnungszeiten kundenfreundlicher zu gestalten, weil eben wegen meiner begrenzten zeitlichen Kapazitäten weniger Kunden kommen. Ich glaube nicht, dass ich das hier noch lange aufrechterhalten kann."

Mit betroffenem Gesichtsausdruck musterte Rick sie. Die Glöckchen über der Ladentür bimmelten fröhlich beim Eintreten, dann verriegelte sie die Tür hinter ihnen.

„Dieser Laden ist mein Traum gewesen. Ich liebe alles daran. Wie der Schlüssel beim Aufschließen der alten Tür schabt. Die beiden großen Schaufenster immer wieder neu zu dekorieren, die Geruchswelt, in die man eintaucht. Räucherstäbchen, Weihrauch, Badezusätze, Duftkerzen, Tees. Viele Kunden sagen, dass sie überwältigt werden von den Gerüchen, wenn sie meinen Laden betreten", sagte Tamara.

„Kann ich mir vorstellen. Wenn man da etwas empfindlich ist, kann einem das Geruchszentrum nach einer Weile Amok laufen."

„Manche bekommen auch Kopfschmerzen, sagen sie. Oder sie werden müde. Bei mir ist das Gegenteil der Fall. Wenn ich hier eintauche, verlasse ich die schmutzige Welt und betrete eine bunte, duftende und reinigende Blase der Ruhe." Eingeschüchtert musterte sie Ricks Gesichtsausdruck. Aber er schien nicht ablehnend zu sein. Eher nachdenklich.

„Was machst du, wenn keine Kunden kommen?", wollte er schließlich wissen.

„In den Leerläufen lese ich philosophische Werke. Von Schopenhauer, Nietzsche, Adorno oder Wittgenstein am liebsten. Ist für andere Leute eine teils qualvolle Lektüre, habe ich mir sagen lassen."

„Ja, kann ich unterschreiben", antwortete Rick und grinste dabei.

„Ich kann das immer wieder lesen. Die Gedankenanstöße, das Sich-gegenseitig-Widerlegen-oder-Bestätigen, finde ich spannend und anregend. Keine Sekunde langweilig. Vielleicht komme ich aber auch besonders gut mit Langeweile zurecht." Sie zuckte mit den Schultern.

„Bist halt ein entspannter Mensch, wie es scheint. Und wahnsinnig klug." Sie merkte, wie ihr die Röte in die Wangen stieg. Er lächelte sanft und schritt langsam die Regale ab. „Und du hast dir hier dein eigenes kleines Reich geschaffen."

„Stimmt. Hier kann ich die Gedanken schweifen lassen. In alle Richtungen. Manchmal kann die Rationalität der Philosophie schmerzhaft sein. Dann beschäftige ich mich mit Mystischem, körperlich Erfahrbarem. So war es einfach logisch für mich, das Philosophiestudium mit dem Studiengang Vergleichende Religionswissenschaften zu kombinieren, für mich schließt das eine Lücke. Die Wahrheit liegt irgendwo zwischen Religion und Philosophie, zwischen westlichen Denkweisen und östlichen Traditionen, zwischen Gott, oder wie auch immer man ihn nennt, und dem eigenen Geist. Ich habe mir mit der Zeit mein ganz eigenes Weltbild zusammengeschraubt."

„Und? Funktioniert es für dich?" Seine Frage erforderte einige Zeit des Nachdenkens.

„Wenn ich ehrlich bin", sagte sie schließlich, „nicht immer. Aber es hilft mir meistens weiter."

„Dann hast du etwas gefunden, das dich unterstützt. Das freut mich." Sein Lächeln und der Kuss, den er ihr auf die Wange drückte, ließen ihr Herz beinahe in der Brust explodieren.

„Und du schraubst dir deine Welt aus Holz zusammen", sagte sie, während sie in ihrer kleinen Küche hinter dem Ladengeschäft Tee aufbrühte.

„Du meinst also, ich würde etwas aus Holz erschaffen, aus dem Drang einer Vision heraus, die ich von der Welt habe? Meine eigene Welt zu erschaffen, sozusagen?"

„Im weitesten Sinne. Du gestaltest aktiv, produzierst etwas, wie du es dir vorgestellt hast. Du formst so die Welt mit deiner Vision mit. Im kleinen und materiellen Sinne eben."

„Interessanter Gedanke. Für so bedeutungsvoll habe ich mich eigentlich nie gehalten." Rick lachte leise.

„Findest du das blöd oder lächerlich? Dass ich alles so hinterfrage? Manche sind genervt davon oder es regt sie auf", meinte sie unsicher.

„Wieso sollte mich das nerven?" Rick wirkte irritiert.

„Vielen ist es unangenehm, dass ich hinter ihren scheinbar individuellen Entscheidungen, Verhaltensweisen und Gesprächen eine Sinnebene sehe, die nichts mit Individualismus zu tun hat."

„Hab ich nie verstanden, warum immer alle individuell sein wollen. Wären wir individuell und nicht vorhersehbar, wäre der Mensch in der Evolution irgendwann ausradiert worden. In der Gemeinschaft ist man sicher. Man existiert weiter. Und die Individualität will eigentlich keine Gemeinschaft, an die sie sich anpassen muss."

„Genau!", rief Tamara begeistert.

Konnte es wirklich sein, dass sie hier einen Mann gefunden hatte, mit dem sie über solche Dinge diskutieren konnte? Kaum zu glauben. Im Laufe ihres Gesprächs, das sich zu einer hitzigen Diskussion ausweitete, verfiel sie Rick mehr und mehr. Vor allem, dass er ihr nicht immer zustimmte, sondern nach Gegenargumenten suchte, machte sie rasend vor Glück. Er beschäftigte sich mit dem Gespräch, ließ sich darauf ein, dachte darüber nach. Er war intelligent, offen und unglaublich scharfsinnig. Dieser Nachmittag im Laden wurde zu einem der Schönsten, die sie je erlebt hatte.

Als er sich später auch noch bereit erklärte, mit ihr das Bibelhaus zu besuchen, ein Museum für archäologische Funde aus Israel zur Zeit der Entstehung der Bibel, war ihr Glück perfekt.

„Ich wollte hier schon ewig herkommen, aber allein rafft man sich so schwer auf. Danke, dass du das mitmachst", sagte sie leise, als sie Hand in Hand den nächsten Ausstellungsraum betraten.

„Klar. Deine Sicht auf diese Dinge finde ich wahnsinnig spannend. Du musst wissen, ich bin zwar in einer evangelischen Region aufgewachsen, aber bin streng katholisch erzogen worden. Meine Mutter kam ja aus der nördlichen Oberpfalz und da ist nahezu jeder katholisch. Ich habe viele Sonntage meiner Kindheit in der Kirche verbracht und hab einiges an Bibelwissen, auch wenn ich heute keinen Glauben ausübe", erklärte Rick.

„Ich kann mich auch keiner Religion zuordnen. Mich fasziniert das Thema einfach aus kultureller und wissenschaftlicher Sicht."

„Genau das mein ich", sagte Rick. „Auch wenn ich mit Religion nichts mehr am Hut habe, find ich die Thematik an sich interessant. Also, wie ist deine Interpretation dieser Dame hier?" Er deutete auf das Exponat einer kleinen Statue mit großen Brüsten.

„Eindeutig antiker Porno."

Sie mussten sich beide zusammenreißen, nicht mit lautem Lachen die ruhige Museumsatmosphäre zu stören.

Nach dem Museumsbesuch gingen sie noch ins Kino. Rick war zum Ausgleich für einen Actionfilm, aber letztlich hatte es keinen Unterschied gemacht, welchen Film sie ausgewählt hätten. Sobald das Licht aus war, konnte sich Tamara sowieso auf nichts anderes als Rick neben sich konzentrieren, der sie immer wieder küsste und ihre Hand streichelte. Sie war so lange schon nicht mehr mit einem Mann im Kino gewesen, dass sie aufgeregt wie ein Teenager war. Küsse, die nach Popcorn und Limo schmeckten, die Wärme und das Kribbeln in ihrem Bauch. All das mit ihm erleben zu dürfen, machte sie unendlich glücklich.

Als das Licht anging und sie trocken fragte: „Worum ging es in dem Film?", war es um Rick geschehen. Er lachte so herzhaft, dass er einen Hustenanfall bekam und sie mehrere Minuten brauchten, bis sie das Kino verlassen konnten.

Als er am Sonntagabend mit einem kurzen Hupen vom Parkplatz vor dem Haus fuhr und sie ihm nachwinkte, befielen sie sofort Wehmut und ein nagendes, dumpfes Gefühl der Einsamkeit. Sie hatte immer gedacht, mit dem Alleinsein gut zurechtzukommen, aber da hatte sie noch nicht gewusst, wie man sich in Gesellschaft mit jemandem fühlte, der wie ein kleiner fehlender Teil der eigenen Seele schien. Das Puzzlestück, das einen komplett machte. Es musste in ihrem Fall ein großes Stück sein, denn ohne fühlte sie sich seltsam unvollständig.

Zwei Wochen später saß sie am Freitagabend im Zug nach Bayern. Frankfurt hatte den Winter schon ausklingen lassen, aber im Fichtelgebirge war er noch in vollem Gange. Mit klopfenden Herzen lief sie auf Rick zu, der sie am Bahnsteig erwartete. Die zwei Wochen ohne ihn waren kaum auszuhalten gewesen, nur ihre regelmäßigen Telefonate und Nachrichten hatten sie durchhalten lassen.

„Wow", sagte sie, als sie ihn erreichte und ihm einen sanften Kuss gab. „Wie in einem Kinofilm, dass du auf mich am Bahnhof wartest."

„Ich hätte vielleicht noch Blumen mitbringen sollen. Dann hätten die Leute hier aber nicht schlecht gestaunt."

Lachend und Händchen haltend gingen sie zu Ricks Auto. Die Fahrt gestaltete sich unerwartet abenteuerlich. Oberfranken schien unter Schnee zu ersticken.

„Hat ein bisschen geschneit in den letzten Tagen", kommentierte Rick trocken, während er den Wagen gekonnt durch die weiße Welt lenkte. Jegliche Fahrbahnränder waren verschwunden, in regelmäßigen Abständen ragten jedoch orange-schwarz gestreifte Markierungsstangen aus Holz aus den Schneewällen. Im Scheinwerferlicht tanzten die Flocken und Tamara verlor die Orientierung. Die Bobbahn, die die Straße darstellte, war so weiß wie ihre Schneemauern.

„Ein bisschen? Ich weiß gar nicht mehr, wo oben oder unten ist."

„Das nennt man *whiteout*."

„Das gibt es doch nur am Nord- oder Südpol, wenn man keine Konturen mehr erkennen kann, oder?"

„Nee, das kannst du hier auch haben. Hatte ich mal beim Langlaufen. Da kam ein kleiner Schneesturm auf und ich hatte sogar Probleme, den Spuren zu folgen. Ein echt verrücktes Gefühl."

„Wow", meinte Tamara staunend und fügte hinzu: „Hast du diese Woche eigentlich noch was anderes machen können, als Schnee zu räumen? So, wie es hier aussieht, glaub ich das nämlich nicht."

„Wenig", antwortete Rick. „Wir mussten diese Woche sogar den Versand aussetzen, weil der Marius mit dem Lkw beim besten Willen nicht mehr durchgekommen ist. So langsam darf es echt mal aufhören. Ist dieses Jahr wirklich anormal viel Schnee."

Schließlich bogen sie in eine Lücke in der Schneewand ab und schaukelten Ricks Waldweg entlang. Als sein Haus im Scheinwerferlicht auftauchte, durchströmte ein warmes Gefühl der Geborgenheit Tamara, das das gesamte Wochenende anhielt und sie vollkommen ausfüllte.

Am Samstagvormittag wollte Tamara Rick unbedingt zum Einkaufen in die nächstgrößere Stadt begleiten. So weiß die Welt um sie herum war, so matschig war es auf dem Parkplatz. Tamara fand Gefallen daran, auf riesige Matschbrocken zu springen und den nassen Schnee in alle Richtungen spritzen zu lassen. Auch Rick beteiligte sich auf dem Weg über den Parkplatz zum Markt an ihrem Spiel und strahlte sie an, wenn sie wie ein Kind jubelte. Die Menschen um sie herum teilten ihre kindliche Freude offenbar nicht. Sie erntete irritierte Blicke und gelegentlich Kopfschütteln.

„Mach dir nichts draus", sagte Rick beim Reingehen. „Der Oberfranke an sich ist sehr humorvoll, aber eher innerlich für sich." Er zwinkerte ihr fröhlich zu.

„Sind die Leute hier unfreundlich? Maike hat da mal was angedeutet."

„Hm", machte Rick nachdenklich. „Ja, könnte man als Außenstehender denken. Das ist zwar nicht unbedingt so gemeint, aber Herzlichkeit sieht definitiv anders aus. Da darfst du dich aber nicht von beeindrucken lassen. Im Inneren sind wir sehr warmherzig."

„Wenn du es sagst. Dir glaube ich alles", sagte Tamara und drückte seine Hand. Ricks Lächeln wich während des ganzen Einkaufs nicht von seinem Gesicht.

Den restlichen Samstag blieben sie zu Hause und machten es sich bei brennendem Ofen in Ricks Wohnzimmer gemütlich. Nur einmal verließen sie am Abend das Haus, denn sie wollte ihm unbedingt beim Schneeräumen Gesellschaft leisten.

„Kann sein, dass Rudis Heizung streikt, wir sollten uns also warm anziehen. Zwiebellook", sagte Rick, während er sich die Skiunterwäsche anzog. Auch Tamara hatte sich welche besorgt, weil Rick sie vergangene Woche am Telefon schon auf die Schneemassen vorbereitet hatte.

„Schick", kommentierte sie seinen Anblick in dem zweiteiligen Wollanzug.

„Auf jeden Fall auf der Sexynessskala ganz oben, oder?"

„Unbedingt", sagte Tamara lachend.

„Dir steht das übrigens auch ganz hervorragend."

„Vielen Dank", sagte sie gut gelaunt. Sie folgte Ricks Beispiel und zog sich über die Skiunterwäsche eine alte Hose, T-Shirt und Pullover. Im Hausflur statteten sie sich mit Schal, Handschuhen und Mütze aus.

„Ich habe noch nie so viele Wintersachen besessen wie jetzt", meinte sie, als sie eingepackt wie ein Antarktisforscher über die Türschwelle nach draußen schritt.

„Nicht? Dann wird's Zeit. Folgen Sie mir bitte in das Nebengebäude."

Mit knirschenden Schritten überquerten sie den Hof. Es war schon dunkel und eine alles durchdringende Ruhe hatte sich über den nahen Wald gelegt. Der Schnee dämpfte die wenigen vorhandenen Geräusche so ab, dass das Windrauschen und Baumknarzen nur noch wie in Watte gepackt an Tamaras Ohren drang. Etwas unheimlich, aber nicht unangenehm fand sie den nächtlichen Winterwald. Das Licht von Ricks Taschenlampe tanzte vor ihnen über den festgefahrenen Schnee des Hofes.

Mit einem schweren Schlüssel entriegelte Rick das Holztor der Scheune und zog es ratternd auf. Das orangene Räumfahrzeug nahm den größten Teil des Platzes ein. Am hinteren Ende des Raumes konnte sie im schwachen Taschenlampenlicht einige vollgeladene Metallregale erkennen und die Schneefräse, die auf ihre kommenden Aufgaben wartete.

„Rudi ist bereit für dich", sagte Rick, als er ihr die Tür entsperrt hatte.

Also bestieg sie in einem Anflug von Abenteuerlust den Unimog. Es war gar nicht so einfach, über die Steighilfen in das Fahrzeug zu gelangen. Die Feder des Beifahrersitzes quietschte laut, als sie sich darauf niederließ. Lustig wippte der Sitz nach. Es roch leicht modrig in dem alten Ding und beim Losfahren schaukelte sie auf dem Sitz wild drauflos. Sie konnte nichts dagegen machen und bekam bei Ricks Anblick, der ebenfalls herumgeschunkelt wurde, einen mittelschweren Lachanfall.

„Tja. Rudi hat eben Sinn für Humor. Warte, bis du die Scheibenwischer siehst." Mit einem breiten Grinsen betätigte er den Hebel und die Wischerblätter rasten über die Scheibe. „Rudi kann nur tausend Prozent. Weniger geht nicht."

Tamara musste sich vor Lachen den Bauch halten. Nach einer Weile beruhigte sie sich etwas und genoss schweigend die Fahrt in dem eiskalten, rumpeligen, quietschenden, schwankenden Unimog. Das Räumschild stob den Schnee meterhoch zur Seite weg, hinein in den Wald, der nur schemenhaft zu erkennen war.

Als sie etwa auf der Hälfte des Zufahrtsweges angekommen waren, stellte sie die Frage, die sie schon die ganze Fahrt beschäftigte: „Hattest du schon mal Sex in dem Teil hier?"

„In Rudi?" Rick wirkte ungläubig. „Wer sollte das wollen?"

„Hm", meinte sie und warf ihm einen fordernden Blick zu. „Ich vielleicht?"

Rick trat fest auf die Bremse und sie kamen unsanft zum Stehen.

„Ich kann einfach nicht aufhören, an dich in der sexy Wollunterwäsche zu denken", ergänzte sie.

Wortlos gab er wieder Gas und steuerte bis zu einer Ausweichstelle am Weg, riss mit einem lauten Ratsch die Handbremse hoch und zog Tamara auf seinen Schoß.

„Warum hast du auf mich gehört und so viele Schichten angezogen?", flüsterte er ihr lustvoll ins Ohr, während der Motor der alten Kiste weiterratterte und die Scheinwerfer die Welt vor dem Gefährt in eine unheimliche weiße Geisterwelt tauchten. Vielleicht lag es am ungewöhnlichen Ort oder an der Gefahr, erwischt zu werden, aber es war der beste Sex, den Tamara jemals gehabt hatte.

„Ich denke, ich sollte öfter mal zum Schneeräumen mitkommen", sagte sie, als sie danach umständlich versuchte, über den Schaltknüppel hinweg zurück auf ihren Sitz zu kommen.

„Auf jeden Fall", meinte Rick trocken, der sich abmühte, seine Hose wieder zuzumachen. Als er es endlich geschafft hatte, streckte er seine Hand nach ihrer Wange aus, streichelte sie sanft und sagte: „Ich will nie wieder allein fahren."

Am nächsten Tag hatte sie kaum Zeit, traurig über ihre baldige Abfahrt zu sein. Sie besuchten zum Geburtstag von Hias Ricks Familie in Althauptsberg. Das Gasthaus war an diesem Mittag für normale Gäste geschlossen, doch der Gastraum war trotzdem gut gefüllt. Die Geburtstagsgäste saßen an zwei großen Tischen und ließen sich den Schweinebraten schmecken, den Hias' Frau mit Monis Hilfe für alle gemacht hatte.

„Zum Vierzigsten derf mä's scho krachn loua"[19], sagte Hias stolz, als er die Teller mit Braten vor Rick und Tamara abstellte.

„Unbedingt", meinte Rick grinsend.

„Spoutzn kumma glei[20]", meinte Hias und verschwand wieder in der Küche.

Tamaras fragenden Blick beantwortete Rick mit: „Er bringt gleich die Klöße."

Die Begeisterung, mit der sich hier alle über das Essen und die Getränke hermachten, faszinierte Tamara. Es war laut, es wurde viel gelacht und nach dem Essen bildeten sich Gruppen, in denen immer zu viert Karten gespielt wurde. Sie hatte nie für möglich gehalten, dass man so laut und energisch Karten auf den Tisch legen konnte.

„Was tun die da? Warum schlagen sie die Karten auf den Tisch?", fragte sie irritiert.

„Die spielen Schafkopf. Das spielt man mit maximalem Getöse", meinte Rick grinsend.

„Kannst du das auch?"

„Klar! Ich bin sogar ganz gut. Oder, Moni?", wandte er sich an seine Cousine, die zu ihnen an den Tisch gekommen war.

„Naa, eingtlich niat"[21], sagte die trocken und lachte laut auf.

„Warum schlägt der seine Karten in der Hand?", fragte Tamara. Dieses Spiel war wirklich seltsam und von außen kaum zu durchschauen.

„Der gibt Contra. Einer gibt ein Spiel vor und je nachdem, was es für eines ist, spielt man allein oder mit anderen der Runde zusammen. Der eine meint jetzt, dass der, der spielen will, das Spiel nicht gewinnen wird, und gibt Contra. Damit erhöht sich automatisch der Spieleinsatz für alle."

---

19 „Zum Vierzigsten darf man es schon krachen lassen."
20 „Klöße kommen gleich."
21 „Nein, eigentlich nicht."

„Okay ...", sagte Tamara langsam. Fasziniert beobachtete sie eine Weile das laute Treiben am Nebentisch, bis sich schließlich Hias mit einem herzhaften Seufzer neben sie niederließ.

„Na, geschafft?", fragte sie ihn. „Du hast dir wirklich viel Arbeit gemacht, die ganzen Leute hier zu versorgen."

„Immer gern", antwortete Hias und setzte zu einem längeren Monolog an, von dem Tamara kaum ein Wort verstand, was nicht nur am Dialekt, sondern auch an der allgemeinen Lautstärke lag. Sie nickte einfach und lächelte. Und sie fühlte sich ungemein wohl. Alle behandelten sie, als gehörte sie schon seit jeher zur Familie. Auf dem Weg zur Toilette wurde sie von einer älteren Dame strahlend an der Schulter getätschelt und ein Jugendlicher brachte ihr eine neue Spezi, als sie ihre gerade ausgetrunken hatte.

Das Gefühl der Geborgenheit steigerte sich noch, als sie mithilfe von Ricks Übersetzungsfähigkeiten ein langes Gespräch mit Hias und Moni führte. So erfuhr Tamara allerhand vom kleinen Richard, der als Zehnjähriger die Unterhosen seines Onkels angezündet hatte, was er laut lachend mit „Das hat aus meiner Perspektive damals durchaus Sinn gemacht" kommentierte.

Oder vom jugendlichen Richard, der nach dem Tod seiner Mutter wochenlang bei seiner Tante in Althauptsberg gewohnt hatte, weil sein Vater sich nicht um ihn kümmern konnte. Es brach ihr beinahe das Herz. Sie nahmen sie mit in ihre gemeinsame Vergangenheit und ihr wurde klar, dass die drei sich wirklich so nahe standen wie Geschwister.

„Frank!", rief Hias plötzlich laut und winkte einem Mann einige Tische weiter, der in ein Gespräch mit einem älteren Herrn vertieft schien. Er blickte auf und Tamara starrte ihn verwirrt an. Der Mann sah Rick erstaunlich ähnlich.

„Wer ist das? Ich dachte, du hast keinen Bruder", sagte sie zu Rick.

„Hab ich auch nicht. Das ist Monis und Hias' Bruder Frank. Sieht aus wie ich, oder?"

„Ja! Faszinierend!"

Frank verabschiedete sich von seinem Gesprächspartner und kam grinsend an ihren Tisch.

„Frank, mein Lieber. Wir haben uns ewig nicht gesehen!", rief Rick, stand auf und umarmte seinen Cousin fest.

„Ich bin viel zu selten hier oben. Du bist in Begleitung?", fragte Frank mit einem lächelnden Blick auf Tamara.

„Das ist meine Freundin Tamara. Sie ist aus Frankfurt. Und du und ich sind wahrscheinlich die Einzigen heute hier, die sie versteht."

„Freut mich", sagte Frank und schüttelte ihr die Hand. Seine Haare waren kurz und etwas dunkler als Ricks und sein Lächeln etwas gerader, aber die große Nase war exakt die gleiche, wie Rick sie hatte. Auch von Größe und Statur glichen sich die beiden auf unheimliche Weise. „Ich bin Frank, der Jüngste im Bunde."

„Wie kommt es, dass du kaum Dialekt sprichst?", fragte Tamara, während sie seine Hand drückte. Die war anders als Ricks, schmaler und weicher.

„Ich wohne in Nürnberg. Hab dort meine Praxis."

„Oh. Bist du Arzt?"

„Psychologe."

„Wow. Interessant."

„Manchmal", sagte Ricks Cousin und fragte: „Und du? Was machst du für dein täglich Brot?"

Und so entspann sich ein weiteres unterhaltsames Gespräch mit der gesamten Familie Grubenhammer. Alle waren sehr interessiert an Tamara und ihrem Leben in Frankfurt. Auch sie konnte kaum genug von ihren Erzählungen kriegen. Mit jeder Geschichte von ihnen, ob traurig oder fröhlich oder verrückt, verfiel sie dem Mann neben sich mehr. Rick war in der Zwischenzeit nahe an sie herangerückt und hatte sanft seinen Arm um sie gelegt. Sie spürte die freundlichen Blicke der Verwandten auf sich, fühlte sich so wohl wie schon seit Ewigkeiten nicht mehr. Das Wohlwollen, das man ihr entgegenbrachte, verursachte eine Wärme in ihr, die sich von ihrem Bauch aus in ihrem gesamten Körper ausbreitete. Ihr Herz schlug ruhig und entspannt und die Geborgenheit hüllte sie ein wie eine weiche Decke. Beim Abschied an diesem Nachmittag am Bahnhof von Marktredwitz ließ sie ein großes Stück ihres Herzens bei Rick und seiner Familie zurück.

Liebe ist das Gefühl von Sehnsucht. Sie wusste nicht, wo sie das gehört hatte, aber es war wahr. Die Sehnsucht nach Rick durchdrang alles, ihren Alltag, ihre Träume, jeden Moment ihres Tages. Alle zwei Wochen schloss sie ihren Laden und sie besuchten einander. Es war perfekt. Hin und wieder kam in ihr der Gedanke auf, dass es vielleicht etwas *zu* perfekt war, denn so viel Glück hätte sie nie für möglich gehalten. War es ihr doch damals mit Simon auch nicht lange vergönnt gewesen.

Diese vage Sorge gesellte sich zum Glück und zur Sehnsucht nach Rick hinzu und nagte leise, aber ausdauernd an ihr. Je mehr Zeit verging, desto mehr hatte sie das Gefühl, dass etwas nicht stimmte. Sie konnte es stets als Einbildung abtun, bis zu einem denkwürdigen Dienstag Ende März.

Sie war am Morgen mit einer deutlichen Unruhe aufgewacht. Als sie beim Frühstück im Kopf ihre Einkaufsliste durchging, dachte sie auch darüber nach, ob sie mal wieder Binden oder Tampons bräuchte, und da fiel es ihr wie Schuppen von den Augen. Vor lauter Verliebtheit und Besuchen und neuer Situationen war es ihr nicht aufgefallen, aber ihre letzte Periode war schon eine Ewigkeit her. Ungewöhnlich lange. Auch wenn sie es für unmöglich hielt, schwanger zu sein, musste sie Sicherheit haben und beschloss, sich einen Test zu besorgen.

Taschenfrau

Eine korpulente Frau drängte sich unhöflich und mit unangenehm viel Körperkontakt an ihr vorbei, als sie mit einem unbehaglichen Surren im ganzen Körper die Glasschiebetür zum Drogeriemarkt durchschritt. Es war laut und voll an diesem Dienstagvormittag. Erschreckend viele Jugendliche befanden sich hier und nicht in der Schule, wo sie um diese Zeit hingehörten. Vielleicht waren aber auch Ferien, Tamara wusste es nicht. Sie wusste nichts mehr. Nur noch, dass sie schon viel zu lange ihre Periode nicht bekommen hatte.

Schwanger, das konnte eigentlich nicht sein. Man hatte ihr damals gesagt, das würde nicht mehr klappen. Aber ihre Periode blieb normalerweise nicht wochenlang aus und wenn sie deswegen zum Frauenarzt ginge, würden die auch als Erstes einen Test machen. Also hatte sie beschlossen, dem zuvorzukommen.

Wie ferngesteuert schritt sie die Regale ab und musste sich an einer Mädchengruppe vorbeidrücken, die sich unter ohrenbetäubendem Geschrei über teure Schminke und Nagellack hermachte. Eine von ihnen, ein großes Mädchen mit violettschimmernden schwarzen Haaren steckte etwas in ihre Jackentasche. Tamara nahm sich vor, an der Kasse einen Hinweis zu geben.

Es gab Tage, da hasste sie die Großstadt. Heute war definitiv so ein Tag.

Entnervt suchte sie weiter. Endlich! Passenderweise, oder eher völlig unpassend, wie es ihr vorkam, neben den Verhütungsmitteln. Sie entschied sich für den teuersten Schwangerschaftstest, in der Hoffnung, dass er auch am besten funktionieren würde und am genausten war.

Als sie sich gerade vom Regal abwandte, ertönte eine laute, derbe Stimme hinter ihr: „Na? Nicht aufgepasst beim Rumhuren?"

Tamara drehte sich erschrocken um und blickte direkt in das stark geschminkte Gesicht des Mädchens, das sie beim Klauen beobachtet hatte.

„Bitte?", fragte Tamara mit hochgezogenen Augenbrauen. Das wollte sie sich nicht bieten lassen.

„Hast mich schon verstanden, Schlampe! Hast rumgehurt, hä?"

Fassungslos starrte Tamara das Mädchen mit offenem Mund an.

„Glotz nicht so! Mund zu, es zieht!", rief eine der drei anderen frech. Alle vier lachten.

Jeder, der zuvor noch mit Tamara in diesem Regalgang gewesen war, war mittlerweile verschwunden. Sie hatte keine Hoffnung, dass ihr jemand zu Hilfe kommen würde.

„Was willst du von mir?", brachte sie schließlich heiser hervor. Sie hatte Angst, aber sie wollte es auf keinen Fall zeigen. Diese Mädchen würden jede Schwäche ausnutzen.

„Du hast nichts gesehen, Schlampe! Sonst bist du tot!", zischte die Anführerin zwischen ihren Zähnen hervor. Ihre vorderen Schneidezähne waren mit je einem glitzernden Steinchen besetzt. Irrwitzigerweise konnte Tamara nur darüber nachdenken, wie hässlich die viele Schminke und diese Steinchen an dem Mädchen aussahen. Ein blondes Gör neben ihr hob drohend einen mit unechten Nägeln verzierten Zeigefinger.

„Was soll ich nicht gesehen haben? Dass du geklaut hast?" Tamara konnte selbst kaum glauben, dass sie das gesagt hatte. War sie lebensmüde oder so?

Die Anführerin zog überrascht ihre aufgemalten Augenbrauen in die Höhe. Offenbar war sie Gegenrede nicht gewohnt. Stolz streckte sich Tamara und blickte ihr offen in die kalten Augen. Der Hass, der ihr daraus entgegenschlug, fuhr ihr wie Eis in den Magen.

„Spinnt die, oder was?", fragte eines der Mädchen.

„Mach die fertig, die Hure!", rief ein anderes.

„Lass dir das nicht gefallen!", reihte sich nun auch die Letzte im Bunde in die Solidarität zu ihrer Anführerin ein.

„Willst du mich verpfeifen, Fotze?" Das Mädchen wartete die Antwort nicht ab. Ein Faustschlag traf Tamara direkt auf ihr Jochbein.

Der Schmerz kam beinahe im selben Moment. Sterne explodierten vor ihren Augen und einen Herzschlag später fand sie sich auf dem Boden liegend wieder. Erste Tritte trafen sie in der Nierengegend. Sie rollte sich instinktiv zusammen, um ihre Bauchseite, die Organe und den Kopf zu schützen. Sie hatten sie umzingelt und ließen sie nicht aufstehen. Sie würde hier sterben, mitten in einem Drogeriemarkt. Ein weiterer Tritt raubte ihr den Atem. Mehrere Päckchen irgendwas prasselten auf sie nieder.

Dann war es auf einmal vorbei und lautes Geschrei erhob sich. Vorsichtig blickte sie auf. Die korpulente Frau vom Eingang hatte sich zwischen sie und die Mädchen gestellt und schwang wie eine Hammerwerferin schreiend ihre Handtasche über ihrem Kopf. Immer mehr Menschen kamen dazu und schließlich wurde sie von diversen Händen gestützt, damit sie aufstehen konnte. Sie konnte sich nicht richtig aufrichten. Jemand redete auf sie ein, aber sie verstand nichts.

Irritiert betrachtete sie die Kondompackungen, die überall auf dem Boden verstreut lagen. Etwas Rotes tropfte auf eine Packung. Schnell gesellte sich ein zweiter Tropfen dazu. Ein dritter, vierter. Erschrocken registrierte sie, dass es Blut aus ihrer Nase war. Auch ihre Helfer wirkten mit einem Mal hektisch.

„Kann mal jemand Tücher oder so was holen? Sie blutet!"

Eine Handvoll zerknüllter Papiertücher wurde ihr gereicht. Mit zitternden Händen hielt sie sie sich an die blutende Nase.

„Sie muss sich hinsetzen!", rief jemand. Einen Moment später wurde sie sanft auf einen umgedrehten Eimer platziert. Jemand streichelte ihr den Rücken, während sie vorgebeugt dasaß.

„Der Krankenwagen und die Polizei sind gleich da", sagte eine freundliche Stimme neben ihr. Offenbar die Streichlerin. Tamara konnte kaum etwas sehen. Ihre Augen tränten stark und die Schmerzen in ihrer Wange breiteten sich immer weiter aus. Sie wurden auch immer heftiger und in ihrem Mund schmeckte sie Blut. Entfernt konnte sie aufgebrachte Stimmen vernehmen. Aber was die sagten, entzog sich ihrer Wahrnehmung völlig. Mit einem Mal kam Bewegung in ihre Helfer. Die Stimmen wurden lauter, eine weitere Hand berührte sie an der Schulter.

„Mein Name ist Kunzelmann von der Polizei. Wie heißen Sie?"

Vorsichtig hob sie den Kopf und blickte in freundliche braune Augen. Der Polizist hatte sich neben sie in die Hocke niedergelassen und musterte sie konzentriert.

„Huber. Tamara", brachte sie mühsam hervor.

„Was ist passiert, Frau Huber?"

„Ich ... hab gesehen, wie eines der Mädchen", vage deutete sie mit der einen Hand in Richtung des Tumultes, mit der anderen hielt sie die Tücher fest unter die Nase gedrückt, „was geklaut hat."

Sie stockte kurz, abgelenkt von dem Blut auf der ausgestreckten Hand. Jemand reichte ihr neue Tücher. Sie ließ die durchgebluteten achtlos auf den Boden fallen und drückte sich die frischen unter die Nase.

„Sie hat mich angesprochen darauf, ich sollte sie nicht verpfeifen. Dann hat sie mich geschlagen und ich bin hingefallen. Man hat mich getreten. Wer, weiß ich nicht." Erschöpft hielt sie inne.

„Ja, so war es. Ich habe es gesehen!", rief eine Frau hinter ihr.

„Okay", sagte der Polizist, während er sich Notizen machte. „Zu Ihnen komme ich gleich", sagte er an die Zeugin gewandt. „Wissen Sie sonst noch etwas?"

„Nein. Dann ging eine Frau dazwischen und es war vorbei."

„Sagen Sie mir doch bitte Ihre Telefonnummer und Adresse, Frau Huber."

Tamara spulte die Informationen ab. Ächzend fummelte sie ihren Geldbeutel aus der Jackentasche und reichte dem Polizisten den Ausweis. Der Nebel, der ihre Wahrnehmung umhüllte, wurde dichter. Rot glühend breitete sich der Schmerz immer weiter in ihrem Gesicht aus. Sie lehnte sich an das Regal neben sich. Das Atmen fiel ihr schwer. Ihr Rücken und ihre Seite pochten schmerzhaft.

„Der Notarzt ist da. Die werden sich um Sie kümmern", sagte der Polizist freundlich, tätschelte ihr erneut die Schulter und wandte sich dann der Zeugin zu. Im gleichen Moment erschien eine Frau in voller Montur des Rettungsdienstes in ihrem verschwommenen Blick.

„Ein Faustschlag hat Sie im Gesicht getroffen?", fragte die Notärztin sofort.

„Ja. Ich bin auch getreten worden."

„Während Sie am Boden lagen?"

„Ja."

Die Ärztin tastete sie vorsichtig im Gesicht ab. Man zog ihr die Jacke aus und untersuchte sie kurz am Oberkörper.

„Sind Sie schwanger?"

„Äh ... nein. Ja. Vielleicht!", stammelte Tamara.

„Okay. Sie wissen es nicht genau. Dann werde ich hinsichtlich der Schmerzmittel mal so tun, als ob Sie schwanger sind. Wir wollen ja kein Risiko eingehen. Wir bringen Sie jetzt ins Krankenhaus. Können Sie gehen?"

„Ich denke, ja."

Gemeinsam mit einem Sanitäter half die Ärztin ihr beim Aufstehen. Ein anderer Sanitäter legte sich ihre Jacke über den Arm.

„Hatten Sie eine Tasche?", fragte er.

„Äh, nein. Ich hatte alles in der Jacke. Moment!", rief sie aus. Sie musste sich bei ihrer Helferin bedanken. Unbedingt. Suchend ließ sie ihren verschwommenen Blick über die versammelten Menschen schweifen. „Könnte ich kurz mit ihr reden?" Sie zeigte auf die Taschenfrau. Der Mann mit ihrer Jacke schritt zu der Frau hinüber. Sie wurde anscheinend gerade von der Polizei vernommen. Er sagte etwas zu der Gruppe. Alle wandten ihr den Blick zu und die Frau setzte sich in ihre Richtung in Bewegung.

„Ich danke Ihnen so sehr", brachte Tamara mühsam zwischen Tränen und Blut hervor.

„Kein Problem." Die Frau sprach mit einem osteuropäischen Akzent. Sie war beinahe einen Kopf kleiner als Tamara und etwa in den Vierzigern.

„Könnten Sie mir Ihren Namen und Ihre Telefonnummer aufschreiben? Ich will mich später noch mal bei Ihnen bedanken."

„O nein, nein!", rief die Frau wild gestikulierend. „Nix nötig."

„Doch. Bitte." Ohne eine weitere abwehrende Antwort abzuwarten, zog sie ihr kleines Notizbuch aus der Jackentasche und reichte es der Frau.

Mit einem Seufzer nahm die es entgegen, zog den Bleistift aus dem Gummi am Buch und schrieb etwas hinein. ‚Delia Sandu' las Tamara, als sie das Notizbuch zurückgereicht bekam. Und eine Handynummer. Delia winkte ihr zum Abschied mit sorgenvollem Gesichtsausdruck.

Im Krankenwagen bugsierte man sie auf einen Sitz und es wurde ihr ein Kühlpack auf das Gesicht gedrückt. Die Ärztin untersuchte sie weiter und legte ihr schließlich eine Infusion. Als sich der Wagen in Bewegung setzte, verebbte der Schmerz langsam. Es tat zwar immer noch höllisch weh, aber es war auszuhalten.

Mit dem Abklingen des Schmerzes kam Wut. Und Fassungslosigkeit und Traurigkeit und noch mehr Wut. Das hier war ein Albtraum. Dass ihr so etwas mal passieren würde, hätte sie niemals für möglich gehalten. Angegriffen von einer Mädchenbande. Wegen eines Lidschattens oder was auch immer. Die kalte Wut trieb ihr heiße Tränen aus den Augen. Sie verlor jede Zurückhaltung und schluchzte laut auf. Das wiederum ließ sie vor Schmerzen beben. Die Ärztin hielt inne in dem, was auch immer sie tat, und streichelte ihr sanft den Arm.

„Lassen Sie es raus. Keine Scheu. Sie sind jetzt in Sicherheit. Wir kümmern uns um Sie."

Das ließ die Tränen nur noch heftiger rollen. Aber es war ihr egal. Die Ärztin reichte ihr immer wieder neue Tücher und als sie das Krankenhaus erreicht hatten, war gefühlt ein ganzer Eimer voll mit blutigem, verschleimtem Papier.

In der Notaufnahme war nicht allzu viel los an diesem Dienstagvormittag, also wurde sie direkt weiterbehandelt. Man brachte sie zum Röntgen. Jochbein angebrochen, so lautete die Diagnose. Offenbar war kein Knochen verschoben worden, immerhin, Glück im Unglück, wie ihr der behandelnde Arzt versicherte. Anschließend wurde sie ins MRT geschoben, weil man eine Gehirnerschütterung ausschließen wollte. Sie bekam Blut abgenommen und wurde ausgiebig im Bauchbereich untersucht.

„Auch hier haben Sie Glück gehabt", sagte der weißhaarige Arzt. „Sie hatten eine dicke Jacke an, die hat das Schlimmste verhindert. Aber Sie haben Rippenprellungen. Wir wollen Sie über Nacht hierbehalten und beobachten. Außerdem werden wir Sie später noch zum Frauenarzt schicken."

Sie wurde auf die Station in ein Zimmer für drei Patienten gebracht, wo sie aber wohl vorerst allein war. Sehr langsam ließ sie sich im in Sitzposition eingestellten Bett nieder. Die Rippen schienen ihr bei jeder Bewegung aus dem Körper brechen zu wollen. Davon würde sie lange etwas haben. Genau wie von dem Bluterguss in ihrem Gesicht. Ihre rechte Wange und das Auge waren schon dunkelblau gefärbt. Das Monokelhämatom, wie der Arzt es genannt hatte, würde einige Zeit brauchen, um sich zurückzubilden.

Beim Wählen von Tommys Nummer zitterten ihr die Finger. Lag das an den Medikamenten oder dem nachlassenden Schock? Egal. Wichtig war jetzt, Tommy zu benachrichtigen. Hoffentlich schlief er nicht mehr. Heute Nacht hatte er arbeiten müssen. Leider bewahrheitete sich ihre Befürchtung. Es dauerte ewig, bis er ans Telefon ging und sich mit belegter Stimme meldete.

„Ja? Tamara? Ist was passiert? Du rufst sonst nie am Vormittag an."

„Ja, es ist etwas passiert." Sie musste einen kleinen Moment pausieren, bevor sie weitersprach. „Ich bin in eine Schlägerei geraten und verletzt worden."

„Bitte?" Jegliche Verschlafenheit war aus Tommys Stimme verschwunden.

„Ich bin im Krankenhaus. Uniklinik."

„Ich komme sofort."

„Kannst du mir Klamotten mitbringen? Und Waschsachen? Ich muss heute Nacht hierbleiben. Und hab nur so einen Kittel an, weil meine Kleidung ... dreckig ist." Sie wollte nicht sagen, dass sie voller Blut war, sonst würde sich Tommy nur unnötig Sorgen machen.

Sie telefonierten weiter, während Tommy sich zum Gehen bereit machte und sich kurz die Ereignisse schildern ließ. Durch das Telefon konnte sie regelrecht spüren, wie seine Sorge sich in Wut verwandelte. Eine halbe Stunde später stand er schließlich bei ihr im Zimmer.

„Mein Schatz! Was haben diese Gören mit dir gemacht?" Er stürzte sich auf sie und sie konnte ihn gerade so davon abhalten, sie zu umarmen. Das hätten ihre Rippen sicherlich nicht mitgemacht. Vorsichtig strich er ihr über die Haare und musterte ihr zerschundenes Gesicht mit einem Ausdruck der Abscheu. „Ich hoffe, diese Dreckstücke werden ordentlich bestraft."

„Das gibt bestimmt eine Gerichtsverhandlung. Das wird sich alles ewig ziehen." Sie seufzte. „Dabei will ich das so schnell wie möglich vergessen."

„Hast du Rick schon angerufen?"

Oh, Rick. Ja. Dem würde sie so einiges erzählen müssen. Nur wusste sie überhaupt nicht, wie sie das anstellen sollte.

„Nein, noch nicht. Ich hatte noch keine Kraft dazu. Er wird sicherlich herkommen wollen."

„Auf jeden Fall!"

„Aber ich will nicht, dass er mich so sieht." Was nur die halbe Wahrheit war. Sie wusste auch noch nicht, wie sie über diese andere Sache mit ihm reden sollte. Sie wollte das so lange wie möglich hinauszögern.

„Hä?", fragte Tommy verdutzt. „Glaubst du, er mag dich dann nicht mehr? Wenn du es ihm nicht sagst, wirst du Schaden anrichten. Das würde er dir nicht so schnell verzeihen."

„Ja, du hast recht. Ich werde ihn nachher anrufen." Musste sie wohl oder übel.

Sie seufzte tief und bereute es sofort, als ihr Schmerzkorsett sich lautstark meldete. Dann drückte sie wieder ihre Kühlpackung an die Wange. Die Kühle linderte den Schmerz, der sich immer noch durch die Medikation hindurchschlich. Hoffentlich wurde das bald besser. Schließlich raffte sie sich auf und zog sich den Trainingsanzug an, den Tommy mitgebracht hatte. Eine Pflegerin kam herein.

„Frau Huber? Ich soll Sie in unsere Frauenabteilung begleiten, für die weiteren Untersuchungen. Oh? Ist das der Vater?"

Tommy blickte verwirrt zwischen Tamara und der Krankenpflegerin hin und her. „Seh ich so alt aus, dass ich ihr Vater sein könnte?"

„Er ist mein Cousin", versuchte Tamara schnell aufzuklären.

„Oh, ach so", sagte die Pflegerin und fügte an Tommy gewandt zu: „Sie können gerne hier warten. Aber es kann ein bisschen dauern."

„Okay", sagte er langsam. Mit zusammengezogenen Augenbrauen musterte er Tamara misstrauisch. Dem konnte man so schnell nichts vormachen und verheimlichen erst recht nicht. „Ich denke, ich gehe. Ruf mich später an, ja?"

Er küsste sie vorsichtig auf ihre unverletzte Wange und warf ihr noch einen verwirrten, nachdenklichen Blick zu, bevor er das Zimmer verließ.

„Ich wollte ihn jetzt nicht vertreiben", meinte die Krankenpflegerin gut gelaunt. „Na dann, gehen wir mal. Ist auch nicht weit."

Langsam schleppte sich Tamara neben der Pflegerin in die Gynäkologie. Der Schock darüber, schwanger zu sein, hielt nach wie vor an. Kurz bevor Tommy gekommen war, hatte man ihr mitgeteilt, dass die Blutuntersuchung eine deutliche Konzentration an Beta-hCG, dem Schwangerschaftshormon, ergeben hatte. Sie konnte das immer noch nicht glauben. Man hatte ihr damals verkündet, dass sie keine Kinder würde bekommen können, dass etwas schiefgegangen wäre. Ihre Welt war zusammengebrochen, sie hatte ihr komplettes Leben überdenken und neu ausrichten müssen. Hatte ihren Freund Simon verloren. Hatte sich in sich selbst zurückgezogen. Bis sie Rick getroffen hatte.

Sie musste sich selbst erst klar darüber werden, wie sie das finden sollte, vorher konnte sie es nicht erzählen. Nicht Tommy, und schon gar nicht Rick.

In der Gynäkologie wurde sie eingehend untersucht und schließlich kam eine Ärztin zu ihr, um eine Ultraschalluntersuchung durchzuführen.

„Sie hatten mal eine Unterleibsoperation?", fragte die Ärztin nach einem Blick auf ihre Narbe am Bauch.

„Ja. Und ... ähm ... es gab Komplikationen." Mehr konnte sie dazu nicht sagen. Die Erinnerungen an die Erlebnisse von damals verkraftete sie jetzt nicht auch noch. Es war das Traumatischste, was sie je erlebt hatte, noch weit vor dem Tag heute.

Konzentriert verteilte die Ärztin das eiskalte Gel auf ihrem Bauch. „Ah ja, ich sehe es. Man kann es hier deutlich erkennen." Sie machte ein Standbild von der Aufnahme und umkreiste einen Bereich. „Hier haben wir den Embryo." Sie deutete auf einen schwarzen Fleck im verwaschenen Schwarz-Weiß des Bildschirmes.

„Man sagte mir damals, dass ich niemals Kinder bekommen würde."

„Tja, da haben sich die Kollegen wohl geirrt", sagte die Ärztin gut gelaunt. „Im Übrigen scheint alles so weit in Ordnung zu sein. Der heutige Vorfall hatte wohl keine Auswirkungen auf Ihre Schwangerschaft. Ich gratuliere Ihnen!"

„Danke", antwortete Tamara mechanisch.

Wie sollte es jetzt weitergehen? Ein Kind passte so gar nicht in ihr Leben. Sie konnte sich auch nicht erlauben, so lange nicht zu arbeiten. Das würde sie ihre Existenz kosten.

Was würde Rick dazu sagen? Sie lebten nicht mal im selben Bundesland! Wie sollte sie ihm das beibringen? Wie war das überhaupt möglich? Ein deutliches Gefühl von Überforderung fegte durch ihren Körper. Heiß, kalt, heiß, kalt.

„Bevor Sie morgen entlassen werden, kommen Sie noch mal vorbei. Dann werden wir Ihnen die Ergebnisse der Bluttests der ersten Vorsorgeuntersuchung von heute mitteilen. Ihren Mutterpass können Sie aber jetzt schon mitnehmen. Draußen an der Theke bekommen Sie ihn."

Ihr ganzer Körper pochte dumpf, als sie sich wieder anzog und das Untersuchungszimmer verließ. Die Dame am Empfang reichte ihr strahlend den Mutterpass. Womöglich hatten die Schmerzen oder die Schmerzmittel ihre Gefühle betäubt. Sie fühlte nur Leere, als sie das Heftchen entgegennahm und in die Tasche ihrer Trainingshose gleiten ließ.

Offenbar würde sie heute Nacht allein in ihrem Krankenzimmer bleiben. Die beiden anderen Betten waren noch immer nicht belegt. Als sie sich vorsichtig auf die Matratze setzte, stockte ihr der Atem. Wie in der Faust eines steinernen Riesen gefangen, war ihre Körpermitte nahezu bewegungsunfähig. Sie konnte sich nicht bücken, nicht zurücklehnen, nicht aufrichten, nicht zur Seite beugen. Es gab kaum eine Position, die sie nicht stöhnen ließ. Und das sollte laut dem Arzt noch mehrere Wochen so gehen. Klasse.

Der Geruch nach Desinfektionsmittel, Bleiche und einem leicht muffigen Aroma aus den Bettlaken erreichte ihre Nase, als sie kurz die Augen schloss, um den Schmerzmoment vorbeiziehen zu lassen. Wahrscheinlich benutzte man hier nur neutrales, geruchloses Waschmittel. Wie hatte dieser Tag sie nur hierherführen können? Was für eine Scheiße!

Frustriert und wütend griff sie nach ihrem Handy. Sie betätigte die Selfiekamera und betrachtete ihr Gesicht im Display. Wow. „Monokelhämatom" war wirklich eine passende Bezeichnung. Der dunkelrote Fleck um ihr Auge hatte etwas Unwirkliches. Ihr eigener Anblick kam ihr künstlich vor, als hätte sie sich den dicken, beinahe schwarzen Ring um das Auge selbst geschminkt. Darunter war eine Stelle auf ihrem Jochbein stark geschwollen und pochte deutlich unter der Decke aus Schmerzmitteln. Aber es würden keine Schäden zurückbleiben, hatte man gesagt. Da das Jochbein nicht gebrochen war, wurde kein Knochen im Gesicht verschoben. Immerhin. Der Arzt meinte sogar, nach einigen Wochen würde ihr niemand mehr ansehen, was passiert war.

Es erforderte nochmals eine riesige Kraftanstrengung, sich in das Bett zu ziehen. Es stand nach wie vor in Sitzposition und so lehnte sie sich mit dem Rücken vorsichtig in das Kissen. Was sollte sie jetzt machen? Sie, die immer darauf bedacht war, die Kontrolle über ihren Körper und ihren Geist zu behalten, war heute aus ihrem Körper vertrieben worden. Mit den Schlägen, aber genauso mit der Schwangerschaft. Er gehörte ihr nicht mehr. Diese verdammte Mädchengang hatte sich einen Teil davon genommen und einen anderen Teil beanspruchte ein schnell wachsender Zellhaufen.

Für den Bruchteil einer Sekunde war sie wütend auf Rick, weil er dazu beigetragen hatte. Er war Helfer des Embryos, der jetzt schon ihr Leben vollständig durcheinanderbrachte. Aber die Wut verflog so schnell, wie sie aufgekeimt war. Es gehörten immer zwei dazu und der Zellhaufen in ihrem Bauch war sowohl ein Teil von Rick als auch von ihr selbst. Zu gleichen Teilen. Rick schied als Sündenbock aus, er hatte schließlich nichts falsch gemacht. Sie hatten jedes Mal verhütet.

Sie konnte jetzt schon hören, wie alle von einem Wunder sprachen. Geisterhaft erschienen sie nacheinander an ihrem Bett und umzingelten sie. Rick, Maike, Tommy, ihre Eltern, Bastian, Tommys Drag-Kolleginnen. Die versammelten Geister von Freunden und Familie redeten alle auf sie ein, was das für ein besonderes, großartiges, faszinierendes Wunder wäre. Sie sollte dankbar sein und sich freuen. Niemand würde verstehen, dass diese Nachricht ein Schock für sie war, weil sie nie jemandem etwas davon erzählt hatte.

Nur ihr damaliger Freund Simon wusste es. Zwangsläufig, sie hatte schließlich mit ihm zusammengewohnt. Er musste das alles miterleben, aber er hat nie ganz verstehen können, was es für sie bedeutete und warum sie anderen gegenüber so eisern darüber schwieg.

Ihr Umfeld bekam davon nichts mit. Sie wusste selbst nicht, warum sie es nie jemandem erzählte und stattdessen allen die Lüge einer Blinddarmoperation auftischte. Als wollte der Gedanke, der eigentliche Grund, nicht mehr in ihren Kopf. Indem sie alle anlog, konnte auch sie selbst die Sache aus ihrem Leben verbannen. Irgendwann war es dann zu spät für die Wahrheit, also beließ sie es dabei. Bisher hatte die Verdrängung ganz gut funktioniert. Bis heute.

Sie musste Rick anrufen und ihm von den Ereignissen erzählen. Aber sie würde ihm noch nichts von der Schwangerschaft sagen, schließlich hatte sie Jahre gebraucht, um mit dem Thema abzuschließen. Sie musste sich noch ein bisschen Zeit geben, die neue Situation zu verarbeiten; aber zu lange durfte sie es auch nicht hinauszögern. Aus eigener Erfahrung hatte sie gelernt, dass irgendwann der richtige Zeitpunkt, die Wahrheit zu sagen, vorüberging. Eine Offenbarung danach würde jeden, den man so lange angelogen hatte, zutiefst verletzen. Mit zitternden Händen scrollte sie durch die Kontaktliste bis zu Ricks Namen.

Er nahm beim dritten Tuten ab. „Hey! Du rufst aber früh an heute. Ich bin noch in der Schreinerei. Kann ich dich nachher zurückrufen?"

„Es ist was passiert, Rick." Schweigen am anderen Ende.

„Wie, es ist was passiert? Hattest du einen Unfall?" Die Besorgnis in Ricks Stimme drang deutlich zu ihr durch. „Warte, ich geh raus. Hier ist es zu laut." Im Hintergrund war eine Kreissäge zu hören. Schließlich wurde sie leiser und dann war das Geräusch weg. Nur noch Ricks Atem klang in der Leitung. „So. Jetzt. Was ist passiert?"

„Ich, ähm, bin in eine Schlägerei geraten." Rick sog am anderen Ende hörbar Luft ein, sagte aber nichts. „Besser gesagt, war ich das Opfer der Schlägerei. Eine Mädchengang hat mich angegriffen. In einem Drogeriemarkt."

Jetzt war es endlich raus. Die eine Hälfte zumindest.

„Wie bitte?" Ricks Ton schwang deutlich zwischen Ungläubigkeit und Zorn hin und her. „Hab ich dich richtig verstanden? Wieso? Bist du in Ordnung?"

„Ich hab eine von denen beim Klauen gesehen und da sind die ausgerastet." Sie schluckte hart, bevor sie weitersprach. Es war schwieriger als erwartet. „Ich hab eine Rippenprellung auf beiden Seiten und mein Jochbein ist angebrochen." Und ich bin schwanger, lag ihr auf der Zunge, aber sie sprach es nicht aus. „Ich hab ein mächtiges Monokelhämatom um das rechte Auge." Er zog erneut scharf Luft ein. „Aber ich bin ansonsten okay, es wird alles verheilen. Ich hatte Glück", beeilte sie sich noch zu sagen. Dann brach ein Sturm im Telefon los.

„Ich hör wohl nicht richtig!" Er schrie jetzt. „Wo find ich diese …?" Ihm schien kein Wort einzufallen, das stark genug war, seinen Hass gegen die Mädchen auszudrücken. „Denen verpasse ich gleich zwei blaue Augen! Was ist in diese … Bitches gefahren?! Die kriegen noch heute ihre Quittung von mir! Ich …"

„Rick!"

Er schnaubte ins Telefon, als wäre er einen Marathon gelaufen. Aber er verstummte augenblicklich.

„Bitte beruhige dich. Ich bin okay. Die Polizei hat sich sofort um sie gekümmert. Sie werden ihre Anzeigen kriegen und ich werde das auch nicht so einfach auf mir sitzen lassen. Ich werde in jedem Fall als Nebenklägerin auftreten, hab ich mir überlegt, als ich, ähm, im MRT lag. Ich suche mir einen guten Anwalt. Bitte, beruhige dich jetzt. Bitte", schloss sie flüsternd.

„Gut. Ich beruhige mich. Weil du das sagst." Sein Atem wurde langsam ruhiger. „Ich werde aber trotzdem gleich losfahren."

„Nein!", rief sie. „Die Besuchszeit ist bald vorüber. Bis du hier bist, ist es schon später Abend. Das bringt doch nichts."

„Dann werde ich morgen ganz früh losfahren. Ich werde mir diese Woche freinehmen, meine Jungs kriegen das schon ohne mich hin. Wann kannst du nach Hause?"

„Morgen, nach ein paar abschließenden Untersuchungen."

„Ich bin am Vormittag im Krankenhaus. Schick mir bitte die Adresse. Und schick mir ein Bild von deinem Gesicht."

„Nein, auf keinen Fall", sagte sie. „Du würdest dich zu sehr aufregen."

Er seufzte. „Du hast wahrscheinlich recht. Du hast immer recht und bist mit Abstand die Vernünftigere von uns beiden. Deshalb kann ich auch nicht fassen, dass dir das passiert ist."

Sie verabschiedeten sich und Tamara atmete ein paarmal tief durch. Niemals hätte Rick in dieser Situation die zusätzliche Nachricht ihrer Schwangerschaft verkraftet. Sie war froh, dass sie sich dagegen entschieden hatte, es ihm zu sagen. Außerdem würde sie es ihm auch lieber von Angesicht zu Angesicht mitteilen und nicht als dramatischen Zusatz zu den Ereignissen des Tages. Als sie an seine Wut und Ritterlichkeit dachte, musste sie schmunzeln und bereute es sofort wieder. Lächeln war keine gute Idee. Es wurde hoffentlich bald Zeit für eine neue Ladung Schmerzmittel. Langsam wandelte sich das unangenehme Ziehen und Pochen im Gesicht zu einem schmerzhaften Reißen. Von den Rippen ganz zu schweigen.

War sie wirklich so vernünftig? In ihrem Magen machte sich ein unschönes Kribbeln breit. Nein, sie würde jetzt kein schlechtes Gewissen kriegen. Sie würde ihm das mit der Schwangerschaft im Laufe der Woche sagen. In einem guten Moment und wenn sich die Gemüter etwas beruhigt hatten. Bis dahin würde sie sich sicherlich auch schon an den Gedanken gewöhnt haben und der erste Schock wäre abgeklungen. Hoffte sie.

Sie nahm einen großen Schluck Wasser aus dem Becher, den ihr eine Pflegerin hingestellt hatte, und behielt ihn kurz im Mund. Es kühlte schön ihren Kiefer, der so was wie ein Schmerznebenschauplatz war. Alles fühlte sich wund an. Sie schluckte das nun körperwarme Wasser vorsichtig herunter und spürte dem Fluss in den Magen nach. Dann wiederholte sie das Ganze noch mal, bevor sie schließlich Maike anrief.

Gerade als sie am nächsten Morgen nach den Untersuchungen wieder zurück in ihrem Krankenzimmer war, wurde die Tür aufgeschoben und Rick blickte vorsichtig hinein. Seine Zurückhaltung endete in dem Moment, als er sie sah. Er schlug eine Hand vor den Mund und erstarrte in der Tür. Sie versuchte, ihn mit einem aufmunternden Lächeln zum Näherkommen zu bewegen. Nach einer gefühlten Ewigkeit ließ er die Hand endlich sinken und kam mit großen Schritten auf sie zu. Als er sie in eine Umarmung ziehen wollte, stoppte sie ihn mit ihrer Hand an seiner Brust.

„Vorsichtig. Meine Rippen."

Wie geheißen umarmte er sie sehr sanft und strich ihr dabei über die Haare. Sein Geruch war ein überwältigender Kontrast zu dem Krankenhausmief. Holzig, nach frischer Luft und Natur. Enttäuschung wallte in ihr auf, als er sich zurückzog, um ihr Gesicht genauer zu betrachten. Sie hätte ewig seinen Duft einatmen können.

„Tut es weh?"

„Im Gesicht nicht mehr sehr. Aber die Rippen sind die Hölle."

Er nickte nur und sagte nichts. Seine Augen musterten sie mit einer Traurigkeit, die ihr fast das Herz brach.

„Ich darf nach Hause", versuchte sie die gedrückte Stimmung etwas aufzuhellen. „Ich soll mich ein paar Wochen schonen. Kein Sport, kein Yoga, keine körperliche Tätigkeit. Im Laden darf ich allerdings arbeiten. Ich habe gefragt."

„Das wirst du diese Woche schön sein lassen."

„Ich muss. Ich hab schließlich Miete und Zulieferer zu bezahlen. Es reicht schon, dass ich gestern nicht aufgemacht und mich um nichts gekümmert habe."

„Langsam, langsam." Er unterstrich es mit einer Geste. „Dafür bin ich doch jetzt da. Du ruhst dich im Hinterzimmer aus und ich werde vorne den Laden schmeißen."

„Bist du sicher? Du hast schließlich eine eigene Firma, um die du dich dringender kümmern müsstest."

„Ich nehme mir eh viel zu selten Urlaub. Da sind die paar Tage schon mal drin."

„Aber dann solltest du auch Urlaub machen und nicht arbeiten."

„Keine Widerrede!", rief er mit strenger Stimme. „Es gibt Dinge, die sind wichtiger. Und da gehörst du definitiv dazu. Sonst würdest du dich doch garantiert die ganze Woche in deinen Laden stellen und dich eben nicht schonen." Damit hatte er definitiv recht.

„Ja, stimmt wohl", räumte sie ein.

„Ich kenn dich doch." Liebevoll strich er ihr über die gesunde Wange.

Mit bedächtigen Bewegungen packte sie ihre Sachen in die Reisetasche, die Tommy mitgebracht hatte. Doch sie hatte sie offenbar etwas zu nahe an die Bettkante gelegt. Kaum war alles eingeräumt, rutschte die Tasche samt Inhalt auf den Boden und entleerte sich dabei beinahe vollständig.

„Manno!", rief sie zornig. Ihre Tollpatschigkeit ging ihr manchmal echt gehörig auf den Geist.

„Lass." Rick drängte sich dazwischen, als sie sich stöhnend nach den Sachen bücken wollte. „Ich mach das." Sie ließ sich schwer auf die Bettkante nieder und beobachtete ihn, wie er ihre Habseligkeiten wieder in die Tasche räumte. Die Wut über ihre Lage füllte ihren Magen aus.

„Bockmist", entfuhr es ihr. Rick blickte irritiert zu ihr hoch. „Sorry. Hab nicht dich gemeint. Ich ärgere mich nur über die ganze Situation. Das ist doch Bockmist."

„Ich würde dafür sogar noch ganz andere Wörter bemühen", sagte Rick. Er lächelte nun zum ersten Mal, seit er das Krankenzimmer betreten hatte. „Deine Zurückhaltung muss ich wirklich bewundern."

Das Lächeln, mit dem sie antwortete, fiel etwas schräg aus. Was in erster Linie an ihrer eingeschränkten rechten Gesichtshälfte lag, andererseits an ihrem schlechten Gewissen. Zurückhaltung. Hm. War das Zurückhalten von wichtigen Details nicht eher Lügen?

Du wirst Vater. Diese Worte wollten aus ihrem Mund raus. Sie konnte sie in der Kehle, an der Zunge, in der Lunge fühlen. Aber sie kamen nicht. Ihr Körper schwieg, aber ihr Geist drehte gerade durch. Sie musste es ihm sagen. Besser früher als später. Es würde ihn verletzen, wenn er es nicht jetzt erfuhr. Schließlich würde er es im Laufe der nächsten Monate zwangsläufig erfahren. Was, wenn er es selbst herausfand, ehe sie es ihm sagen konnte? Wäre er wütend, traurig, gekränkt, enttäuscht? Würde er sie verlassen? Sie mit dem Baby alleinlassen?

Aber die Worte kamen nicht. Der Gedanke, schwanger zu sein, war noch zu abstrakt für sie. Sie merkte nichts, außer dass ihre Periode ausgeblieben war. Sie musste es erst spüren, um es wirklich glauben zu können. Vorher würde sie die Worte nicht aussprechen können. Das war ihr nach der durchwachten Nacht im Krankenzimmer klar geworden.

Rick half ihr beim Anziehen und zusammen verließen sie das Krankenhaus. Er trug ihre Tasche und sie hielt sich dicht an seiner Seite. Einige Leute, an denen sie vorbeikamen, sahen schockiert zwischen ihrem Auge und Rick hin und her. Sie konnte Feindseligkeiten zu ihnen schwappen spüren.

Im Aufzug war eine Frau, die Rick bösartige Blicke zuwarf und immer wieder den Kopf schüttelte. Als Tamara demonstrativ Ricks Hand nahm, konnte sie Entsetzen in der Miene der Frau erkennen.

Zur Erklärung zeigte sie auf ihr Auge und sagte dann: „Mädchengang."

Die Frau runzelte nur zweifelnd die Stirn.

„Ich hab sie nicht geschlagen! Gott bewahre, das würde ich niemals tun!", versuchte sich Rick zu verteidigen.

„Sagen sie alle." Mit diesem Kommentar verschwand die Frau aus der aufgehenden Tür und ließ Tamara und Rick zutiefst betroffen zurück.

„Wow", sagte er nach einigen Momenten. Sie hatten den Fahrstuhl verlassen und durchquerten die Lobby. „Die hat mir nicht geglaubt. Seh ich aus wie jemand, der seine Frau schlägt?"

„Ich glaube nicht, dass man es den Leuten ansehen kann. Die Menschen haben Vorurteile, weil es eben viel zu oft passiert. Vor allem, dass die Frauen bei den Männern bleiben und sich von ihnen sogar aus dem Krankenhaus abholen lassen. Mich ärgert gerade eher, dass mir die Frau nicht mehr zutraut, als sich von einem Kerl schlagen zu lassen und ihm das dann wie selbstverständlich zu verzeihen."

„Stimmt, das ist traurig. Aber deine Erklärung hätte sie trotzdem glauben können. Du hast ja nicht gesagt, dass du die Treppe runtergefallen bist oder so. Mädchengang ist doch irgendwie zu konkret für eine Alibigeschichte."

„Ich sollte mir eine große Sonnenbrille besorgen. Vielleicht hat Tommy was in seinem Repertoire."

„Ja, ist wahrscheinlich besser so. Nicht dass ich in den nächsten Tagen von irgendeinem Mob aus ‚ehrenwerter Absicht'", er machte Anführungsstriche mit seiner freien Hand, „verprügelt werde."

„Also ich bin ja dem Partnerlook grundsätzlich nicht abgeneigt, aber das würde doch etwas zu weit gehen."

Sie lachten beide laut auf. Obwohl es höllisch wehtat, fühlte es sich befreiend an.

Zu Hause hatte ihnen Tommy bereits Frühstück gemacht. Auch ihr Lieblingscamembert lag auf dem Tisch, den aß sie nahezu jeden Tag. Aber sie hatte in ihrer schlaflosen Nacht gelesen, dass man während der Schwangerschaft Weichkäse meiden sollte. Mist. Wie sollte sie aus der Nummer rauskommen?

„Danke fürs Frühstück, Tommy, und besonders für den Käse. Aber mir ist heute nach Marmeladenbrötchen. Ich hoffe, du bist nicht extra für den Käse losgegangen."

„Nee, der war noch da. Ist doch kein Thema. Warte, ich hole dir Marmelade."

Puh, er hatte nichts gemerkt. Kaffee durfte sie auch nicht zu viel trinken, aber sie hatte heute Morgen im Krankenhaus nur Tee gehabt. Ein Alibikaffee sollte also drin sein.

Mehr Flunkereien waren während des Frühstücks nicht nötig. Schlecht wurde ihr auch nicht, wenngleich sie die ganze Zeit darauf wartete. Tatsächlich merkte sie noch gar nichts von der Schwangerschaft. Es hätte auch nur eine Behauptung der Ärzte sein können. Aber früher oder später würde sie was merken, schließlich kannte sie ihren Körper. Durch Yoga und Meditation konnte sie sehr gut in sich hineinhören. Vielleicht meditierte sie einfach ab jetzt etwas länger. Yoga fiel ja eine Weile weg. Irgendwie musste sich eine Schwangerschaft ja mal bemerkbar machen.

Sie würde es erst so richtig glauben können, wenn sie auch an sich eine Veränderung spürte. Ihr Körper hatte schließlich eine Menge damit zu tun, einen anderen Menschen zu erschaffen, mit allem, was dazugehörte. Gehirn, Haut, Organe, Knochen. Das konnte doch nicht spurlos an einem vorübergehen. Wirklich merkwürdig.

Sie schwieg beim Essen die meiste Zeit, während sich Rick und Tommy über die Vor- und Nachteile von Klettverschlüssen austauschten. Wie sie auf dieses seltsame Thema gekommen waren, schien ihr irgendwie entgangen zu sein. Sie hörte auch kaum zu, sondern genoss es, bei ihren beiden Lieblingsmännern zu sitzen.

Als Tommy die Teller zusammenräumte, fragte sie: „Du, Tommy? Hast du vielleicht eine Sonnenbrille für mich, die mein Auge ein bisschen abdeckt? Rick hat sich auf dem Weg aus dem Krankenhaus schon einige Feinde gemacht, indem er nur neben mir gelaufen ist."

„Na sicher. Ich hab ungefähr dreißig Sonnenbrillen, von hell bis dunkel, verspiegelt, mit Glitzer oder pink kann ich dir alles anbieten. Da sollte was Passendes dabei sein. Soll ich das Auge etwas schminken?"

„Noch nicht, ist noch zu empfindlich. Vielleicht in ein paar Tagen. Ich will mich nächste Woche nicht mit Sonnenbrille in den Laden stellen."

„Okay. Na dann komm mit, ich habe meine Sammlung in Maikes Zimmer umgelagert." Dass er es immer noch Maikes Zimmer nannte, fand sie süß und traurig zugleich. Er schien sie genauso sehr zu vermissen wie Tamara.

Sie entschied sich für eine verspiegelte Brille, die nicht allzu dunkel war. So konnte sie im Notfall auch in Innenräumen einigermaßen sehen. Hinter ihnen betrat Rick Maikes ehemaliges WG-Zimmer. Das Bett war noch da, aber aus dem Rest hatte Tommy einen Kleiderschrank gemacht. Perücken, Hüte, Schuhe, Stiefel und Stilettos stapelten sich. Die Stagen bogen sich unter der Last von Kleidern und Federboas an ihren Bügeln. Da war sogar einen kleinen Schrank nur für Strumpfhosen. Es gab Handtaschen, Hosen, Mäntel, Pullover. Pink, schwarz, rot, Lack, Kunstpelz. Einfach alles. Dachte zumindest Tamara immer, wenn sie die Masse an Kostümen sah. An der Innenseite der Tür war ein mannshoher Spiegel angebracht.

„Voll krass!" Rick blieb mit offenem Mund in der Tür stehen. Tommy machte eine theatralische Verbeugung und breitete die Arme aus.

„Willkommen in Talulas Zauberladen. Schau dich um. Zieh es an, wenn dir etwas gefällt. Du hast meine Größe in etwa."

„Um Gottes willen!" Abwehrend hob Rick die Hände.

„Warum nicht? Hättest du nicht mal Lust drauf, jemand ganz anderes zu sein?"

„Doch, irgendwie schon. Aber das überfordert mich gerade." Er lachte nervös.

„Na, kein Problem. Wenn du noch da sein solltest, wenn die Mädels kommen, werden wir dich in die Welt des Glamours und der Schönheit einführen."

Mit Mädels meinte Tommy seine Drag-Kollegen. Anton aka Lady Steel, Marcel aka Marcella und Dominik, dessen Rollenname Bernadette d'Amoure war. Sie grinste, als sie sich vorstellte, wie die vier sich über Rick hermachen würden, um ihn in ein Kunstwerk zu verwandeln.

„Mal sehen, ob du den Mut dazu hast", stachelte sie Rick an. Der grinste zurück.

„Lass dich überraschen", sang er in perfekter Rudi-Carrell-Imitation.

Sie musste sich beim Lachen die Seite halten, aber die Unbeschwertheit des Moments übertraf die Vorsicht und die Schmerzen. Es tat so gut, Rick hier zu haben.

Drags

Sie verließen die Wohnung in Richtung Laden. Rick wollte fahren, aber Tamara wusste, dass es mit Parkplätzen zu dieser Uhrzeit im weiten Umkreis des Geschäfts nichts werden würde. Wahrscheinlich waren die mangelnden Parkmöglichkeiten ein Mitgrund für den schleppenden Erfolg, es lag schließlich nicht in einer Fußgängerzone oder einer Einkaufsstraße. In ihre Nebenstraße verirrten sich nur wenig Menschen zum Shoppen. Manchmal kamen Leute rein, die drei Häuser weiter im Schuhladen gewesen waren und zufällig bei ihr vorbeikamen, aber das war kaum der Rede wert. Die meisten Kunden wussten von dem Laden und das hatte sie sich sehr mühsam über Aushänge an belebten Orten, Flyer in Briefkästen oder Auslagen und schweineteuren Anzeigen in U-Bahnen erarbeitet.

Die zwanzig Minuten Fußmarsch zogen sich mit umfangreicher Rippenprellung ziemlich in die Länge. Hin und wieder warf ihr Rick besorgte Blicke zu, aber sie bemühte sich, sich nichts anmerken zu lassen. Sie wollte nicht darüber diskutieren, ob es eine gute Idee sei, heute schon zu arbeiten. Schließlich hatte sie keine andere Wahl.

Im Laden angekommen, verfrachtete Rick sie direkt in einen Korbsessel im Hinterzimmer, schob einen Hocker unter ihre Füße und legte ihr eine Decke drüber, denn es war recht kalt hier hinten.

„Ich stell mich da jetzt vorne rein und wenn ich Hilfe brauche, komm ich und frag dich. Brauchst du noch etwas? Tee, Kaffee, Wasser?"

„Könntest du mir meinen Laptop aus der Tasche geben?"

Er packte den Computer aus, den sie mitgebracht hatten, und reichte ihn ihr. Sie startete ihre Recherche zu Online-Shops und Rick begab sich in den Laden, wo er langsam die Regale abschritt und sich das Sortiment genau anzusehen schien.

Nach etwa einer Stunde klingelten die Glöckchen über der Ladentür und sie hörte Stimmen. Durch die offene Tür des Hinterzimmers konnte sie, wenn sie sich streckte, den Großteil des Geschäftes überblicken. Strecken fiel ihr schwer, aber sie reckte sich trotzdem neugierig, um Rick beobachten zu können.

Die Kundin wollte Badezusätze und Räucherstäbchen kaufen und Rick brachte sie zielsicher an die richtigen Regale. Er hatte Glück, dass die Kundin selbst schauen wollte und keine weitere Beratung brauchte. Doch dann kam eine Frage, von der Tamara gehofft hatte, sie in dieser Woche nicht hören zu müssen.

„Könnten Sie es als Geschenk einpacken?"

Es würde ihr wohl nichts anderes übrig bleiben, als ihren geschundenen Körper mit Sonnenbrille in den Laden zu schleppen und das Einpacken zu übernehmen. Sie hatte sich schon stöhnend halb aus dem Korbsessel erhoben, da antwortete Rick, der den kurzen Moment des Schocks überwunden zu haben schien: „Natürlich. Wenn Sie ein bisschen Geduld haben. Ich bin nur aushilfsweise hier und etwas unerfahren im Einpacken."

„Kein Problem", meinte die Kundin und wandte sich derweil den Auslagen zu.

Rick warf Tamara durch die offene Tür einen leicht panischen Blick zu, drehte sich dann aber zur Theke um und kramte das Geschenkpapier heraus, das er bei seiner Erkundungstour gefunden hatte. Es dauerte fast zehn Minuten, was der Kundin allerdings nichts auszumachen schien. Sie plauderte fröhlich mit

Rick, der den Kauf auf ungewöhnliche Weise einpackte. Schlicht in braunes Packpapier gehüllt, verzierte er das Geschenk derart mit Schleifen und Stroh, dass man das Päckchen darunter kaum erkannte. Zweifelnd drehte er sein Werk in alle Richtungen. Tamara hatte alle Mühe, nicht laut loszuprusten angesichts seiner Mimik. Auch die Kundin, die Rick beobachtete, lachte schließlich auf.

„Ist so ganz wunderbar, ich danke Ihnen. Ich selbst kann es auch nicht und hasse es, etwas einzupacken. Ich finde es prima so. So eine Verpackung gibt es nicht alle Tage."

Erleichterung erschien auf Ricks Gesicht. Lächelnd kassierte er die Ware ab und kam dann schnellen Schrittes zu ihr ins Hinterzimmer, als die Ladenglocke hinter der Kundin klingelte.

„Boah. Wäre fast mein Untergang gewesen. Die erste Kundin hat mich echt über der Klinge springen lassen", sagte er.

Tamara konnte sich nicht mehr zurückhalten und prustete los. Rick stimmte ein. Ihre Rippen rebellierten, aber es war einfach zu komisch.

An dem Tag kamen verhältnismäßig viele Kunden. Es waren ausschließlich Frauen und über Ricks Anwesenheit offensichtlich irritiert. Einige flirteten intensiv mit ihm, andere versuchten, ihn zu testen, indem sie ihm ein ausführliches Beratungsgespräch entlockten. Aber Rick war gewappnet, ließ er sich doch in den Pausen zwischen den Kundinnen immer von Tamara beraten. Am Ende des ersten Tages wusste er alles über Entspannungstechniken und welche Räucherstäbchen, Tees oder Bäder dafür hilfreich waren. Sie klärte ihn auf über anregende Düfte, Klangschalen und Yogaklötze. Er war ein guter Schüler und Tamara hatte viel Spaß dabei, ihm alles zu erklären, wonach er fragte.

Wusste er bei den Kundinnen etwas nicht, bat er sie höflich um einen Moment Geduld und kam schnell zu Tamara, die ihm die Antwort zuflüsterte. Der Tag machte ihr große Freude und auch die restliche Woche verlief gut.

Am Samstag war ihr letzter gemeinsamer Abend. Rick wollte am nächsten Tag mittags den Heimweg antreten. Er hatte sich zwar auch den Montag freigenommen, musste aber noch so einiges auf seinem Grundstück erledigen, da der Frühling mittlerweile auch im Fichtelgebirge Einzug gehalten hatte.

„Ich muss meine Beete abräumen, die ich mit Reisig abgedeckt hatte. Meine Obstbäume müssen geschnitten und die Wintersachen sommerfest verräumt werden."

„Wow, da reicht dir ein Tag doch nie und nimmer." Tamara hätte ihm zu gerne dabei geholfen.

Sie hatte nie einen Garten gehabt und ihre Eltern und alle, die sie in Frankfurt kannte, hatten auch keinen. Die Verbindung mit der Natur holte sie sich daher in ihren Retreat-Seminaren, denn dort musste, meist schweigend, in Haushalt und Garten mitgeholfen werden. Dafür kosteten die Tage dort fast nichts. Sie liebte es, ihre Hände in der Erde schmutzig zu machen, und fühlte sich nach einem Tag draußen immer viel lebendiger als vorher.

„Ich werde wohl länger als nur einen Tag brauchen. Vielleicht hilft mir der Bastian nächstes Wochenende, das macht er jedes Jahr, weil er weiß, dass ich das alles sonst immer allein machen muss. Seit meine Familie, ähm, weg ist", fügte er in melancholischem Ton hinzu.

Rick hatte es nicht leicht, so ganz allein. Und so lange schon. Es machte sie wahnsinnig traurig.

„Ach stimmt ja, Maike kommt ja nächstes Wochenende her!" Sie versuchte, die gedrückte Stimmung etwas aufzulockern. Tatsächlich freute sie sich schon riesig auf den Besuch.

In den paar Monaten, seit Maike aus Frankfurt weggezogen war, war sie nicht mehr hiergewesen. Sie würde in ihrem alten Bett zwischen all den Klamotten von Tommy schlafen müssen, denn bei ihren Eltern in der Hochhaussiedlung wollte sie nicht übernachten. Aber besuchen wollte sie sie unbedingt. Eigentlich hatte sich Tamara vorgenommen, dahin mitzukommen, denn sie vermisste Harald und Claudia. Das waren die beiden nettesten Menschen überhaupt. Aber so, wie sie momentan aussah, würde sie wohl noch eine Weile vermeiden, unter Leute zu gehen. Zumal ein Besuch für ihre körperliche Situation sicherlich auch etwas zu anstrengend werden würde.

Rick und Tamara hatten es sich zusammen auf der Couch gemütlich gemacht. Tommy war einkaufen gegangen, denn ausnahmsweise hatte er an diesem Samstagabend keinen Auftritt, weil der Club renoviert wurde. Sein Freund Elios machte mit seiner Tochter einen Kurztrip nach Hamburg, wo die Kleine unbedingt das König-der-Löwen-Musical sehen wollte. Um seine überraschende Anwesenheit an einem Samstag zu feiern, wollte Tommy etwas Besonderes für sie kochen und war gerade unterwegs, um die Zutaten zu besorgen.

Jetzt war vermutlich die beste Gelegenheit, Rick von dieser anderen Sache zu erzählen. Aber wie? Direkt? Behutsam? Wie erklärte sie, warum sie es nicht vorher gesagt hatte? Sie grübelte noch, als der Schlüssel im Schloss gedreht wurde und Tommy mit lautem Getöse hereinschneite. Er war nicht allein. Warum gerade jetzt? Warum heute? Tamara stöhnte auf.

„Geht schon mal ins Wohnzimmer. Ich komm gleich", hörten sie ihn sagen. Rick blickte Tamara irritiert an. Und schon brach das Chaos über sie herein.

Nacheinander spazierten Anton, Marcel und Dominik zu ihnen ins Zimmer, Tommys Drag-Kollegen. Anton stürzte mit einem lauten Entsetzensschrei direkt auf Tamara zu, die kaum die Gelegenheit bekam, sich richtig aufzurichten.

„O Gott! Wir haben es gehört! Sieh dich an! Welches Monster hat dich so entstellt?" Ganz vorsichtig küsste er sie auf die unverletzte Wange und streichelte ihr mitfühlend über den Kopf.

„Danke für deine Anteilnahme, Anton."

Anton löste sich von ihr und ließ Marcel und Dominik Platz, sie zu begrüßen und zu bemitleiden. Marcel gab ihr einen Handkuss, mit der Versicherung, dass sie immer noch wunderhübsch aussehe, und Dominik umarmte sie vorsichtig. Dann standen die drei erwartungsvoll vor Rick, der aufgestanden war, um sie besser begrüßen zu können.

„Servus, ihr müsst Tommys Kollegen sein. Wenn nicht, wäre ich jetzt ernsthaft eifersüchtig, dass ihr meiner Freundin so nahekommt." Er versuchte, dabei eine ernste Miene aufzusetzen, aber nach dem Bruchteil einer Sekunde kam ein breites Grinsen zum Vorschein.

„Sag mal, Tamara, das ist jetzt schon der zweite Hammertyp aus Oberfranken, den ihr anschleppt. Sind die da alle so? Wenn ja, frage ich mich, warum ich nicht auf der Stelle umziehe!", wandte sich Dominik an sie, bevor er Rick mit einer Umarmung und kräftigem Schulterklopfen begrüßte. Die anderen beiden taten es ihm nach. Rick erwiderte die Umarmungen und das Klopfen freundschaftlich und lachend.

„Da ist was dran", meinte Anton.

„Wir sollten unsere Koffer packen", sagte Marcel.

„Mit dem anderen Typen meint ihr wohl den Basti. Ich muss euch enttäuschen. Wir sind mit Abstand", Rick hob einen Zeigefinger zur Unterstützung, „das Beste, was die oberfränkische Provinz zu bieten hat. Jackpot für die beiden Damen."

„Sehr schade", sagte Marcel.

„Wie schön", sagte Tommy, der eben den Raum betrat. „Unser heutiges Projekt habt ihr schon kennengelernt. Dann würde ich sagen, wir kochen schnell das Essen und anschließend geht's los. Rick, überleg dir schon mal einen Namen für deine Drag-Rolle."

„Äh … okay?" Rick wirkte etwas durch den Wind, aber trotzdem fröhlich.

Tamara war sich sicher, dass er das Ganze bis zum bitteren Ende durchziehen würde. Sie stellte sich schon mal auf einen sehr langen Abend ein.

Während des Abendessens, es gab Nudeln mit Tommy-Spezialtomatensoße, rief Rick plötzlich: „Ich weiß es! Ricarda Wood!"

„Nicht schlecht", meinte Tommy anerkennend.

Hin und wieder hatte Tamara während des Essens das Gefühl, von Tommy gemustert zu werden. Seit dem Tag im Krankenhaus, als die Schwester die Schwangerschaft fast verraten hätte, kam ihr Tommy nachdenklicher vor als sonst. Immer wieder warf er ihr besorgte Blicke zu, die sich eher auf ihre Körpermitte als auf ihr lädiertes Gesicht bezogen. Gesagt hatte er allerdings noch nichts zu ihr. Er schwieg darüber, wie sie selbst. Vielleicht bildete sie sich das aber auch nur ein.

Nach dem Essen holte Tommy seinen Schminkkoffer, der eher einem Werkzeugkoffer glich, was er für Tommy im Grunde auch war. Für alle Eventualitäten gerüstet. Nichts wurde dem Zufall überlassen, um die richtige Optik zu erschaffen. Die anderen zogen Rick in Maikes Zimmer, während sich ihr Cousin behutsam über Tamaras Blessuren hermachte. Vorsichtig überschminkte er das Blau, das sich im Laufe der Woche allmählich mit einem leuchtenden Grüngelb durchsetzt hatte.

Dann hielt er ihr den Handspiegel hin, um sein Werk zu präsentieren. Er hatte es tatsächlich geschafft, dass man fast nichts mehr davon sah, das Gesicht aber immer noch einen natürlichen und keinen künstlichen Eindruck machte.

„Wow, Tommy, du bist ein wahrer Künstler. Erklär mir mal, was du benutzt und wie du es gemacht hast. Vielleicht kann ich es für die nächste Zeit imitieren und mich dadurch endlich wieder wie ein normaler Mensch fühlen."

„Klar."

Sie bekam ihre Make-up-Nachhilfestunde, während sich Rick zum Rasieren ins Bad zurückzog. Offenbar hatte man schon die passenden Klamotten gefunden. Marcel hatte zwar angemerkt, dass Rick gerne im unrasierten Zustand bleiben könnte, aber der fand die Vorstellung einer Frauenverkleidung mit Bartstoppeln dann doch zu merkwürdig für seine Premiere als Drag. Rasiert und in Unterwäsche kam er zurück.

Bei den begehrlichen Blicken der Jungs flammte Eifersucht in ihr auf. Daher rief sie in Richtung Flur: „Der gehört mir! Finger weg!"

„Na, gucken wird man ja noch dürfen", kam es von Anton.

Sie konnte es ihm nicht verdenken, Rick sah einfach großartig aus. Er machte zwar keinen Sport, aber sein aktiver Lebensstil hatte zu einem beachtlich trainierten Oberkörper beigetragen. Der Haarwuchs war deutlich, aber nicht übermäßig und vor allem perfekt auf die richtigen Stellen verteilt. Fand zumindest Tamara. Er war feingliedrig und schlank, trotzdem maskulin.

So hatte sie sich einen Rockstar immer vorgestellt. Und jetzt hatte sie selbst einen. Der zumal der Vater ihres zukünftigen Kindes war. Der Gedanke verpasste ihrer blendenden Laune einen gehörigen Dämpfer. Sie musste es ihm sagen, aber sicher nicht mehr heute. Dafür würde es keine Gelegenheit geben.

Dann morgen, bevor er nach Hause fuhr. Es musste sein.

Rick begab sich in Tommys Hände. Der zückte erst einmal einen Klebestift, was Rick alarmierte.

„Ähm ... wofür ist der? Geht das wieder ab? Was willst du an mir festkleben?"

„Ruhig." Tommy legte beschwichtigend seine Hand auf Ricks Schulter. „Ich will nur deine Augenbrauen fixieren. Das ist normaler Klebestift und er ist wasserlöslich. Die Ladys und ich machen das praktisch täglich. Und wir haben noch unsere Augenbrauen. Siehst du?"

„Hm", machte Rick mit einer gehörigen Portion Zweifel in der Stimme. „Na gut."

Und so machte sich Tommy ans Werk. Er verklebte Ricks Augenbrauen und deckte ihm dann das gesamte Gesicht mit Make-up dick ab, bis er den Eindruck einer lebendigen Puppe machte. Gruselig, dieser Teil der Prozedur, fand Tamara.

Während Tommy an ihm arbeitete, die Schattierungen hinzauberte und aufwendig die Augen schminkte, stellte Rick viele Fragen zum Drag-Dasein. Die vier schienen aufrichtig erfreut darüber und beantworteten alles detailliert. Vieles davon war ihr ebenfalls neu.

„Geht ihr als Drags aus dem Haus? Im Alltag?"

„Nein, normalerweise nicht", antwortete Marcel. Er strich sich eine Haarsträhne aus den Augen, bevor er fortfuhr: „Das ist zu gefährlich. Egal, wie lange wir draußen unterwegs sind, und wenn es nur fünf Minuten Fußweg sind, werden wir mindestens einmal aufs Schwerste beleidigt. Jeder von uns ist auch schon angegriffen worden. Anton hier", er deutete auf ihn, der groß und breitschultrig war, „sah nach einer Attacke vor zwei Jahren etwa so aus wie Tamara jetzt. Nur auf beiden Augen."

„Nicht dein Ernst", sagte Rick entsetzt. Tamara erinnerte sich daran. Es war schrecklich gewesen. Eine Gruppe hatte Anton belästigt, als er auf dem Weg zum Club kurz bei der Tankstelle gehalten hatte, um zu tanken.

„Wir fahren deswegen auch nicht mit den Öffentlichen, wenn wir in den Rollen sind. Das wäre Selbstmord", sagte Marcel. Dominik nickte zustimmend.

„Das heißt, ihr könnt eure Neigung ... Ist doch eine Neigung, oder?", fragte Rick.

„Ja, ist es", sagte Tommy.

„Ihr könnt die Neigung also nicht in der Öffentlichkeit ausleben?"

„Nein. Nur in geschützten Räumen, wie queeren Clubs, zu Hause und bei unseren Jobs."

„Mann, ist das bitter. Was für eine intolerante Welt."

„Aber wir haben Glück, dass wir in der heutigen Zeit und in Deutschland leben. Wir werden nicht von der Polizei verfolgt und bestraft. Wir haben das Recht zu sein, wer wir sein wollen. Und dafür bin ich wahnsinnig dankbar und nehme auch mal Beleidigungen in Kauf. Auch wenn ich mich einschränken muss, ich versuche, es trotzdem im positiven Licht zu sehen. Aber es macht es nicht leicht, wenn man in den Nachrichten immer wieder von schrecklichen Angriffen hört." Tommy schüttelte traurig den Kopf.

Betretenes Schweigen trat ein. Tommy trug die dritte Farbe Lidschatten auf.

„Wann habt ihr gemerkt, dass ihr euch in Frauenkleidung wohlfühlt?"

„Ich habe es erst mit etwa zwanzig Jahren gemerkt. Da war ich mit Freunden in einem queeren Club und da ist eine Dragqueen aufgetreten. Ich war völlig fasziniert und hatte das Gefühl, dass das womöglich das fehlende Puzzlestück in meiner Persönlichkeit sein könnte. Also hab ich es probiert und voilà", Anton machte eine Marilyn-Monroe-Pose, „war ich Lady Steel."

„Ich habe schon als Kind gerne die Kleider meiner großen Schwester angezogen. Erst heimlich, und nachdem ich erwischt wurde, dann auch in der Öffentlichkeit. Meine Familie hat das schnell akzeptiert. Und so habe ich mich meistens zu Hause verkleidet. Marcella war also schon sehr früh geboren", erzählte Marcel.

„Ich habe 'ne ähnliche Geschichte wie Tommy", sagte Dominik. „Ich habe als Jugendlicher entdeckt, dass mich Frauenkleider faszinieren, und habe dann lange Zeit heimlich die Klamotten meiner Mutter angezogen. Als ich schließlich ausgezogen war, habe ich mich als schwul geoutet und meine Neigung offenbart. Meine Eltern waren so schockiert, dass sie ein paar Jahre nicht mit mir gesprochen haben. Mittlerweile geht es, aber intensiv darüber reden können wir nicht." Er wirkte tieftraurig.

„War bei mir tatsächlich ähnlich. Aber ich kann mir nicht vorstellen, dass meine Eltern nicht schon die ganze Zeit gewusst oder gefühlt haben, dass ich anders bin. Ich glaube, sie wollten es nicht sehen", sagte Tommy. „So, jetzt noch der Lippenstift und dann können wir dich anziehen und dir die Perücke aufsetzen."

„Bekommt ihr andere Persönlichkeiten, wenn ihr in der Rolle seid?"

„Auf jeden Fall!", rief Marcel. „Dominik hier ist ein total schüchterner Junge. Aber du solltest ihn erleben, wenn er in der Rolle ist. Bernadette d'Amoure ist ein krasser Vamp!"

„Wir vier sind zwar alle schwule Drags, aber es gibt auch Heteromänner und sogar Frauen, die zu Drags werden. Es ist eine Ausdrucksform, die zwar meistens auf schwule Männer zutrifft, aber eben nicht ausschließlich", erklärte Anton.

„Okay, krass. Wusste ich gar nicht. Ich komme aus der Provinz und bin nur mit den Stereotypen aus den Medien vertraut", sagte Rick mit einem entschuldigenden Schulterzucken.

Sein Gesicht war in der Zwischenzeit völlig verwandelt worden. Seine Haare waren unter einem Netz verborgen. Die aufgeklebten Wimpern und der beinahe schwarze Lidschatten verliehen seinen hellbraunen Augen einen strahlenden Glanz. Seine recht große Nase wirkte deutlich kleiner durch die neuen Schatten und Konturen, die Tommy aufgebracht hatte. Der dunkelrote, glänzende Lippenstift machte den Gesamteindruck sinnlich. Wow. Sogar Tamara hatte Lust, diese Lippen zu küssen.

„Zieh doch drüben mal die blickdichte schwarze Strumpfhose an und ruf mich dann. Ich helfe dir beim Korsett und dem Kleid", sagte Tommy.

„Kann ich an der Strumpfhose was kaputt machen?"

„Nein, die ist robust."

Die beiden blieben lange weg. Die Ladys unterhielten sich miteinander und Tamara geriet wieder ins Grübeln. Wie konnte sie ihm sagen, dass sie schwanger war? War doch eigentlich nicht schwierig: ‚Ich bin schwanger.'

Mit einem Mal wurde ihr die Tatsache, dass sie ein Kind bekommen würde, so richtig bewusst. Sie, die nie damit gerechnet hatte, und komplett unvorbereitet war. Ein Kind.

Schwanger war das eine. Das ging vorbei, zwangsläufig. Aber das Kind würde sie ein Leben lang haben. Für immer. Was konnte sie für eine Mutter sein? Sie hatte sich seit ihrer Operation nur mit sich selbst beschäftigt, hatte versucht, ein neues Bild von sich zu erschaffen. Sie war noch lange nicht angekommen. Aber das würde alles unwichtig werden und in den Hintergrund rücken. Das wollte sie nicht. Sie mochte ihr Leben, wie es war. Ihre Freiheit. Ihre Unabhängigkeit. Ihre Bedürfnisse befriedigen. Ihr Lebensziel verfolgen.

Das Kind würde das alles zunichtemachen. Und was würde es mit Ricks Leben anstellen? War er nicht auch zufrieden damit? Wie passte da ein Kind rein? Was, wenn er es nicht wollte? In dem Moment, als sie davon erfahren hatte, hatte sie gewusst, dass sie es bekommen wollte, da gab es für sie keine Alternative. Also steuerte sie unaufhaltsam auf den Point of no Return zu. Nein, sie hatte ihn bereits überschritten.

Plötzlich brach ihr am ganzen Körper kalter Schweiß aus. Hände und Füße wurden eiskalt, die Lunge saugte immer schneller immer mehr Sauerstoff an. Ein Gefühl zwischen Taubheit und Prickeln befiel ihre Gliedmaßen. Gleich würde sie ohnmächtig werden, da war sich Tamara sicher. Ihr Augen und Ohren übersteuerten vollständig, alles wirkte scharf, überscharf. Jede Farbe, jede Kontur, jedes Geräusch, und alles war umgeben von einem tiefschwarzen Rand. Ihr Kopf funktionierte nicht mehr. Als würde sie sich selbst beobachten, ohne eingreifen zu können.

Das hatte sie zum letzten Mal während einer der ersten Meditationssitzungen etwa ein Jahr nach der Operation gehabt. In der Zeit davor war es ein verlässlicher Begleiter gewesen, der sie immer wieder heimsuchte.

Der damalige Meditationsleiter hatte es gemerkt, die Sitzung unterbrochen – was sonst niemals passierte – war zu ihr gekommen, hatte ihre Hände in seine genommen und sie mit ruhiger Stimme zu einer Atemübung aufgefordert. Sie hatte ewig gebraucht, bis sie ihn verstanden hatte und umsetzen konnte, was er sagte. Aber langsam war die Panik verschwunden.

An Panik und Todesangst stirbt man nicht, hatte er ihr danach mit einem wissenden Lächeln gesagt. Seit sie das von ihm gehört und mit der Atemübung einen Ausweg gefunden hatte, war es nicht wieder vorgekommen.

Die Erinnerung an seine ruhige Stimme, die die Atemzüge zählte, und an seine Berührung holte sie langsam aus dem Tunnel zurück. Sie atmete im gelernten Rhythmus und konzentrierte sich vollständig darauf. An Angst stirbt man nicht, wiederholte sie das Mantra im Kopf, immer wieder.

Die Panik verschwand und hinterließ in ihrem ganzen Körper einen metallischen Nachgeschmack. Leichte Kopfschmerzen setzten ein und sie war mit einem Mal wahnsinnig müde. Sie blickte auf, war wieder in der realen Welt. Niemand hatte etwas gemerkt. Die Ladys unterhielten sich nach wie vor und Tommy und Rick waren immer noch nicht da. Der Sturm, der Kampf um Leben und Tod, der in ihr stattgefunden hatte, war für niemanden sichtbar gewesen.

Schließlich betraten Rick und Tommy wieder das Wohnzimmer.

Geheimnisse

Ricks Gesicht fühlte sich an, als hätte es jemand in Plastikfolie eingepackt. Absolut null atmungsaktiv. Wie hielten das die Ladys aus bei den Auftritten und über Stunden? Unverständlich für Rick. Schweiß sammelte sich unter der Schminkschicht, bald würde seine Haut ertrinken. Und dann noch dieses Korsett! Tommy gab alles, um es ihm anzulegen.

„Noch mal tief einatmen! Achtung, ich ziehe fest! So. Sitzt."

„Alter! Gehört das so, dass es einem die Luft abdrückt? Wie soll man da atmen?"

„Dran vorbei." Tommy grinste.

„Ja, do werst ja bleed!"

„Hä?"

„Da wirst du ja blöde", übersetzte Rick.

Tommy lachte laut auf. „Ich liebe es, wenn du im Dialekt sprichst. Da wirkst du immer irgendwie so putzig."

„Dange. Schee, gell? A Dragqueen mit fränkischem Dialegt. Des fällt nuch. Na ja. Des basst. Mir lachn ja net so fill. Sin ja eher aweng spassbefreide Dybn. Vo do her. Lachn gied eh net mit dera verreggtn Rüsdung, diesdma nogrammeld hosd."

Jetzt musste er aber langsam aufhören, sonst würde Tommy noch vor Lachen ersticken. Rick grinste breit, während er das dargereichte rosa Paillettenkleid überzog.

„Wow", sagte Tommy, nachdem er sich wieder etwas beruhigt hatte. „Du siehst wunderschön aus in dem Kleid. Die weibliche Form, die das Korsett macht, ist hinreißend."

„Na, da bin ich aber gespannt jetzt. Als hinreißend hat man mich ja noch nie beschrieben." Er konnte es kaum erwarten, sich zu sehen. Tommy hatte, bevor Rick den sogenannten Schrank hatte betreten dürfen, den Spiegel an der Tür abgehängt. Er nahm eine blonde Langhaarperücke mit Lilastich von ihrem Ständer und setzte sie Rick vorsichtig auf. Die künstlichen Haare kitzelten mit den langen Locken an Ricks nackten Schultern.

„Und jetzt die Schuhe." Er nahm schwarze Lackschnürstiefel aus dem Regal und hielt sie Rick hin.

„Nicht dein Ernst!", rief Rick entsetzt. Mit diesen hohen Pfennigabsätzen konnte man vielleicht jemanden erstechen, aber sicher nicht darin laufen.

„Das kriegst du schon hin. Im Prinzip ist es wie Gehen auf den Zehenspitzen. Was glaubst du, was für einen knackigen Arsch du mit den Schuhen bekommst."

Rick war noch nicht überzeugt. Ratlos drehte er die Stiefel hin und her. „Also gut, ich probier's. Kann ich mich dazu auf das Bett setzen?"

„Klar."

Mühsam quetschte er seine Füße in die Schuhe. Es war ihm beinahe nicht möglich, sich mit dem Korsett weit genug nach vorne zu beugen. Tommy musste ihm helfen, die Stiefelschäfte richtig hochzuziehen. Seine Waden schienen das Leder sprengen zu wollen, er passte kaum rein. Kurz hoffte er, dass sie ihm zu klein sein würden.

„Passen perfekt", enttäuschte ihn Tommy. „Du siehst spektakulär aus. Wunderschön!"

„Ich kann immer noch nicht glauben, worauf ich mich hier eingelassen habe."

Tommy half ihm beim Aufstehen. Er hatte alle Mühe, seine Füße ruhig zu halten und nicht einfach umzukippen.

„Darf ich mich jetzt anschauen?"

„Nein, noch nicht. Erst zu den anderen."

Wackelig wie auf Stelzen begann er, sich auf die Tür zuzubewegen. Auch das enge Kleid und das Korsett ließen nicht zu, dass er normal ging. Tommy griff ihm in einem brenzligen Moment unter den Arm und hielt ihn fest. Breit grinsend natürlich.

Als sie das Wohnzimmer betraten, brach ohrenbetäubender Lärm aus. Die Ladys riefen ihm begeisterte Komplimente zu, aber er hörte es kaum. Ein kurzer Blick auf Tamara verriet ihm, dass etwas mit ihr nicht stimmte. Sie wirkte blass unter der Schminke. Ihre Augen glänzten und ihr Blick war trüb und abwesend. Ihren Mund hatte sie zu einem schmalen Strich verkniffen. Sie sah hoch und der merkwürdige Ausdruck verschwand von ihrem Gesicht, allerdings blieb ein Schatten davon zurück. Vielleicht hatte sie wieder Schmerzen. Diese verdammten Miststücke! Erneut schwoll Wut in ihm an.

Da lächelte sie endlich und rief: „Grandios! Du wirst dich selbst nicht wiedererkennen!"

„Jetzt ist der große Moment gekommen", sagte Marcel. Sie hatten einen mannshohen Spiegel von sonst woher angeschleppt und mit der Kuscheldecke der Couch abgehängt. Sein Herz klopfte nervös, als Dominik die Decke wegzog, mit einer eleganten Bewegung wie eine Glücksfee im Fernsehen.

Im Spiegel sah er eine große, blondlila Frau, die Augen dunkel und mit Glitzer geschminkt. Die Nase wirkte nur halb so groß, wie sie eigentlich war, und die Lippen hatten eine dunkelrote, sinnliche Farbe. Das Kleid sah wunderschön aus. Mit dem Korsett hatte Tommy ihm tatsächlich eine leicht weibliche Kontur verpasst. Die schwarzen Strümpfe passten perfekt dazu und die Stiefel ließen ihn wirken, als wäre er einem SM-Studio entsprungen. Zusammen mit dem unschuldigen Rosa des Kleides gab das eine fabelhafte Mischung. Er war sprachlos.

„Ihr habt mich zu einem Kunstwerk gemacht. Ich seh großartig aus! Hammermäßig!"

„Dann heißen wir Ricarda Wood mit Applaus und einem Glas Sekt willkommen!"

Anton verteilte die Gläser. Tamara lehnte mit dem Hinweis auf die Schmerzmittel, die sie nehmen musste, ab. Ihr ging es offensichtlich wirklich nicht gut. Er machte sich Sorgen, aber immer, wenn er sie darauf ansprach, versicherte sie ihm, dass alles okay wäre, also ließ er es dabei. Sie wollte offenbar nicht mit ihm darüber reden.

Der Abend wurde trotz des Dämpfers noch wahnsinnig lustig. Highlight war ein Video, das Marcel von ihm machte, als er den Flur auf und ab lief wie auf dem Catwalk und eine Kusshand in die Kamera warf. Er schickte es an seine Bandkollegen und prompt kam ein Videoanruf von Bastian, der es mit eigenen Augen sehen wollte. Er kriegte sich kaum wieder ein. Als Rick schließlich mit tiefer, rauer Stimme ‚Highway to Hell' anstimmte, brachte er das Fass beinahe zum Überlaufen.

Anton warf sich vor ihm auf den Boden und rief mit emporgestreckten Händen: „Verlass uns nicht mehr! Geh nicht zurück! Bleib hier! Gib dein Geschäft auf und arbeite mit uns!"

Als sich die Gemüter beruhigt hatten, machte sich Rick ans Umziehen. Das war auf jeden Fall mal eine unglaubliche Erfahrung gewesen. Er konnte verstehen, dass die vier Ladys das mit so viel Leidenschaft betrieben. Aber andererseits, sich jedes Mal so lange zurechtmachen zu müssen, war sicherlich auch anstrengend. Er war froh, dass er sich nur seine Arbeitsklamotten überwerfen und in die Werkstatt rübergehen musste. Für so viel Vorbereitung zur Arbeit hätte er bei Weitem keine Geduld.

Nachdem er endlich aus den Stiefeln konnte und abgeschminkt war, hielt er die Schuhe Tamara hin, die ihm beim Auskleiden half.

„Trägst du auch manchmal so was?", fragte er. Endlich lächelte sie richtig. Es kam in ihren Augen an, die einen frechen Ausdruck annahmen.

„Machst du Witze? Würde ich nie im Leben! Wie soll man damit laufen?"

Sie lachten. Dann zog er sie in eine lange Umarmung, als würde er sie nie wieder loslassen wollen. Sie umklammerte ihn so fest, dass er das Gefühl bekam, auch sie würde für immer so bleiben wollen.

Der Sonntag kam und er musste nach Hause. Es brach ihm beinahe das Herz, Tamara so zurücklassen zu müssen. Sie wirkte seit dem Vorfall gebrechlich und verletzlich. Am liebsten hätte er sie eingepackt und mitgenommen. Aber das ging nicht, sie musste in den Laden und auch er hatte zu Hause extrem viel zu tun. Nach dem langen Winter alles auf seinem Grundstück für den Frühling vorzubereiten, war stets eine riesige Aufgabe. Und er hatte schließlich noch etwas Besonderes für Tamara vor. Er wollte ihr ein Hochbeet bauen und einen Platz zum Meditieren mit Stauden gestalten. Sie würde seinen Garten im Sommer lieben! Und hoffentlich nie wieder wegwollen.

Auf der Heimfahrt grübelte er darüber, wie es mit ihnen weitergehen könnte. Auf Dauer war das mit der Fernbeziehung nichts, für beide nicht. Und er war, trotz der wenigen Wochen, die sie nun zusammen waren, fest entschlossen, etwas Längerfristiges daraus zu machen. Dafür würde allerdings einer von ihnen sein Zuhause und sein Geschäft aufgeben müssen.

Er hatte in der Sache bei ihr mal etwas vorgefühlt, aber sie hatte ausweichend geantwortet und wollte erst einmal die jüngsten Ereignisse verdauen, bevor sie sich darüber Gedanken machte. Es war beiden klar, dass eher sie diejenige war, die alles aufgeben musste, schließlich wohnte sie nur zur Miete, während er ein Haus besaß. Sie arbeitete allein, er hatte Angestellte. Ihr

Geschäft lief nicht gut, seines brummte. Es brach ihm das Herz, dass sie es war, die alles aufgeben und sich von ihrer Familie trennen musste, wenn sie zusammen sein wollten.

Vielleicht sollte er mal mit Maike darüber reden. Die hatte das immerhin schon durch und eventuell gab es etwas, womit er es Tamara leichter machen konnte. Auf alle Fälle würde er sie nicht drängen. Sie hatte auf ihn nie den Eindruck gemacht, dass bedrängt werden etwas anderes als Abwehr bei ihr auslöste.

Nach einer Ewigkeit rumpelte sein Auto über den Waldweg. Der festgefahrene Schnee hielt sich weiter eisern, aber es hatte sich trotz allem viel getan in der Woche seiner Abwesenheit. Der Frühling war im Anmarsch, höchste Zeit für die Vorbereitungen.

Das Haus war kalt, als er es betrat. Ein leicht feucht-modriger Geruch wehte ihm entgegen, als er im Flur seine Schuhe auszog. Das war das Problem mit alten Häusern. Wenn man sie bei kühlen Temperaturen nicht kontinuierlich heizte, driftete das Raumklima schnell ins Gammlige ab. Also machte er den Ofen an und als der brannte, genehmigte er sich eine Tasse Kaffee auf seinem Sessel. Sein Handy klingelte in dem Moment, in dem er gerade wieder aufstehen wollte, um in der Werkstatt vorbeizuschauen.

„Hey Tamara!"

„Hi! Bist du schon da?"

„Ja, gerade angekommen."

„Das ist gut. Da bin ich erleichtert." Schweigen.

„Ist bei dir denn alles in Ordnung? Du klingst irgendwie nicht so", meinte Rick besorgt.

„Doch, doch." Das kam Rick eindeutig zu schnell.

„Das hat jetzt auch nicht geholfen, dir das abzunehmen. Hast du Schmerzen?"

„Ich ... ja, aber das ist nicht das Problem." Wieder sagte sie darauf nichts mehr.

„Also, was ist dann das Problem? Sag's mir. Da schwelt doch schon länger was in dir." Er hatte auf einmal wahnsinnige Angst, dass sie mit ihm Schluss machen würde. „Tamara?"

„Sorry", kam es gedrückt aus dem anderen Ende der Leitung. „Ich muss auflegen. Wir reden ein andermal."

Aufgelegt.

Was war denn bitte jetzt kaputt? Ein kalter Schauer durchfuhr ihn. Hatte er irgendwas falsch gemacht? War sie enttäuscht, dass er schon gefahren war? Hätte er länger bleiben sollen? Ach Quatsch. Sie würde es ihm schon erzählen. Schluss machen wollte sie sicher nicht, er sollte die finsteren Gedanken von sich abschütteln.

Grübelnd ging er in die Werkstatt und versuchte, sich auf das zu konzentrieren, was er dort sehen konnte. Ein Esstisch stand fertig da, darauf lagerte schon das Verpackungsmaterial, damit er morgen gleich für den Versand eingepackt werden konnte. Mehrere eingewickelte Möbel waren für die Abholung bereit. Offenbar waren seine Jungs ganz prima ohne ihn zurechtgekommen. Ohne ihn zurechtkommen ... War Tamara auf einmal klar geworden, dass es ohne ihn leichter gewesen war? Mochte sie ihn vielleicht doch nicht so wie er sie?

Das Rascheln der Folie, die er in seiner Hand zerknüllte, weckte ihn aus seinen Sorgen. Nein, es war alles in Ordnung. Sie war sicher nur niedergeschlagen wegen des Vorfalls. Seufzend wandte er sich wieder der Arbeit zu. Soweit er es überblicken konnte, würden alle vereinbarten Liefertermine für diese Woche eingehalten werden. Die Regalwand für seinen Bekannten würde er in den nächsten Tagen ebenfalls endlich fertigstellen können. Er hatte sie probeweise kurz vor seinem Urlaub aufgebaut, damit er den Feinschliff vornehmen konnte. Er hoffte, sie kam gut an.

Hatte es Tamara möglicherweise nicht gefallen, dass er sich hatte verkleiden und schminken lassen? War er ihr zu albern? War das in ihrer Situation unangebracht gewesen? Machte ihr die Entfernung zu schaffen? Ihm wurde heiß.

Wieder wandte er sich mit aller Gewalt der Arbeit zu. Die Regalwand konnte bis Dienstag warten, morgen war erst einmal Baumrückschnitt angesagt. Und alles freiräumen, was abgedeckt war. Und er wollte noch den Standort des neuen Hochbeets und der ‚Meditationsinsel', wie er sie nannte, festlegen. Das Konzept dazu hatte er bereits gezeichnet. Ob ihr das gefallen würde? Was wenn nicht? Wenn sie nicht gerne hier war? Wenn ihr das zu langweilig wurde? Vielleicht war ein Großstädter doch besser für sie, ein Frankfurter. Gab ja viele davon. Was, wenn sie einem begegnete, der ihr gefiel? Würde er das überhaupt mitbekommen, wo sie sich doch so wenig sahen? Die Hitze in seinem Körper wich einer tiefen Kälte, die sich einnistete und blieb. Fröstelnd ging er ins Haus zurück und entschloss sich, früh zu Bett zu gehen. Essen ließ er aus. Das würde er eh nicht herunterbekommen.

So hart er auch arbeitete am nächsten Tag, er schaffte bei Weitem nicht das, was er sich vorgenommen hatte. Bisher war nur ein Teil seiner Sträucher und Bäume geschnitten, trotzdem hatte sich ein beachtlicher Haufen Schnittgut angesammelt. Das musste alles gehäckselt und in das neue Hochbeet eingebracht werden, das er noch nicht einmal zu bauen angefangen hatte. Er konnte sich einfach nicht konzentrieren.

Als er eigentlich den Unimog innen etwas sauber machen wollte, erwischte er sich dabei, wie er offenbar minutenlang abwesend vor sich hingestarrt hatte, ohne auch nur einen Finger zu rühren. Seine Gedanken kreisten unaufhörlich um Tamara und ihr seltsames Verhalten.

Ging ihr das alles zu schnell mit ihrer Beziehung? Hatte sie sich auch schon Gedanken über einen Umzug gemacht und war zu dem Schluss gekommen, dass sie es nicht wollte? War er ihr zu bodenständig? Wollte sie vielleicht lieber einen Mann, mit dem sie besser philosophieren konnte? Hatte sie ihn über? Er konnte nichts dagegen machen, er zweifelte immer mehr an sich und seiner Fähigkeit, sie glücklich machen zu können. Sie mussten dringend reden.

Mit Mühe und Not schaffte er es, seine Schneefräse und den Unimog scheunentauglich zu machen. Zum Glück würde er morgen wieder arbeiten, das lenkte ihn immer am besten von Sorgen ab. War er allein, neigte er doch zu sehr zum Grübeln. Na ja, kein Wunder, wenn man zu Hause niemanden hatte. Er war einfach zu viel allein mit seinen Gedanken, niemand holte ihn dort heraus. Immerhin würde ihm Bastian am nächsten Wochenende helfen, dann konnte er sicherlich ein wenig abschalten.

Die restliche Arbeitswoche gestaltete sich für ihn so, wie er es vorhergesehen hatte. Die Kollegen um ihn herum lenkten ihn schon durch ihre Anwesenheit von seinen finsteren Gedanken ab. Am Mittwochabend telefonierte er mit Hias, der ihn regelmäßig anrief. Man konnte beinahe die Uhr danach stellen, der letzte Mittwoch eines Monats war Hias-Tag. Sie quatschten über Familienmitglieder, Vorkommnisse in Hias' Wirtschaft, was die Moni mal wieder angestellt oder gesagt hatte und wie es Hias' Familie so ging. Er erkundigte sich nach Ricks Freunden und auch nach Tamara. Tja, die hatte sich seit ihrem mysteriösen Anruf am Sonntag nicht mehr gemeldet. Das erzählte er seinem Cousin allerdings nicht. Wahrscheinlich interpretierte er da eh etwas ganz falsch und alles war in Butter. Redete er sich zumindest immer wieder ein.

Nachdem die Cousins aufgelegt hatten, schrieb er Tamara eine Nachricht. Das hatte er schon die letzten Tage immer mal wieder gemacht, ihr Fotos von seinem Fortschritt im

Garten geschickt, ihr kurz von seinem Tag erzählt. Aber sie hatte nur nichtssagende Antworten zurückgesendet. „Sehr schön!" Oder: „Da kann der Frühling kommen." Oder: „Das Regal wird deinem Kumpel sicher großartig gefallen." Solche Reaktionen waren sonst gar nicht ihre Art. Langsam konnte er sich nicht mehr einreden, dass alles in Ordnung war. War es nicht. Bestimmt nicht. Er wollte sie allerdings auch nicht unter Druck setzen. Nicht dass sie das in den falschen Hals bekam und er für sie zur Nervensäge wurde. Aber er konnte nicht anders, er musste etwas unternehmen, irgendwas.

Also schrieb er: „Hey Tamara! Ich mache mir wirklich Sorgen um dich. Um uns. Du weist mich ab und ich weiß nicht, warum. Ich will dich ja zu nichts drängen, aber würdest du bitte, bitte mit mir reden? Egal, was es ist, ich muss es wissen. HDL, Rick."

Er hoffte, dass das genügen würde, sie endlich aus der Reserve zu locken. Nach einer Ewigkeit kam etwas zurück: „Ich werde es dir sagen. Bald. Versprochen. Mach dir bitte keine Sorgen."

Toll. Jetzt machte er sich erst recht welche. Sagten das nicht immer Vereine, bevor sie ihren Trainer entließen? „Alles ist in Ordnung. Wir haben nicht vor, Personal auszutauschen. Der Trainer hat unser vollstes Vertrauen." Und ein, zwei Tage später, puff. Entlassen. Stand auch er kurz vor einer Entlassung? Warum hielt sie ihn hin? Frustriert machte er sich auf in sein Büro, um die Abrechnung für die Schreinerei zu erledigen. Nützte ja alles nichts.

Worte

Er fiel Bastian beinahe um den Hals, als der am Samstagvormittag auftauchte. Sein Freund hatte eine ganze Reisetasche mit Klamotten dabei. Schnittfeste Hosen, Stiefel, dicke Jacke, Mütze, Handschuhe und Wechselklamotten, weil er über Nacht bleiben wollte.

„Ziehst du bei mir ein?", fragte Rick mit einem breiten Grinsen. Er machte drei Kreuze, dass Basti endlich da war, denn er hatte die einsame Grübelei satt.

„Solange du genug Bier und Brotzeit im Haus hast, bleib ich. Freilich." Auch Bastian grinste. Sie hatten schon länger keinen ‚Männerabend' mehr gemacht. Genauer gesagt, seit Maike bei Bastian eingezogen war. Es war nicht so, dass es Maike nicht recht wäre, Bastian wollte einfach nicht. Er war zu glücklich, dass sie immer bei ihm war.

Wie gut Rick das nun verstehen konnte! Was würde er dafür geben, jeden Abend neben Tamara einschlafen zu dürfen! Aber ein Basti-Rick-Wochenende war genau das, was er jetzt brauchte.

„Hab schon ein gscheites Frühstück vorbereitet. Also hereinspaziert und zugelangt."

Das ließ sich Bastian nicht zweimal sagen. Gemeinsam betraten sie Ricks Wohn- und Esszimmer und ließen sich das Weißwurstfrühstück schmecken. Zufrieden lehnte sich Bastian danach in seinem Stuhl zurück.

„So. Jetzt brauch ich einen Kran, um wieder hochzukommen. Das Weizen hätte ich vielleicht nicht trinken sollen."

„Ah gee! Weizen dazu muss sein, sonst ist's kein Weißwurstfrühstück. Hilfst du mir als Erstes, die Latten für das Hochbeet zu sägen? Dann kann ich es bauen, während du meine Äste häckselst."

„Klar. Muss noch was geschnitten werden?"

„Ja, leider. Bin die Woche nicht ganz damit durchgekommen. Mach ich dann, wenn ich das Hochbeet aufgestellt habe. Ich habe außerdem was Besonderes geplant. Für Tamara." Er schluckte hart, bevor er weitersprach. Sie hatte sich immer noch nicht gemeldet und das zermürbte ihn beinahe. Aber er bemühte sich, nach vorne zu blicken. „Ich will ein rundes Holzpodest bauen, so groß, dass man darauf liegen kann. Drum herum will ich in mehreren Reihen Stauden einpflanzen. Es soll ein Meditationsplatz werden."

„Wow", sagte Bastian begeistert. „Klingt zwar nach schweineviel Arbeit, aber das wird sich lohnen. Hoffentlich will meine Maike dann nicht auch so was im Garten." Er lachte gut gelaunt.

„Kein Thema, wenn es so sein sollte", antwortete Rick. „Ich helf dir dann auch."

Heute Abend würde Rick mit Bastian reden. Er musste seine Sorgen mit jemandem teilen. Aber zuerst die Arbeit. Sie starteten in ihren Garten-Power-Tag, Bastian gut gelaunt und fröhlich, Rick eher so mittelmäßig. Er hatte alle Mühe, die Maße für die Latten richtig zu übertragen, und machte ständig Fehler, die ihm sonst nicht passierten. Nach einiger Zeit fand er aber doch in seine gewohnte Arbeitsroutine und das Hochbeet musste nur noch an den passenden Platz gebracht werden. Er hatte dort bereits das Gras entfernt und ein Mausgitter ausgelegt. Zufrieden betrachtete er sein Werk.

Bastian, der schon beinahe den ganzen Haufen Äste weggehäckselt hatte, half ihm, das Häckselgut in das Hochbeet zu schaufeln. Dann versorgte Rick ihn mit noch mehr Ästen von Büschen und Bäumen. Mittags machten sie eine kurze

Pause und am Nachmittag ging Rick daran, das Podest für die Meditationsinsel zu bauen. Bastian stieß später am Nachmittag dazu, und so bekamen sie es fertig, bevor es dunkel wurde.

Tamara hatte recht. Wenn Rick mit Holz arbeiten konnte, machte ihn das glücklich. Er strich mit den Fingerspitzen über die Holzstruktur, suchte nach Unebenheiten und störenden Kanten. Der Geruch, den das Podest verströmte, beruhigte seinen Geist und ließ in zur Ruhe kommen. Das würde schon alles werden mit Tamara. Er musste einfach optimistisch bleiben. Er seufzte tief.

„Ist super geworden. Soll ich es ölen, während du unser Abendessen machst? Dann können wir es morgen schon rausbringen", sagte Bastian.

„Das wär klasse. Ich bin dann mal in der Küche."

Rick bereitete alles für die Burger vor, die er geplant hatte, und deckte gerade den Tisch, als Bastian hereinkam. Rick wusste gleich, dass etwas nicht stimmte. Basti war blass und sah gehetzt aus. Er hielt ihm sein Handy hin.

„Da ist Maike dran. Sie ist total aufgebracht und will, dass du unbedingt jetzt sofort mit Tamara sprichst."

„Okay …", sagte Rick langsam. Nun war er wirklich beunruhigt. Das konnte nichts Gutes bedeuten. Wollte sie doch Schluss machen? Mit klammen Fingern nahm er Bastians Handy entgegen. „Hallo?"

„Hey, hier ist Maike. Ich werde dich jetzt weitergeben an Tamara. Sie hat dir was Wichtiges zu sagen. Ähm, vielleicht solltest du dich hinsetzen."

O Gott. Er begann leicht zu schwanken. Dem Sessel war er am nächsten, also ließ er sich mit wackeligen Beinen darauf nieder. Es raschelte im Telefon. Im Hintergrund hörte er Stimmen. Jetzt kam es. Es musste etwas Schlimmes sein. Ein Schauer durchlief ihn, als er Tamaras Stimme hörte.

„Rick ... hi." Tamara sprach sehr leise. Sein Herz setzte einen Moment aus. „Maike ist der Meinung, ich sollte es dir jetzt sagen. Und ... ja, ich sag es ihm ja schon, Herrgott!", rief sie jemandem bei sich zu. „Sie hat natürlich recht. Es ist nämlich so, dass ich ...", wieder eine Pause. Rick würde gleich durchs Telefon springen. Er hielt den Atem an. „Ich bin schwanger."

Buff. Holzbrett ins Gesicht. Hatte er sie richtig verstanden?

„Ääähhh ..." Wow. Mehr brachte er nicht zustande. „Kannst du ... das ... noch mal ..."

„Ich bin schwanger!", unterbrach sie ihn. Diesmal deutlich lauter. Bastian schien es auch gehört zu haben. Ungläubig starrte er Rick an.

„Ich ... können wir bitte skypen oder so? Ich will dich sehen. Ich kann das sonst irgendwie nicht richtig verarbeiten." So am Telefon war ihm das zu unwirklich.

„Ja. Okay", war ihre leise Antwort. Wahrscheinlich hatte sie sich seine ersten Worte auf ihre Offenbarung anders vorgestellt.

„Ich gehe hoch und klingel dich an."

„Ja. Bis gleich." Sie legte auf. Er reichte Bastian das Handy zurück.

„Alter, hab ich das grad richtig verstanden? Tamara ist schwanger?"

„Anscheinend", war alles, was er herausbrachte. Er ließ seinen verdutzten Freund im Wohnzimmer stehen und ging in sein Arbeitszimmer. Dort setzte er sich erst einmal an seinen Schreibtisch, den Kopf in die tauben Hände gestützt und versuchte, ruhig zu atmen.

Als er endlich das Gefühl hatte, bereit zu sein, öffnete er den Laptop, fuhr ihn hoch und startete Skype. Er wählte Tamara aus und klickte sie an. Der Bildschirm zeigte ihn selbst. Er sah schrecklich aus. Ausgezehrt und blass und schockiert. Er bemühte sich, einen neutraleren Gesichtsausdruck aufzusetzen. Sein Gesicht verschwand und Tamaras tauchte auf. Auch sie war blass. Ihr Veilchen leuchtete in hellem Grün und ein zaghaftes Lächeln zeigte sich auf ihrer Miene.

„Du bekommst ein Kind? Hab ich das richtig verstanden?", fragte er.

„Na ja, *wir* bekommen ein Kind."

„Ja. Klar. Wir." Er ließ es einen Moment unkommentiert im Raum stehen. Auch sie sagte nichts. Blickte ihn aus der Kamera nur an.

„Seit wann weißt du es?" Er konnte sehen, dass ihr diese Frage nicht gefiel.

„Seit dem Angriff. Vermutet hatte ich es schon vorher. Ich war im Drogeriemarkt, um einen Schwangerschaftstest zu kaufen." Sie senkte den Blick.

„Du weißt es schon seitdem? Warum hast du mir nichts gesagt? Ich war doch die ganze Woche da?" Das verletzte ihn wirklich. Vertraute sie ihm nicht? Hatte sie Angst vor seiner Reaktion gehabt? Warum hatte sie es verschwiegen? Wollte sie das Kind nicht? Dieser Gedanke erschreckte ihn. „Willst du das Kind nicht?", fragte er daher.

„Doch. Natürlich. Das ist es nicht. Es ist schwer zu erklären, und ich habe es bisher selbst noch nicht wirklich verstanden."

„Warum nicht? Sag es mir. Auch wenn es schwer ist. Ich versuche, es zu verstehen." Die Enttäuschung über ihre Heimlichkeit überwog die aufkeimende Freude über die Tatsache, dass er Vater werden würde.

Sie seufzte tief und rieb sich die Hände, die sie weiterhin fixierte.

Dann blickte sie langsam hoch und sagte: „Rein medizinisch ist es eigentlich ausgeschlossen worden, dass ich Kinder bekommen kann. Ich habe den Schock darüber noch nicht überwunden."

„Warum ist es medizinisch ausgeschlossen?"

„Freust du dich eigentlich?" Sie wich seiner Frage aus, das war ihm klar.

„Ich bin überrascht, klar, aber das heißt nicht, dass ich mich nicht freue. Es ist noch nicht ganz angekommen in meinem Gehirn."

„Ja. Das geht mir ähnlich", sagte sie.

„Aber das erklärt nicht, warum du es mir bisher nicht gesagt hast."

Sie zögerte, bevor sie antwortete: „Ich wollte nicht, dass du dir noch mehr Sorgen machst. Wegen dieser Schlägerei."

„Warte mal", dämmerte es ihm. „Diese Mädchen, haben die gesehen, dass du einen Test kaufen wolltest, bevor sie dich angegriffen haben?"

„Ja, haben sie. Bitte reg dich nicht auf!"

Kalte Wut stieg in ihm auf. Sein Bauch schickte weiße Flammen in seinen Kopf. Er konnte seinen Herzschlag in den Augen sehen. Seine Hände ballten sich zu Fäusten.

„Das glaub ich ja nicht", presste er zwischen den Zähnen hervor. „Die haben das gewusst und dich trotzdem getreten? Ich zieh denen die Haut ab!"

„Bitte, Rick", sagte Tamara flehend. Sie machte eine beschwichtigende Geste. „Bitte beruhig dich. Es ist nichts passiert, dem Baby geht es gut. Sie werden ihre Strafe kriegen. Ich habe mir einen Anwalt genommen und nächste Woche gehe ich noch mal zur Polizei für eine weitere Vernehmung. Ich regel das schon. Atme mit mir! Zwei Sekunden ein, sechs Sekunden aus. Los, mach mit."

Sie hatte recht. Was brachte es, sich aufzuregen? Es war schließlich wirklich nichts Schlimmeres passiert, er musste auf die Justiz vertrauen. Und auf Tamara. Er atmete einige Züge mit und spürte, wie die Wut langsam aus ihm gespült wurde. Ein und aus. Ein und aus. Zurück blieb ein unwirkliches Gefühl.

„Ich werde also Vater", sagte er und lächelte zum ersten Mal.

„Ja." Jetzt lächelte sie auch.

„Was machen wir denn jetzt?", fragte er.

„Ich habe absolut keine Ahnung", sagte Tamara.

„Hast du es deinen Eltern erzählt?"

„Nein. Ich habe es noch niemandem gesagt. Maike hat es quasi selbst herausgefunden. Wir werden es nachher Tommy sagen."

„Wollen wir zusammen zu deinen Eltern gehen? Ich hab sie noch nicht kennengelernt und wir sind ja jetzt dadurch zwangsläufig miteinander verbunden." Er zögerte kurz, bevor er weitersprach. „Egal, was aus unserer Beziehung einmal werden mag. Nicht, dass ich das Ende erwarte! Versteh mich nicht falsch."

„Nein, ich weiß, was du sagen willst. Es wäre schön, wenn wir das zusammen machen würden. Ich hab sie ewig nicht mehr besucht. Wenn du nächstes Mal kommst, fahren wir hin."

„Ich komme nächstes Wochenende. Ich denke, das ist wichtig. Auch wir beide müssen sehr viel besprechen." Er grinste schief.

„Ja. Müssen wir." Sie warf ihm einen schuldbewussten Blick zu.

„Gut. Mach was mit deinen Eltern aus. Gibt es etwas, dass ich mitbringen soll, wenn ich zum ersten Mal dort auftauche? Um sofort ihr Herz zu gewinnen? Sofern ich das überhaupt nötig habe."

„Hast du nicht." Tamara lachte laut. „Vielleicht findest du in deinem Weinkeller ja was Angemessenes. Ich habe keine Ahnung von Wein, aber meine Eltern trinken gerne mal einen und sind oft bei Weinverkostigungen in der Pfalz und so."

„Da werd ich auf jeden Fall fündig werden. Das machen wir so." Er würde auch noch eine kleine Holzkiste für den Wein bauen. Das hatte er immer schon mal machen wollen und jetzt hatte er endlich einen Anlass dafür.

„Übrigens, Tamara. Ich liebe dich." Es war das erste Mal, dass er das zu ihr sagte. Gerne hätte er es in romantischerer Atmosphäre und von Angesicht zu Angesicht gesagt, ihren Geruch dabei wahrgenommen und ihre Wärme gespürt. Aber er hatte das Bedürfnis, es jetzt auszusprechen, in den digitalen Raum, der sie verband.

Die Vorstellung, dass seine Worte zu Satelliten ins Weltall geschickt wurden, bevor sie bei Tamara in Frankfurt ankamen und von ihr gehört werden konnten, hatte aber durchaus etwas Faszinierendes. Eine unglaublich lange Reise machten seine Worte. Sie kamen geformt über seine Lippen, Zähne und Zunge, ausgestoßen durch einen Luftzug seiner Lunge in die Welt, drangen ein in das Mikrofon, das sie digital umwandelte. Dann wurden sie unsichtbar über die WLAN-Verbindung in das Netz geschickt, verließen den Planeten, wurden zurückgesendet, tauchten wieder ein in das Netz und verließen es über den Lautsprecher, der die Daten in seine Worte mit seiner Stimme zurückverwandelte und als Wellen an Tamaras Ohren leitete.

So faszinierend die Reise seiner Worte war, so enttäuschend war Tamaras Reaktion. Sie lächelte kurz, sagte aber nicht das darauf, was er hören wollte. Nur: „Ich freu mich auf dich nächste Woche. Lass uns die Tage auf jeden Fall telefonieren." Sie winkte ihm zu, klick und aus. Weg war sie. Sein Bildschirm zeigte wieder ihn selbst.

Was war das bitte? Warum hatte sie nichts erwidert?

„Scheiße", sagte er laut. Das konnte nur er hören. Nichts wurde mehr in das Weltall geschickt. Es verhallte. Zurück blieben allerhöchste Frustration und Sorge. Und verwirrt war er auch.

Das schrie hier nahezu nach einem zünftigen Besäufnis. Er wusste nicht, wie er anders seinen Kopf still bekommen sollte. Laut knarzten die Holzstufen auf seinem Weg nach unten. Sein Haus kam ihm groß und leer vor und das vertraute Gefühl der Einsamkeit schloss sich fest um sein Herz.

Bastian war im Wohnzimmer. Er hatte wohl mit Maike telefoniert, denn er sagte: „Ich weiß gar nicht, wie ich das finden soll. Einerseits freut es mich übermäßig, andererseits bedrückt es mich auch irgendwie. Weil sie nichts gesagt und das mit sich allein ausgemacht hat. Was wollt ihr jetzt machen?"

„Ich habe nicht den blassesten Schimmer." Resigniert zuckte Rick mit den Schultern.

„Na ja. Als Allererstes werde ich dir jetzt mal gratulieren." Bastian kam mit großen Schritten auf ihn zu, umarmte ihn fest und klopfte ihm kräftig auf die Schulter. „Ich freue mich für dich von Herzen, Mann! Ich gratulier dir und wünsche dir und dem Kind und Tamara alles Glück dieser Welt."

Das war so lieb von Bastian, dass es Rick ein paar Tränen in die Augen trieb. Bastians Wärme und Herzlichkeit waren so ziemlich das genaue Gegenteil von Tamaras Reaktion auf seine Liebeserklärung. Der Kloß in seinem Hals wurde dicker. Er rieb sich schnell über die Augen und sagte heiser: „Ich danke dir. Bisher ist die Freude darüber aber noch gar nicht wirklich angekommen. Ich mach mir eigentlich nur Sorgen grad."

„Du wirst dir heute keine Sorgen mehr machen. Wir werden das jetzt feiern. Du gehst in deinen Keller, holst eine deiner besten Flaschen Wein und dann werden wir etwas Musik zusammen machen. Du scheinst mir ja völlig durch den Wind."

„Womit du eindeutig recht hast", antwortete Rick und lächelte breit. Bastian war die Person, die er in der momentanen Situation am liebsten um sich hatte. Sie würden heute Nacht sehr wenig schlafen.

Er ließ sich Zeit beim Aussuchen des Weines. Der Weinkeller mit seinen selbst gebauten Regalen war immer ein Ort der Stille und des Innehaltens für ihn. Die Flaschen warteten hier bis zu ihrem auserwählten Tag. Und heute war ein besonderer Anlass, der einen besonderen Wein verlangte. Man bekam schließlich nur einmal im Leben eröffnet, dass man zum ersten Mal Vater werden würde.

Der Reihe nach ging er seine Schätze durch, nahm hier und da eine Flasche aus dem Regal und legte sie vorsichtig wieder zurück. Bis er einen Bordeaux in der Hand hielt, den er schon lange trinken wollte, aber immer auf die passende Gelegenheit gewartet hatte. Der Pavillon Rouge Margaux war aus dem Jahr 2009, für ihn ein besonders gutes Weinjahr. An die dreihundert Euro hatte er vor ein paar Jahren für diese Flasche hingelegt. Die würde es sein. Der Anlass war es wert.

Die Kühle der Flasche in seiner Hand breitete sich auf dem Weg nach oben zurück ins Wohnzimmer in seinem Unterarm aus. Mit klammen Fingern stellte er sie auf dem Esstisch ab, holte den Öffner und die Karaffe, in die er schließlich den roten Wein eingoss.

„Dauert noch ein bisschen. Lassen wir ihn zuerst etwas atmen. An welche besondere musikalische Ekstase hast du denn gedacht?"

„Kommt drauf an, wonach dir ist. Willst du an die Drums oder soll ich?", fragte Bastian.

„Du. Ich muss meinen Emotionen anders Luft machen."

„Also eher so in die Metal-Richtung? Wie wäre was von *Slipknot*? Haben wir schon lange nicht mehr gemacht. Da kannst du echt alles rauslassen. Und dann können wir ja etwas sanfter werden und über *Metallica* mit den *Foo Fighters* abschließen."

„Das klingt nach 'nem Plan!", rief Rick begeistert. „Da hab ich jetzt richtig Bock drauf!"

Er schnappte sich seine E-Gitarre vom Ständer und stimmte sie, während sich Bastian hinter den Drums einrichtete. Rick brauchte einen Moment, bis er sich eingespielt hatte, aber nach ein paar Minuten lief es. Nichts machte seinen Kopf besser frei, als Musik zu machen. Das war schon immer seine Therapie gewesen. Gegen Einsamkeit, Ärger, Stress. Er brüllte mehr in das Mikro, als dass er sang, aber es war egal. Heute gab es keinen Schönheitspreis zu gewinnen, heute war Ausverkauf. Alles musste raus.

Nach drei Songs war sein T-Shirt komplett durchgeschwitzt und sein Hals brannte. Sie legten eine Pause ein und tranken ein Glas Wein. Er schmeckte wunderbar. Fruchtig wie der Sommer und zugleich herb wie Pfeifentabak. Er schloss die Augen und spürte den Schlucken nach. Es war ein bisschen wie Meditation. Auch Bastian zeigte sich begeistert.

Bei der einen Flasche blieb es nicht. Die nächste, die Rick holte, war allerdings deutlich günstiger. Und als er die übernächste aussuchte, hatte er Mühe, die ausgetretenen Holzstufen aus dem Keller hochzukommen. Eigentlich mochte er es nicht, so betrunken zu sein, aber heute war es ihm egal. Er würde Vater werden. Und er musste herausbekommen, ob Tamara das Gleiche für ihn empfand wie er für sie. Er konnte das nächste Wochenende kaum abwarten.

Ungesagt

Als er am folgenden Freitagabend vor Tamaras Hauseingang in Frankfurt stand und klingelte, konnte er die Aufregung kaum verbergen. Das Bedürfnis, hierherzufahren und Tamara in die Arme zu schließen, war so groß gewesen, dass Bastian alle Mühe gehabt hatte, ihn davon zu überzeugen, nicht direkt unter der Woche loszufahren.

„Du hast mir selber gesagt, dass du geschäftlich momentan schwer wegkannst. Du wirst es bereuen, überstürzt losgefahren zu sein. Lass das Ganze erst mal a weng setzen. Nicht lospreschen, das tut dir nie gut."

Da hatte er recht. Immer wenn er kopflos etwas angegangen war, war es eiskalt in die Hose gegangen. Und das hier durfte nicht in die Hose gehen. Er musste die Situation behutsam behandeln, denn die war auch so schon kompliziert genug.

Auch bei ihren Telefonaten unter der Woche hatte die Frau am Telefon nichts mehr mit der starken, unabhängigen, toughen Tamara zu tun, die er kennengelernt hatte. Es war wohl schwerer für sie, als sie zugeben wollte.

Als auf sein Klingeln nichts passierte, klingelte er noch mal. Nichts. Gerade als er sein Handy aus der Tasche gekramt hatte, um bei Tamara anzurufen, ging die Sprechanlage los.

„Hallo?"

„Hi, Tommy! Hier ist Rick!"

„Hey!"

Der Summer ging an und Rick drückte die Tür auf. Auf dem Weg nach oben hatte er Mühe, seine Reisetasche in den schwitzigen Händen zu halten. An der Wohnungstür angekommen, strahlte ihm Tommy entgegen. Seine Haare standen in alle Richtungen ab, als wäre er gerade aus dem Bett gekrochen. Unter seinem dunkelblauen Bademantel schien er nicht allzu viel anzuhaben.

„Na, Daddy? Alles klar? Schon alles verdaut?"

„Nein, noch nicht", murmelte Rick, als er sich in den Flur schob. „Ist Tamara noch nicht da?"

„Nee, die ist noch im Geschäft. Hat irgendeine Besprechung oder so."

„Besprechung? Mit wem denn?"

„Keine Ahnung. Komm erst mal rein. Geh doch in die Küche und mach uns Kaffee. Ich komm gleich. Mach aber drei, ich hab Besuch."

Oh, er hatte wohl ein Techtelmechtel unterbrochen mit seiner Ankunft. Tommy sah zumindest so aus. Peinlich berührt betrat Rick durch die Glastür die Küche und startete die Kaffeemaschine. Gerade als er die dritte Tasse gefüllt hatte, kam Tommy mit seinem Freund im Schlepptau in die Küche. Der sah ähnlich zerstört aus. Auch seine Haare waren unordentlich verwuschelt, aber er wirkte nicht sauer oder so.

„Servus, Elios!"

„Hallo Rick!", begrüßte ihn der groß gewachsene und etwas bulligere Grieche fröhlich. Er trug eine Jogginghose und darüber ein weißes T-Shirt, das sich stramm um seine breite Brust und den Bauchansatz spannte. „Ich darf gratulieren?"

„Danke, ja. Ist noch ganz ungewohnt für mich."

„Kann ich mir denken. Habe auch lange gebraucht, bis ich das verstanden habe, als meine damalige Frau schwanger war. Aber das legt sich. Meine Tochter ist mein größter Schatz auf dieser Welt. Ich wünsche euch das Beste!"

„Danke dir, Elios."

„Zoe ist aber auch ein Goldstück", meinte Tommy an Elios gewandt.

„Ja, sie ist toll", sagte Elios. „Ich finde es so schön, dass ihr euch gut versteht. Nichts könnte mich glücklicher machen." Er warf Tommy einen liebevollen Blick zu.

Puh. Mit so viel Harmonie kam Rick gerade nicht klar. In ihm tobte nun schon seit Wochen ein raues Lüftchen, das sich am letzten Wochenende in einen Sturm verwandelt hatte. Und der hatte sich noch nicht gelegt, dazu war zu vieles ungeklärt.

„Wann meinst du, kommt Tamara wieder? Hat sie dir das gesagt?", fragte er und unterbrach die stille Einigkeit der beiden. Sein Ton war dabei genervter als beabsichtigt.

„Du, keine Ahnung. Sie hat nur gemeint, sie hätte eine Besprechung und müsste noch mal los. Weißt du, wir reden momentan nicht irre viel miteinander. Gab etwas Krach im Paradies, weil sie niemandem was von dem Kind erzählt hat. Dabei hab ich es schon seit dem Krankenhaus geahnt, weil die Schwester sich verquatscht hat. Ich hab immer absichtlich offensichtlich ihren Bauch angestarrt, aber sie hat es trotzdem nicht rausgelassen. Ich meine, mich geht es ja nichts an, aber dir hätte sie es gleich sagen müssen. Ist schließlich dein Kind. Das hab ich ihr auch gesagt. Und Maike auch. Wir waren nicht gerade zimperlich mit ihr. Daher herrscht etwas dicke Luft."

„Ah, okay", sagte Rick leicht beschämt. Er wollte nicht, dass sich die Freunde seinetwegen stritten. Mit hängenden Schultern blickte er auf die Tasse Kaffee in seiner Hand.

„Geh doch rüber und hol sie ab. Da freut sie sich bestimmt", sagte Tommy in versöhnlicherem Ton.

Da war sich Rick nicht so sicher, so kühl, wie Tamara in der vergangenen Woche am Telefon geklungen hatte. Aber Tommy hatte recht, ein Spaziergang würde ihm guttun und vielleicht wurde sie ja in der Zwischenzeit fertig. Er trank seinen Kaffee in einem Zug aus, was er sofort bereute, weil er sich damit den Mund mitsamt der Speiseröhre verbrühte. Er verzog kurz das Gesicht, ließ sich aber sonst nichts anmerken.

„Hast recht. Dann bin ich mal weg."

„Klar. Bring sie mit. Ich muss heute nicht arbeiten und mach uns später allen was zum Essen. Besonders für Tamara. Sie muss dringend mehr essen. Sie gefällt mir nicht", meinte Tommy mit besorgter Miene.

„Mir auch nicht", stimmte Rick ihm zu, nahm seine Jacke in die Hand und verließ die WG.

Der Spaziergang in Richtung Esoterikladen war zwar nicht sehr lang, aber lang genug, um emotional etwas runterzukommen. Er atmete, wie Tamara es ihm beigebracht hatte, und achtete dabei auf das, was seine Füße fühlten. An den Fußsohlen durch den Schuh hindurch. Wenn man sich darauf konzentrierte, war das gar nicht mal so wenig, was man spüren konnte. Steinchen, Kanten, Rauheit. Dadurch versuchte er, seinen Kopf etwas freizubekommen.

Vor dem Esoterikgeschäft stand ein schicker schwarzer Mercedes mit verdunkelten Scheiben und an der Eingangstür hing das ‚Geschlossen'-Schild. Aber innen brannte Licht und Rick konnte über das Schaufenster hineinsehen. Im Laden war niemand zu erkennen, vermutlich war der Gast mit Tamara im Hinterzimmer. Er grübelte, welche Art Besprechung das war, während er ein paar Mal die Straße auf und ab lief.

Gerade ging er wieder an der Ladentür vorbei, da wurde die energisch aufgerissen, ein Herr mittleren Alters im Anzug trat mit ebenso energischen Schritten hinaus und rief über die Schulter zurück: „Sie hören dann von mir. Ich werde Ihnen die neuen Vertragskonditionen schriftlich zukommen lassen. Überlegen Sie es sich. Eine bessere Alternative werden Sie nicht finden." Sprachs, stieg in den Mercedes und brauste davon.

Rick sah ihm irritiert nach und wandte sich dann der Ladentür zu, in der Tamara stand. Als er den Blick über ihr hübsches Gesicht streifen ließ, lächelte sie leicht. Definitiv traurig. Sie hatte die Arme vor der Brust verschränkt, zornig, wie ihm schien. Automatisch blieb sein Blick an ihrer Körpermitte hängen. War da etwa schon eine kleine Wölbung unter ihrem hellgrauen Strickkleid zu erkennen? Sicher war er sich nicht.

„Du kommst wie gerufen", sagte sie. Ihre Stimme vibrierte leicht. „Ich sperr noch zu und dann gehen wir bitte. Ich muss hier weg. Kannst hier draußen warten, ich bin sofort da."

„Äh, okay."

Wieder so eine Begrüßung, die er sich definitiv anders ausgemalt hatte. Er hatte gehofft, sie würde ihm um den Hals fallen, ihm sagen, dass sie ihn auch liebte und dass nun alles gut werden würde, weil er endlich da war. Es blieb wohl bei dieser Wunschvorstellung. Enttäuschung flutete seinen Körper. Die kalte Begrüßung schürte seine Verlustängste nur noch weiter.

Im Laden ging das Licht aus und sie trat in eine dicke Jacke gehüllt auf den Gehweg und schloss ab. Dann wandte sie sich ihm zu, lächelte und zog ihn in eine feste Umarmung. Endlich!

„Hallo erst mal. Ich bin so froh, dass du da bist."

Ihre Lippen waren warm, fast heiß und ihr Gesicht fühlte sich feucht an, als hätte sie geschwitzt. Er zog sie noch fester an sich und legte alles Ungesagte in die Umarmung und den Kuss. Sie lösten sich voneinander und er strich ihr eine widerspenstige Haarsträhne von der Wange.

„Hattest du Ärger gerade?"

„Ein bisschen. Erzähl ich dir später."

„Warum nicht jetzt? Ich finde, jetzt ist ein großartiger Zeitpunkt, Dinge zu erzählen." Seine Stimme vibrierte leicht vor unterdrückter Wut. Dieses Spielchen von ihr machte ihn fertig. „Hat der Typ was mit deinem Laden zu tun? Schuldest du ihm Geld? Bist du pleite? Sprich mit mir! Bitte!" Er war stehen geblieben und funkelte sie böse an. Und ängstlich. Warum vertraute sie ihm nicht? Sie liebte ihn nicht, das war es wohl. Der Kloß, der sich in seinem Hals bildete, drohte, ihn zu ersticken.

Sie blickte ihm direkt in die Augen. Mit unergründlichem Blick. Gerade, als sie sich anscheinend zu einer Antwort durchringen konnte und Luft holte, klingelte sein Handy.

„Willst du nicht rangehen?", fragte sie ihn.

„Merk dir, was du sagen wolltest. Wir sind noch nicht fertig", sagte er und kramte sein Telefon aus der Tasche. „Wer, Herrgott noch mal, ist das?", murmelte er. Die Nummer kam ihm vage bekannt vor, aber er kam nicht drauf.

„Wolfrum", meldete er sich mit bemüht ruhigem Ton.

„Also du scheinst sie ja noch nicht gefunden zu haben. Oder hast du sie gar nicht gesucht?" Die quäkende Stimme seiner Ex Linda dröhnte ihm ins Ohr.

„Nein, Linda", antwortete er mit mühsam unterdrücktem Zorn. „Ich habe sie noch nicht gesucht."

„Du scheinst nicht zu Hause zu sein. Alles ist dunkel bei dir."

„Du bist bei mir? Ich hab dir doch gesagt, dass ich sie suche." Seine Stimme begann vor Zorn zu beben.

„Aber du hast es nicht getan. Dabei hab ich dich schon vor Wochen darum gebeten, erinnerst du dich? Kommst du heute noch nach Hause? Ich warte."

„Du wirst nicht warten. Ich komme heute nicht nach Hause. Ich bin in Frankfurt."

„Oh. Dann hab ich wohl Pech gehabt. Ich komme ein andermal wieder", sagte sie und legte auf.

Rick starrte das Telefon in seiner Hand einen Moment an. Dann wandte er sich wieder Tamara zu. Und gefror innerlich. Ihre Augen blitzten kalt und irgendwie böse.

„Wer war das?", fragte sie leise.

„Niemand Wichtiges", antwortete er so beiläufig wie möglich. Er sollte ihr alles erzählen und sie schwieg sich aus? Das konnte sie vergessen. Zumal Linda jetzt gerade die unwichtigste Person in seinem Leben war. Tamara zog leicht eine Augenbraue hoch. War sie sauer? Eifersüchtig? Gut so. Dann war er ihr zumindest nicht völlig gleichgültig. Sie setzten ihren Weg wortlos fort, bis er sich doch zu einer Unterhaltung durchrang.

„Wie geht es dir? Tommy macht sich Sorgen, dass du nicht genug isst."

„Tommy macht sich immer Sorgen." Sie nahm seine Hand und machte Anstalten, weiterzugehen.

„Du weichst meiner Frage aus." Sie musste ihm doch mal antworten, Herrgott!

Sie blieb stehen, wandte sich ihm zu und sagte: „Mir geht es gut, du musst dir keine Sorgen machen. Ich habe momentan nur sehr viel Stress und würde gerne mal zur Ruhe kommen."

Woah, abweisender ging es nicht. Er ließ ihre Hand los, setzte sich in Bewegung und lief mit großen, frustrierten Schritten an ihr vorbei. Er spürte, wie auch sie losging und ihm im Laufschritt folgte, bis sie wieder neben ihm war.

„Es tut mir leid. Bitte nimm mich momentan nicht so ernst. Ich bin mit allem etwas überfordert. Ich bin froh, dass du da bist", sagte sie entschuldigend.

„Fällt mir echt schwer zu glauben. Ich fühle mich, als würde ich mit einem Moderationscomputer oder so was reden. Gefühllos und sachlich." Die Wut schwoll immer stärker in ihm an. „Falls es dir noch nicht aufgefallen ist, aber ich bin für dich da. Immer. Egal, was passiert."

Sie blieb stehen und senkte den Blick. Auch er hielt an, sein Atem ging schwer.

„Ich weiß das", sagte sie leise. Sie kam ihm vor wie ein kleines Mädchen, das bei etwas ertappt worden war. Alles hing, Kopf, Schultern, Arme. „Gib mir bitte noch ein kleines bisschen Zeit. Ich werde dir alles erklären und mit dir sprechen. Auch über die Zukunft. Bitte, Rick." Der flehende, traurige Blick bewegte ihn.

„Also gut", sagte er schließlich. „Ich gebe dir Zeit. Aber nicht mehr lange. Hingehalten werden finde ich nämlich echt scheiße."

„Ja, ist es auch." Sie nickte energisch. „Gib mir zwei Wochen. Dann werde ich dir alle Fragen beantworten und über alles mit dir reden."

„Zwei Wochen?" Rick schrie es fast. Er hatte sie fast so weit gehabt, aber dann musste ja die blöde Linda anrufen. Mist. „Wie soll ich das zwei Wochen durchhalten?"

„Ich weiß, dass ich damit Gefahr laufe, dich zu verlieren, aber ich muss diese zwei Wochen bekommen."

„Darf ich mich nach den zwei Wochen dann auch endlich richtig über das Kind freuen?"

„Natürlich", sagte sie lächelnd. Es war ein ehrliches Lächeln. „Hier geht es nicht um das Kind oder dich. Es geht einzig und allein um mich."

„Du musst mir aber eine Frage beantworten, dann lass ich dich auch in Ruhe. Du wirst das Kind behalten, oder? Denn ich will es behalten."

„Ja", sagte sie und warf ihm erneut ein warmes Lächeln zu. „Ich will es auf jeden Fall. Ich freue mich, dass du das auch so siehst. Danke, Rick."

„Wofür? Ich werde die Verantwortung für meinen Beitrag zum Kind übernehmen. Egal, was kommt."

„Okay, dann gib mir bitte die beiden Wochen. Danach werde ich alle deine Fragen beantworten."

Er seufzte tief. „Na gut. Zwei Wochen und keinen Tag länger."

„Gut." Tamara wirkte erleichtert. Sie musste sich strecken, um ihn auf die Wange zu küssen, und hakte sich dann bei ihm unter. „Würdest du mit mir an diesem Wochenende trotzdem meine Eltern besuchen wollen?"

„Natürlich."

Auf der Fahrt zu Tamaras Eltern hatte sie ihm erklärt, dass auch Maike ursprünglich aus dem Stadtteil Sossenheim stammte, der allerdings aus zwei unterschiedlichen Welten bestand. Der bürgerlichen Welt mit Doppelhäusern und dörflicher Bebauung und der wenig bürgerlichen Ecke mit Hochhäusern und sozialen Brennpunkten. Tamara kam aus der ersten, Maike aus der zweiten Welt.

Doch sie besuchten dasselbe Gymnasium, freundeten sich an, teilten mit dem Schwimmen ein gemeinsames Hobby und wurden irgendwann wie Schwestern füreinander. Beide waren Einzelkinder, so wie er. Vielleicht war gerade für Einzelkinder die Bedeutung von Kindheitsfreunden so wahnsinnig wichtig, dass diese Freundschaften die Kindheit weit überdauerten, wie bei ihm und Bastian. Aber Bastian hatte eine Schwester, er verwarf seine Theorie also wieder, bevor er sie aussprach.

Wenn man Maike erlebte, konnte man sich nicht vorstellen, dass sie aus einem sozialschwachen Randgebiet kam. Anscheinend hatte er mehr Vorurteile und Stereotype im Kopf, als er zugeben wollte. Er schämte sich etwas dafür.

„War es für Maike nicht schwer, sich da herauszuarbeiten? Ich habe mal irgendwo gelesen, dass viele Kinder aus sozial schwachen Familien in der Schule viel zu wenig Förderung erhalten."

„So ist das im Schulalltag leider oft. Aber meine Eltern haben sie gefördert und ihr Mut zugesprochen, dass sie es würde schaffen können, da rauszukommen. Sie haben ihr auch viel bezahlt, was sich ihre Eltern an Schulsachen und Büchern nie hätten leisten können. Sie war schon immer sehr klug und fleißig und meine Eltern konnten nicht akzeptieren, dass ihr Weg vorgezeichnet sein sollte. Und sie hatten recht." Sie lächelte breit. Dieses Thema schien Tamara glücklich und stolz zu machen. Das konnte Rick nur zu gut verstehen.

Heinz Huber öffnete, als sie an der Tür der Doppelhaushälfte von Tamaras Eltern klingelten. Er war in etwa so groß wie Tamara und mit einer schicken Hose und einem grauen Pullunder über einem hellblauen, langarmigen Hemd bekleidet. Seine Haare waren braun mit schon sehr viel Grau und er trug einen grauen Vollbart, der perfekt gestutzt war. Rick fühlte sich schäbig in seiner Jeans, seinem schwarzen Sweatshirt, das er unter der Jacke anhatte, und den langen Haaren, die er im Nacken nur lose zusammengebunden hatte.

Tamaras Vater strahlte beide an, zog seine Tochter in eine feste Umarmung, wandte sich Rick zu und schüttelte ihm kraftvoll die Hand. „Freut mich außerordentlich, Sie kennenzulernen, Herr Wolfrum."

„Papa, sei bitte nicht so förmlich. Ist ja peinlich", tadelte ihn Tamara. Er grinste nur zur Antwort.

„Ich freue mich auch sehr, Sie kennenzulernen, Herr Huber."

„Heinz bitte. Sag Heinz zu mir", erwiderte er mit einem amüsierten Seitenblick auf Tamara.

„Vielen Dank", sagte Rick höflich. Das Händeschütteln dauerte weiter an, bis eine Frau Mitte fünfzig in das Blickfeld trat.

„Oh, der Besuch! Wie schön, dass ihr da seid! Ich bin Sabine. Hallo Rick! Kommt rein, ich habe das Mittagessen schon fertig."

Auch ihr Händedruck war energisch. Kurz zweifelte er an der Verwandtschaft der drei, aber als sie ihnen ins Haus folgten, konnte er doch viele Gemeinsamkeiten zwischen Tamara und ihren Eltern ausmachen. Sabine ging wie Tamara. Sie war zwar nicht so groß wie ihre Tochter, aber ihre Haltung war aufrecht und stolz. Ihre Augen hatte Tamara eindeutig vom Vater geerbt und auch der wache Blick war der gleiche. Daneben waren dann wieder die Hände von Mutter und Tochter sehr ähnlich. Also vom Aussehen her bestand auf jeden Fall Verwandtschaft.

Aber das Verhalten war grundverschieden. Beide Elternteile waren energisch, gewohnt, Anweisungen zu erteilen, zu fordern. Tamara war da genau das Gegenteil. Sie strahlte bei jeder Geste, bei jedem Wort eine große Sanftheit aus. Das liebte er an ihr. Er hatte nie einen sanfteren Menschen kennengelernt. Die Sanftheit hüllte ihn ein, ging auf ihn über, erfüllte ihn. Normalerweise. Momentan wurde sie durch etwas Unerklärliches unterdrückt. Es tat ihm beinahe körperlich weh, sie so erleben zu müssen. Aber davon schienen ihre Eltern vorerst nichts mitzubekommen.

Als er am Tisch sein Gastgeschenk, eine ausgesuchte Flasche Wein in einem gepolsterten, mit Intarsien verziertem Holzkästchen überreichte, kriegten sich Tamaras Eltern kaum mehr ein vor Bewunderung.

„Großartig, oder, Sabine? So ein besonderes Geschenk haben wir noch nie bekommen. Selbst gemacht? Unglaublich. Ich wünschte, ich hätte irgendwelche handwerklichen Fähigkeiten. Aber ich bin völlig unbegabt."

„Ich auch. Ich bin froh, dass ich mit meinen Händen das Alltägliche irgendwie hinbekomme. Wenn für die Schule etwas zu basteln war, hat das Tamara immer lieber bei Maike mit deren Mutter zusammen gemacht. Wie lange hat das denn gedauert?"

„Ein paar Stunden. War meine Abendbeschäftigung der letzten Woche", meinte Rick. Er hatte das gebraucht, um ein bisschen runterzukommen. Die Arbeit an dem Kästchen hatte ihn beruhigt, danach konnte er gut einschlafen. Was ansonsten in letzter Zeit zu einem echten Problem wurde.

Sie stürzten sich beim Essen sofort mit Fragen auf Rick. Ob das sein richtiger Name wäre? Warum er Richard nicht mochte? Ob ihm sein Beruf Freude machte? Wie es sich so lebte im Wald? Wie sein Geschäft lief? Was mit seiner Familie war? Bei seiner Antwort trat Betroffenheit in die Gesichter. Er begann daher schnell, von seiner oberpfälzer Familie zu erzählen und von Bastian, was das Gespräch von ihm auf Maike lenkte. Auch Familie Huber schien glücklich über diese Verbindung zu sein. Sie meinten, dass sie Bastian gerne einmal kennenlernen würden, zumal Rick so große Stücke auf ihn hielt.

Tamara hatte die ganze Zeit über nichts gesagt, Rick hatte die gesamte Unterhaltung allein bestritten. Bis Heinz sagte: „Das scheint wirklich etwas Längerfristiges bei den beiden zu sein. Das finde ich großartig. Wie ist es bei euch? Ihr führt ja eine Fernbeziehung, und es scheint auch ernster zu werden, sonst würden wir dich heute nicht vorgestellt bekommen, Rick. Habt ihr euch schon Gedanken über eure Zukunft gemacht?"

Sie antworteten gleichzeitig: „Nein", sagte Rick. „Ja", kam von Tamara.

Mit hochgezogenen Augenbrauen wendete er ihr den Kopf zu.

„Okay", sagte Sabine lachend. „Gut, dass ihr euch einig seid."

Tamara räusperte sich, bevor sie sprach: „Wir müssen demnächst eine Entscheidung treffen. Weil ... äh ... ich bin ... schwanger."

„Hm?", machte Heinz, den Mund voller Kartoffeln.

Sabine ließ ihre Gabel sinken. Damit hatte sie offenbar als Letztes gerechnet. Ihr Blick sprach Bände. Rick bemühte sich um einen erfreuten Gesichtsausdruck.

„War das geplant?", fragte Sabine schließlich.

„Nein. Nicht wirklich", antwortete Tamara. Ein gezwungenes Lächeln trat auf ihre Lippen. „Wir waren davon etwa genauso überrascht wie ihr."

„Ja, gibt es denn das!", rief Heinz aus.

„In welchem Monat bist du?", fragte die Mutter.

„Elfte Woche."

Bitte? Schon in der elften Woche? Rick starrte sie an. Das durfte doch nicht wahr sein. Hitze stieg in ihm hoch und hektisch rechnete er nach. Das musste dann ziemlich am Anfang passiert sein. Ups.

„Hat uns ähnlich überrascht wie euch", wiederholte Tamara fröhlich, als wäre alles in bester Ordnung. „Stimmt's, Rick?" Sie puffte ihn mit dem Ellenbogen an den Arm.

Er beeilte sich, schnell zu antworten: „O ja! Damit hätte ja keiner rechnen können. Wir hatten das mit Sicherheit nicht geplant."

„Das kann ich mir denken. Du hast doch immer gesagt, dass du keine Kinder willst, oder?"

„Hm, ja. Stimmt. Ich wollte nie welche."

Rick konnte nicht glauben, wie leicht es Tamara von den Lippen ging, ihre Eltern anzulügen. Hatte sie ihnen nie erzählt, dass sie glaubte, keine kriegen zu können? Diese Frau wurde ihm immer fremder.

„Na, dann ist das ein Wunder, oder?", rief Heinz begeistert. „Unverhofft werden wir Großeltern. Wir müssen darauf anstoßen! Ich hole den Champagner aus dem Keller. Für dich leider nur Fruchtsaft, Mausezähnchen!" Er sprang auf und verschwand schnellen Schrittes in einen angrenzenden Raum.

„Ja, ist ein Wunder", murmelte Tamara leise. Sie tastete unter dem Tisch nach seiner Hand. Er erschrak, als ihre eiskalten Finger seine berührten. Und obwohl er sauer auf sie war, versuchte er, so viel Aufmunterung wie möglich in die Erwiderung des Händedrucks zu legen. Er konnte das Gespräch kaum abwarten, das sie führen wollten. Er glaubte nicht, dass er diese Verunsicherung noch lange würde aushalten können. Aber gut, wenn sie vor ihren Eltern eine Show abziehen wollte, bitte.

„Mausezähnchen, ist alles in Ordnung?", fragte plötzlich Sabine. Sie hatte sich über den Tisch zu Tamara gebeugt und musterte deren maskenhaften Gesichtsausdruck. „Mit dir stimmt doch was nicht. Bist du geschminkt? Machst du doch sonst nicht. Hast du Schwangerschaftsprobleme? Übelkeit? Hormonschwankungen?"

Wow, sie hatte ihren Eltern anscheinend nicht mal etwas von der Schlägerei erzählt. Rick verstand die Welt nicht mehr. Aber er musste zugeben, dass sie es erstklassig geschafft hatte, das inzwischen gelbe Auge zu kaschieren. Sicherlich war Tommy für diese Glanzleistung verantwortlich.

„Mich nimmt die Schwangerschaft körperlich ganz schön mit", sagte Tamara. „Übelkeit am Morgen und die Stimmungsschwankungen schlauchen mich."

„Mach weiter dein Yoga, ja? Das wird dir helfen."

„Ja, mach ich."

„Und entspann dich viel. Du darfst keinen Stress haben."

„Ich versuche es."

„Und du, Rick, massier ihr mal die Füße. Wenn es bei ihr ist, wie es bei mir war, dann hat sie sonst bald Ballons an den Beinen hängen."

„Na klar. Sie muss es nur sagen und ich bin zur Stelle."

Zum Dank, wie ihm schien, drückte sie kurz seine Hand. Vielleicht hatte sie aber auch die Doppeldeutigkeit seiner Worte verstanden und wollte ihm das damit signalisieren.

Heinz kam mit einer Flasche Champagner und einem Fruchtsaft zurück. Daraufhin machte sich Sabine sofort daran, Gläser zu organisieren. Tamaras Saft wurde ebenfalls in ein Champagnerglas gefüllt, dann erhoben sie sich von ihren Plätzen und stießen an.

„Auf das Baby! Und auf die Eltern!", rief Heinz. Anschließend brach eine Umarmungsorgie los. Rick wurde von Tamaras Eltern so fest gedrückt, dass sie ihm jedes Mal die Luft aus den Lungen pressten.

„Und willkommen in unserer Familie, Rick. Unverhofft bist du ein Teil davon geworden, auch wenn du es dir ursprünglich vielleicht anders vorgestellt hast", sagte Heinz mit erhobenem Glas.

Rick prostete ihm zu, trank und legte dann seinen Arm um Tamaras Schultern. Er konnte ihre Anspannung förmlich auf seiner eigenen Haut spüren. Er zog sie sanft an sich und hoffte, dass sie wusste, wie viel sie ihm bedeutete. Aber auch auf die Gefahr hin, dass sie es erneut nicht erwidern würde, wollte er ihr das unbedingt noch mal sagen.

„Was habt ihr jetzt vor? Wollt ihr zusammenziehen? Was wird aus deinem Geschäft, Tamara? Werdet ihr in Bayern wohnen?" Ihre Eltern überschütteten sie mit Fragen.

Alles Fragen, die Rick auch zu gerne beantwortet haben würde. Aber er sagte nichts und Tamara wich geschickt aus und verwies immer wieder darauf, dass es noch nicht ganz klar wäre und sie das demnächst entscheiden würden.

„Aus rein betriebswirtschaftlicher Sicht würde es keinen Sinn machen, dass Rick sein Geschäft verlagert. Das weißt du, oder? Tamara?", bohrte Heinz nach.

„Nein. Natürlich weiß ich das", antwortete sie leise. „Aber ich muss einfach noch ein bisschen drüber nachdenken."

„Also gut", meinte Sabine. „Mit Druck kommt man bei dir ja nicht weit. Das wissen wir." Sie lächelte ihre Tochter liebevoll an.

Aha. Druck klappte also nicht bei ihr. Dann würde er eben schweren Herzens dem Beispiel ihrer Eltern folgen und ihr den Raum lassen, den sie offenbar brauchte. Auch wenn es ihn schier wahnsinnig machte.

„Wie ist es so in Oberfranken? Ich war noch nie dort. Wie ist die Gegend, in der du lebst? Wie sieht es wirtschaftlich aus? Bei Bayern hat man ja immer eher die Münchner Region und die Alpen im Kopf."

Rick dachte einen Moment nach, ehe er Heinz antwortete. „Wir haben uns in Oberfranken lange Zeit abgehängt gefühlt. Bis zur Wende waren wir Grenzregion, da endete die Welt und das zog nicht allzu viele Leute an. Es hat Jahrzehnte gedauert, bis sich die Region von dem ‚Arsch-der-Welt-Image' erholen konnte.

Es gibt schöne Städte in Oberfranken. Bamberg ist superschön und vom Flair ganz anders als Bayreuth zum Beispiel. Auch von den kleineren Städten hat jede ihren eigenen Charme, wie Kronach, Coburg, Hof, Forchheim, Lichtenfels, Marktredwitz, Wunsiedel und so weiter. Wir haben die Fränkische Schweiz mit ihren zerklüfteten Kalkfelsen und das Fichtelgebirge mit viel Wald und Granit. Beides hat seinen Reiz, aber ich liebe natürlich am meisten das Fichtelgebirge, in dem ich wohne.

Auch die Menschen unterscheiden sich stark. Im Bayreuther Teil und nördlich und östlich davon ist die Grundstimmung zum Beispiel eher Zurückhaltung, mit Fremden redet man nur das Nötigste. Wir kommen vielleicht auch mal richtig unfreundlich rüber und wenn wir sprechen, machen wir so wenig Mundbewegungen wie möglich." Er unterbrach und grinste, weil Sabine laut in ihren Champagner prustete.

„Auch beim Zeigen von Emotionen sind die meisten äußerst sparsam, aber wenn man sich mal in das Herz eines Oberfranken geschlichen hat, hat man dort einen Platz auf Dauer. Viele, die ich kenne, die zugezogen sind, haben nach anfänglichen Schwierigkeiten bei uns eine Heimat gefunden. Ich würde also sagen, wir haben großes Heimatpotenzial. Und wirtschaftlich schaut es mittlerweile auch schon ganz gut aus. Oberfranken macht sich."

„Das klingt ja toll!", rief Sabine strahlend aus. „Vielleicht findest du dort das, was du hier immer vermisst hast." Ihr Blick ging auf Tamara, die ihren Teller anstarrte. „Du musst wissen", wandte sich Sabine an Rick, „Tamara ist schon immer auf der Suche gewesen. Wir dachten eine Zeit lang, dass das Schwimmen die Antwort wäre, aber wir haben uns getäuscht. Sie hat es irgendwann aufgegeben und sich den Sinnfragen des Lebens gewidmet.

Heinz und ich sind die kompletten Atheisten, weißt du? Wir stellen uns manche dieser Fragen von Haus aus nicht, aber Tamara schon. Und ich hatte immer das Gefühl, dass die Großstadt ihren eigentlichen Charakter unterdrückt. Dass sie freier sein muss als hier. Vielleicht wäre es für sie in Oberfranken ein Fortschritt." Sie blickte Tamara voller Mitgefühl an. „Auch wenn sie hier so wahnsinnig viel aufgeben müsste."

„Und Maike ist dort!", rief Heinz begeistert aus.

„Ich werde bald entscheiden, wie es weitergehen soll. Jetzt lasst uns das Thema bitte für heute beenden. Ich fühl mich nicht so gut, und das macht mich nur nervös irgendwie."

„Natürlich, Mausezähnchen", sagte Heinz.

Alle versuchten für die restliche Zeit des Besuchs, die Themen Schwangerschaft, Umzug und Tamara allgemein zu meiden. Was der Stimmung einen deutlichen Dämpfer gab und irgendwie nur so mittel gelang.

Frust

Vierzehn Tage also noch. Ricks Woche zu Hause verging so langsam wie die Vorweihnachtszeit für Kinder. Frustriert schleppte er sich durch den Alltag und am Donnerstag war er so schlecht gelaunt, dass er etwas tat, was sonst nie passierte. Er fuhr seine Angestellten an. Der Azubi Robin hatte eine Kommode bearbeitet, rutschte beim Montieren der Türen ab und schlug mit dem Akkuschrauber eine große Delle in die bereits befestigte Zierleiste.

„Pass doch auf! Die Scheißzierleiste hat ewig gebraucht. Kannst sie gleich noch mal machen!", blaffte Rick ihn an.

„Ah gee, Rick", mischte sich Martin ruhig ein. „Das können wir doch ausbessern. Ich mach das mit ihm."

„Nein! Ich will hier nichts ausgebessert haben! Die Zierleiste hat makellos zu sein!", rief Rick wütend.

Dann mischte sich auch noch der sonst so übergenaue Arno ein: „Der Schmarrn is so winzig, das können wir doch ausgleichen. Das sieht hernach ka Mensch mehr."

„Der Kunde erwartet ein perfektes Produkt und das werden wir ihm liefern! Basta!"

Wutentbrannt stürmte Rick aus der Werkstatt. Er musste hier raus. Seine Hände bebten, als er den Türgriff zu seinem Haus berührte. Mit aller Kraft warf er die Tür hinter sich zu und stapfte in seinen Arbeitsschuhen im Wohnzimmer hin und her, bis er sich wieder einigermaßen beruhigt hatte.

Mit der Ruhe kam die Scham. Das sah ihm überhaupt nicht ähnlich. In seinen Magen ergoss sich kalt und zähflüssig die Beschämung über seinen Ausbruch. Er hatte sich doch sonst immer unter Kontrolle! Selbst wenn er genervt war, ließ er das nie an anderen aus. Aber die Unsicherheit über Tamara und das Baby zerfraßen ihn, seine Selbstbeherrschung und seine Ruhe.

Schwer seufzend blieb er mitten im Wohnzimmer stehen. Er betrachtete die Spur aus Holzstaub und Sägemehl, die seine Schuhe auf dem Parkett hinterlassen hatten. Er zog sie aus, stellte sie in den Flur, holte den Staubsauger und reinigte erst einmal den Boden. Mit dem Ergebnis zufrieden, nahm er seinen Geldbeutel und zog sich Straßenschuhe an.

Der Schotter knirschte satt unter seinen Sohlen, als er den Hof in Richtung der Schreinerei überquerte. Seine drei Mitarbeiter beugten sich über die abmontierte Zierleiste und diskutierten den Schaden und Reparaturmöglichkeiten. Sie bemerkten nicht, wie Rick hinter sie trat.

Martin sagte: „Vielleicht sollten wir sie doch neu machen. Wenn er es so will."

„Nein, bitte nicht", antwortete Rick. Die drei schraken zusammen und fuhren gleichzeitig zu ihm herum. „Es tut mir leid. Ich habe mich lächerlich verhalten."

Er blickte ihnen nacheinander in die Gesichter. Vor allem in Robins konnte er große Verunsicherung ausmachen. Der hatte ihn noch nie so erlebt, denn Rick war sonst immer freundlich, höflich, sachlich. Die anderen beiden hatten auch schon schlechtere Phasen seines Lebens mitbekommen. Sie wirkten betroffen. Auch das tat Rick weh.

„Ich schäme mich. Ich wollte meine Laune nicht an euch auslassen. Das darf nicht passieren. Privat geht es bei mir grad etwas drunter und drüber. Daher ..." Er ließ das letzte Wort in der Luft hängen.

„Wir sind dir nicht böse, Rick. Mach dir keine Gedanken. Wir haben schon gemerkt, dass was mit dir im Moment nicht in Ordnung ist. Wir wollten dir auch keine Angriffsfläche bieten", sagte Arno.

„Ja, mach dir keinen Kopf, Rick. Basst scho", meinte Martin.

„Ja, Rick. Tut mir auch voll leid, dass ich nicht aufgepasst habe", sagte Robin kleinlaut.

„Quatsch", antwortete Rick und klopfte ihm mit der Hand freundschaftlich an den Oberarm. „Das passiert. Du hast es ja nicht extra gemacht. Lass dir von den beiden zeigen, wie du es am besten ausbessern kannst, ich hol derweil Brotzeit. Die geht heute auf jeden Fall auf mich. Wären Weißwürste den Herren recht?", fragte Rick und bemühte sich um ein freundliches Grinsen.

„Immer!", rief Martin fröhlich. Die anderen beiden nickten lächelnd zur Zustimmung.

„Also gut. Bin gleich wieder da."

In dem Moment, in dem der Wagen auf den Waldweg abbog, flossen bei Rick die Tränen. Beim Holzlagerplatz etwa auf der Hälfte der Strecke hielt er an. Er weinte alles aus, den Frust, die Angst, die Sorge, die Verunsicherung, die Verletztheit, die Scham.

Der frühe Tod seiner Eltern wirkte sich mehr auf sein Gefühlsleben aus, als er zugeben konnte; seither kam er mit Trennung und Verlust absolut nicht klar. Das wusste er, seit er mit seinem Cousin Frank, dem Psychotherapeuten, darüber gesprochen hatte. So manchen Abend hatten sie damit verbracht, Ricks Probleme in der Hinsicht zu besprechen. Nun war ihm das Problem zwar bewusst, aber die Panik bei drohenden oder vergangenen Verlusten wollte dennoch nicht weichen. In seinem Kopf gab es immer nur den Worst Case, drunter konnte sein Gehirn nicht. Die ganze Situation mit Tamara wuchs sich für ihn zur puren Seelenqual aus. Nach ein paar Minuten beruhigten sich seine Emotionen langsam und die Tränen versiegten.

Er liebte Tamara und er würde um sie kämpfen. Er würde ihr beweisen, dass sie sich keine Sorgen machen musste. Obwohl sie erst seit Kurzem zusammen waren, war sich Rick sicher, dass diese Beziehung die Mühe wert war. Nicht nur wegen des Kindes; er würde niemals wieder so eine Frau treffen. Irgendwie musste er ihre Zweifel zerstreuen.

Und er musste herausfinden, warum sie die Schwangerschaft verschwiegen hatte. Da steckte doch mehr dahinter. Wollte sie das Kind, *sein* Kind, vielleicht doch nicht? Nein, das war Quatsch. Er vertraute ihr. Wenn sie sagte, sie würde es behalten, war das so. Was das anging, würde sie ihn niemals anlügen. Aber was war ihr Problem? Es gab so viel, was sie verschwieg, auch ihren Eltern gegenüber. Denen hatte sie ja noch nicht mal von der Schlägerei erzählt.

Seiner Mutter hatte Rick immer alles gesagt, und wenn er mal etwas zurückgehalten hatte, hatte ihn das so gequält, dass er erst wieder ruhig geworden war, sobald er ihr sein Herz ausgeschüttet hatte. Die Gespräche hatten seine wankende Welt stets wieder ins Lot gebracht. Und auch jetzt noch hielt er im Geist Zwiegespräche mit seiner Mutter. In Zeiten wie diesen vermisste er sie unendlich. Er wäre gerne diese Stütze für Tamara, wenn sie das zuließ.

Wenn sie endlich bereit war, würde er versuchen, sie zu überzeugen, zu ihm zu kommen. Er würde sich nach Ladenflächen umsehen und ihr dabei helfen, ein Onlinegeschäft aufzubauen. Es war mehr als genug Platz in seinem Haus und auf seinem Grundstück. Immerhin würde er auch noch Vater werden. Und er hatte vor, ein sehr guter Vater zu sein. Es konnte mit ihnen klappen. Sie könnten glücklich miteinander werden.

Entschlossen wischte er sich die letzten Tränen aus den Augen und startete den Motor seines Volvos, um in Oberstemmenreuth die Wiedergutmachungsbrotzeit zu besorgen.

Freitag war Bandprobe. Seine Entschlossenheit hatte ihm neue Energie gegeben und er hatte Hoffnung, sich bei der Probe endlich wieder konzentrieren zu können. Die ganze vergangene Woche über hatte er Tamara nicht angerufen. Zwar war er ungeduldig, aber er wollte damit demonstrieren, dass er ihren geforderten Freiraum respektierte. Sie hatten sich allerdings hin und wieder mal geschrieben, wenn auch knapp und etwas nichtssagend. Die Umschiffung des riesigen Elefanten im Raum ließ wenig Platz für Gesprächsthemen. Aber egal, nächste Woche würde der Elefant ausgiebig besprochen werden. Bis dahin musste er eben durchhalten.

Flo und Thorsten hatten von der ganzen Misere bisher noch nichts mitbekommen und Bastian, dem er sich als Einzigen anvertraut hatte, war der gleichen Meinung wie er: Er wollte es den anderen erst sagen, wenn mit Tamara alles geklärt war. Die beiden merkten eh nichts, denn sie waren zu beschäftigt damit, die neue Frisur zu kommentieren, die sich Rick an diesem Vormittag hatte verpassen lassen.

Sein Tatendrang hatte ihn schnurstracks zu ‚Margits Frisurstuberl' geführt. Seit er Tamaras Eltern kennengelernt und sich so unwohl und ungepflegt gefühlt hatte, ging ihm eine Typveränderung nicht mehr aus dem Kopf. Und so hatte er es spontan umgesetzt.

„Ach du Scheiße!", war Thorstens erste Reaktion.

Na, das klang ja vielversprechend.

„Warum?", fragte Flo mit entgeistertem Gesichtsausdruck.

„Na ja, ich wollte mal was Neues ausprobieren", rechtfertigte sich Rick.

„Mit den heiligen Rick-Haaren?" Flo wirkte nach wie vor entsetzt.

„Ich werd auch nicht jünger. Ich bin mir langsam kindisch vorgekommen mit den halblangen Haaren. Bin schließlich kein jugendlicher Rebell mehr."

„Du bist Anfang dreißig, Mann! Du bist doch noch nicht alt!", rief Thorsten.

„Ich wusste gar nicht, dass ihr so an meiner Frisur hängt", sagte Rick und musste nun doch lachen. Zu komisch waren die entsetzten Gesichter der beiden.

„Du bist der Einzige von uns, der seinen speziellen Style auch durch den Berufsalltag bekommt", erklärte Thorsten. „Ich beneide dich darum. Du musst es niemandem recht machen. Ich würde das auch gerne können, aber das kann ich in der Steuerkanzlei so was von vergessen."

„Und ich würde optisch auch so gerne aus mir herausgehen!", rief Flo aus.

„Du trägst einen Vollbart, Mann", mischte sich Bastian lachend ein. „Oder gibt es etwas, das du deinen Schülern und dem Lehrerkollegium nicht zumuten kannst?"

„Ich hätte am liebsten dazu noch entweder einen Zopf aus langen Haaren oder einen glattrasierten Kopf", antwortete Flo ernst.

„Hä?", machte Thorsten.

„Ja, hast richtig gehört. Und der Basti hier", Flo deutete auf den Polytech-Firmenchef, „würde sich optisch sicherlich auch mehr ausleben wollen, oder?"

„Klar. Ich wollte immer ein halbtätowiertes Gesicht", antwortete Bastian frech. „Nee, Schmarrn. Die immerbrave Frisur nervt mich schon. Ich nehme mir aber heraus, wenn ich keine Termine habe, mich auch mal nicht zu kämmen. Eventuelles Getuschel meiner Mitarbeiter übergehe ich mit Würde." Die vier hielten sich vor Lachen die Bäuche. Es tat so gut. Wie Rick die drei liebte!

„Im Ernst", sagte Bastian, der sich als Erster wieder beruhigt hatte. „Geht scho, Rickimaus. Ist eben ungewohnt, wenn du so spießig mit kurzen Haaren und ohne Bart auftauchst. So ein bisschen dirty war eigentlich immer ganz cool an dir. Aber wir werden uns schon daran gewöhnen."

„Auf jeden!", rief Flo und auch Thorsten stimmte zu und klopfte ihm fest auf die Schulter.

Bevor sie mit der Probe beginnen konnten, stellte sich Rick erst die Drums ein. In der letzten Zeit hatten sie immer Songs geprobt, bei denen Bastian am Schlagzeug saß, aber heute sollten einige ruhigere Stücke drankommen und so wechselten sie. Rick stellte sich die Sitzhöhe ein und rückte etwas an den Toms, um sie in gewohnte Reichweite zu bringen. Er schlug ein paar Takte von ‚In the Air Tonight' von *Phil Collins* an und hielt schließlich zur Bestätigung den Daumen hoch.

Sie versuchten sich heute zum ersten Mal an einer eigenen Version des Songs und unterbrachen oft, bevor sie endlich zu der Stelle kamen, an dem Ricks Part etwas intensiver wurde. So hatte er leider viel zu viel Zeit und Raum zum Grübeln. Es beschlich ihn das Gefühl, dass Unheil in der Luft lag. So verpasste er ständig seine Einsätze und Bastian verkündete schließlich eine Pause. Während Thorsten und Flo zur Couch gingen und sich auf dem Weg dorthin je ein Bier aus dem kleinen Kühlschrank nahmen, kam Basti zu Rick hinter die Drums und ging neben ihm in die Hocke.

„Willst du reden?", fragte er mit besorgter Miene.

„Nee", meinte Rick und winkte ab. „Ich bin unkonzentriert und ich krieg grad ein ungutes Gefühl irgendwie. Als würde etwas nicht stimmen."

„Ach was", sagte Bastian und klopfte ihm aufmunternd aufs Bein. „Das bildest du dir wahrscheinlich ein. Liegt vielleicht auch am Song. Ich meine, der Text ..." Er zog vielsagend die Augenbrauen nach oben.

„Hast sicher recht. Könnte am Song liegen. Könnten wir was anderes spielen?"

„Klar. Irgendwelche Wünsche? ‚Waiting on a War'?" Er zwinkerte. „Oder vielleicht besser ‚Walk'."

„Alles klar, machen wir. Aber vorher genehmige ich mir auch ein Bier."

Bei den anderen angekommen, ließ sich Rick auf die Couch neben Flo fallen und öffnete seine Flasche an der Tischkante. Der alte Holzcouchtisch sah mittlerweile am Rand aus wie angefressen, so viele Kronkorken waren schon an ihm abgeschlagen worden. Aber Thorsten, der den Tisch bei der Auflösung seines Jugendzimmers zur Probenraumausstattung beigesteuert hatte, meinte immer, er liebe jede Kerbe an ihm.

Er war außerdem über und über mit Sprüchen, Songzitaten und Kritzeleien verziert. Ein Totenkopf prangte neben dem Spruch ‚Keep on going!'. Wer das eingeritzt hatte, wusste Rick nicht mehr. Hätte er sein können, immerhin hatte er diverse düstere Phasen in seinem Leben hinter sich. Sein Zeigefinger fuhr die groben Linien nach.

Die Vibration seines Handys ließ ihn zusammenzucken. Es tanzte hektisch über den Tisch. Sein Herz blieb kurz stehen, als er den Namen des Anrufers sah. Tommy. Beunruhigung kehrte zurück und in seiner Kehle kribbelte es unangenehm, als er den Anruf annahm.

„Servus, Tommy! Was verschafft mir die Ehre?", rief er bemüht fröhlich ins Handy.

„Rick! Ich weiß jetzt nicht, wie ich es am besten sagen soll." Tommy wirkte aufgebracht.

„Was ist passiert?" Das Kribbeln in der Kehle wurde zu einem deutlichen Klopfen in seiner Stirn. Das verhieß nichts Gutes. Und er behielt recht.

„Tamara ist verschwunden."

‚Keep on going!' verschwamm vor seinen Augen. Der Totenkopf grinste ihn höhnisch an.

„Rick? Bist du noch dran?"

„Was meinst du mit verschwunden?" Er bekam die Worte kaum heraus.

„Sie ist nicht da. Hat ihre Reisetasche mitgenommen. Und ihr Handy ..." Tommy stockte.

„Was ist mit ihrem Handy?" Ihm wurde kalt.

„Sie hat es auf dem Bett liegen lassen."

„Du willst also sagen ...", versuchte er es zu wiederholen. Vielleicht würde Tommy ja widersprechen. Tat er aber nicht. „Du willst sagen, dass Tamara eine Reisetasche gepackt hat, verschwunden ist und ihr Handy dagelassen hat?"

Thorsten und Flo blickten verständnislos drein, aber Bastian hatte sich die Hand vor den Mund geschlagen.

„Hat sie vorher nichts gesagt?", fragte Rick. Seine Hände begannen zu beben.

„Nein. Ich hatte gehofft, dass du was weißt. Scheiße", sagte Tommy mit Verzweiflung in der Stimme. „Was macht sie denn?"

„Maike", rief Bastian plötzlich. „Ich ruf sie an. Die muss was wissen." Hektisch kramte er in seiner Jeans nach dem Handy.

„Basti ruft Maike an", kommentierte Rick für Tommy.

„Das ist gut", meinte der. „Die hätte ich eh als Nächstes angerufen."

„Schatz?", rief Bastian in sein Handy. „Weißt du, wo Tamara sein könnte? Tommy sagt, sie hätte 'ne Reisetasche gepackt, ihr Handy dagelassen und wäre verschwunden. Ich mach dich laut."

„Ich mach dich auch laut, Tommy", sagte Rick.

„Sie hat mir nichts gesagt. Was genau ist denn vorher passiert?", hörten sie Maike am anderen Ende von Bastians Handy.

„Hey Maike", rief Tommy aus Ricks Telefon. „Sie war so verschlossen wie immer in letzter Zeit. Ich habe sie gestern zuletzt gesehen, als sie von der Arbeit kam, kurz bevor ich in den Club bin. Sie meinte, sie hätte schon gegessen, und ist in ihr Zimmer abgedampft. Das war alles. Ich hab ziemlich lange geschlafen heute und dachte, ich hätte nicht mitbekommen, wie sie von der Arbeit gekommen ist. Und da bin ich in ihr Zimmer. Ihre Schränke standen alle offen, die Reisetasche war weg und auf dem Bett lag ihr Handy."

„Das hat sie noch nie gemacht. Jetzt mach ich mir echt Sorgen. Kannst du mal beim Laden vorbeischauen? Und wenn sie da nicht ist, ruf bitte bei ihren Eltern an, Tommy. Ich frag derweil meine Eltern, vielleicht wissen die was."

„Okay, ich lauf schnell hin. Ich melde mich wieder. Bis dann", sagte Tommy und Ricks Telefon meldete, dass er aufgelegt hatte.

„Ich leg auch auf", sagte Maike und einen Wimpernschlag später leuchtete Bastians Handy bei der Verbindungstrennung auf.

„Hä? Ich versteh gar nicht, was ...", begann Thorsten.

Rick unterbrach ihn. „Tamara ist schwanger. Und ich habe das Gefühl, dass sie mit der Situation nicht klarkommt."

Flo und Thorsten blickten ihn mit aufgerissenen Augen an.

„Sie ist seltsam und abweisend geworden in letzter Zeit. Da ist sicherlich noch mehr im Busch. Sie hat mich vorige Woche um Bedenkzeit gebeten bis zum nächsten Wochenende, dann will sie mir sagen, wie es weitergehen soll."

„Will sie das Kind nicht?"

„Doch, das ist nicht das Problem. Ich weiß auch nicht genau, was los ist. Aber ich glaube, es hat was mit ihrem eigentlich geplanten Lebensentwurf zu tun und den Veränderungen, die jetzt zwangsläufig auf sie zukommen. Wie gesagt, sie will nächste Woche mit mir reden, aber nun ist sie abgehauen."

„Ach du Scheiße", sagte Thorsten.

„Hey!", rief Flo auf einmal, als wäre ihm eben etwas eingefallen. „Dann wirst du Vater!"

„Jopp", sagte Rick knapp.

„Wow!", riefen Thorsten und Flo gleichzeitig.

„Wartet mit Gratulationen aber bitte noch, bis die Mutter meines Kindes wieder aufgetaucht ist", sagte Rick und brachte sogar ein schiefes Grinsen auf die Lippen. In dem Moment blinkte Bastians Handy erneut auf.

„Hi!", rief Maike aus dem Lautsprecher. „Meine Eltern wissen nichts. Wenn Tommy jetzt auch nichts weiter herausfindet, fahre ich heute Abend noch nach Frankfurt. Vielleicht kann ich da was rausfinden."

„Ich komme natürlich mit!", rief Rick.

„Ich werde euch fahren", sagte Bastian bestimmt. „Ihr braucht einen Fahrer, der einen kühlen Kopf bewahrt. Ihr seid mir zu aufgebracht." Rick warf Bastian einen dankbaren Blick zu. Er wünschte jedem einen solchen Freund.

„Äh, ich will mich nur ungern einmischen, aber was ist, wenn Tamara auf dem Weg hierher ist?", fragte Flo. „Könnte das nicht sein? Ihr düst alle nach Frankfurt und sie steht hier allein vor Ricks Haus."

„Scheiße, du hast recht", sagte Bastian.

„Dann werde ich einen Zettel an die Tür heften und den Hausschlüssel deponieren. Warten wir noch ab, was Tommy berichtet", sagte Rick und genehmigte sich einen riesigen Schluck Bier. Angespannte Stille trat ein, in der die Anwesenden alle auf Ricks Handy starrten. Auch Maike sagte nichts. Einige Augenblicke später blinkte es tatsächlich auf. Tommy.

„So. Ich bin beim Laden. Der ist abgeschlossen, drinnen ist kein Licht. Also bin ich mit dem Ersatzschlüssel rein. Sie ist nicht da und es gab auch keinen Hinweis darauf, wohin sie verschwunden sein könnte. Ich mach mich jetzt wieder auf den Heimweg." Man hörte ihn keuchen. Er schien schnell zu laufen. „Hab grad mit Tante Sabine telefoniert. Die wissen auch nichts. Hab dann gleich noch bei meiner Mutter angerufen. Fehlanzeige. Mehr Leute fallen mir nicht ein. Was machen wir denn jetzt?"

Rick spürte seinen Herzschlag im ganzen Körper. Hatte er doch gehofft, dass Tommy sie finden würde.

„Wir kommen zu dir, Tommy", sagte Bastian. „Ich packe Rick und Maike ein und wir fahren heute noch nach Frankfurt. Wir finden sie."

„Okay, das ist gut. Ich hab nämlich echt Schiss irgendwie. Und ich muss später noch in den Club, aber ihr könntet derweil ihr Zimmer und den Laden nach Hinweisen absuchen. Vielleicht ist sie auf so ein Yogaseminar gefahren oder so und hat 'nen Flyer liegen lassen."

„War ihr Handy denn an?", fragte Maike über den Lautsprecher.

„Nein, war leider aus. Ich kenne ihre PIN nicht. Du?"

„Nein, ich auch nicht. Wir packen jetzt unsere Sachen und fahren los. Wir sprechen uns spätestens morgen früh", sagte Maike.

„So machen wir es. Bis dann. Haltet mich auf dem Laufenden", beendete Tommy das Gespräch.

Suche

Schnell fuhr Rick nach Hause und stopfte sich in Windeseile seine Reisetasche wahllos mit Klamotten voll. Zahnbürste, Handyladekabel und Geldbeutel flogen dazu, mehr fiel ihm spontan nicht ein. Kaum war er wieder im Flur angelangt, hupte es draußen schon. Hastig schrieb er zwei Zettel. Einen mit seiner Handynummer und „Ruf an!", den er neben das Festnetztelefon legte und einen mit „Rudi lässt dich rein. Er steht da drauf." Er zog sich Jacke und Schuhe an, schulterte seine Tasche und verließ eilig das Haus. Dort spießte er den zweiten Zettel an einen Nagel, der neben der Klingel aus der Wand ragte.

Er war beinahe bei Bastians BMW angekommen, da stockte er. Hatte er ein Licht angelassen? Egal. Er signalisierte den beiden im Wagen, dass er noch zur Scheune musste. Dort öffnete er das Tor, packte sich einen faustgroßen Stein vom Boden, deponierte den Ersatzschlüssel, so weit es ging, unter Rudis Vorderrad und legte den Stein drauf. Das Scheunentor zog er zu, ließ es aber unverschlossen. Würde schon keiner was klauen. Schwungvoll stieg er hinten in das Auto.

„Servus, Maike", sagte er zur Beifahrerin.

„Servus, Rick. Ich wünschte, wir würden uns unter besseren Umständen treffen."

„Ja, wünschte ich auch."

Kaum war er angeschnallt, gab Bastian Gas und sie ließen Haus und Wald schnell hinter sich. Die meiste Zeit der Fahrt hingen alle ihren Gedanken nach. Nach etwas mehr als einer halben Stunde stellte Bastian die Frage, die Rick bisher noch nicht zu stellen gewagt hatte.

„Schatz, meinst du, dass sich Tamara etwas angetan hat?"

„Auf keinen Fall!", antwortete Maike sofort und entschieden. Rick atmete auf. „Das würde sie nicht tun! Niemals!" Sie zögerte. „Aber ich kann nicht ausschließen, dass sie vielleicht abgehauen ist." Sie drehte sich im Sitz um und blickte Rick an. „Aber ich glaub das eigentlich nicht. Ich denke, sie ist kurz untergetaucht, um in Ruhe über alles nachdenken zu können. Das wird es sein."

„Ich hoffe, du hast recht und es führt zu einer Entscheidung, die auch für mich gut ist."

Maike lächelte ihn traurig, aber verständnisvoll an. „Das denke ich schon. Ich wünsche es dir von Herzen. Und ihr auch."

„Meint ihr, sie hängt gedanklich fest?", fragte Rick.

„Wie meinst du das?", wollte Maike wissen.

„Jeder geht davon aus, dass sie aus Frankfurt wegmuss. Keiner gesteht ihr zu, dass sie das vielleicht überhaupt nicht will. Klar, ich habe Geschäft und Haus und alles, aber wenn sie nicht wegwill, bringt uns das in eine echte Zwickmühle. Für sie gibt es dann nur Frankfurt und alles verlassen oder mich verlassen. Möglicherweise will sie aus der Gedankenmühle raus. Weil sie dazu keine Entscheidung treffen kann. Ich sag es euch ehrlich, ich wäre tief verzweifelt, wenn ich nur diese beiden Möglichkeiten hätte."

„Hm", machte Bastian und Maike senkte betroffen den Blick.

„Es bricht mir echt das Herz", sagte Rick und schluckte schwer, „wenn ich sie dadurch verletze und ihr in dieser Entscheidung keine vernünftige Alternative anbieten kann."

„Ich glaube, das weiß sie, Rick. Mach dich nicht fertig. Und so sehr hängt sie nicht an Frankfurt, es zieht sie schließlich immer wieder raus in die Natur. Sie ist kein Mensch für die Großstadt."

Maike streckte ihre Hand nach Ricks Bein aus und tätschelte es freundschaftlich. „Mir kommt es so vor, als stecke da noch etwas anderes hinter ihrem Verhalten."

„Was denn?", fragte Rick verzweifelt.

„Keine Ahnung. Nur so ein Gefühl."

„Liebt sie mich nicht?"

„Liebe ist sicher nicht das Problem. Ich habe sie schon ewig nicht mehr so verliebt gesehen, Rick."

Rick atmete tief durch, bevor er weitersprach. „Ich habe meine Mutter vergöttert und meinen Vater über alles geliebt. Er hatte es so schwer, nachdem sie tot war, und mir hat er nie wirklich gezeigt, wie wichtig ich ihm war. Aber ich wusste es, wir mussten es uns nicht sagen. Als auch er starb, ist in mir etwas kaputtgegangen. Mir fehlt das Vertrauen in geliebte Menschen, dass sie immer bei mir sein werden. Und Angst kam dazu, dass ich wieder jemanden verlieren könnte, der mir etwas bedeutet. Frag Bastian, ich war nie sonderlich beziehungsfähig. Bevor es richtig ernst werden konnte, hab ich die Biege gemacht. Und jetzt ..." Er brach kurz ab und wischte sich mit zitternder Hand die Tränen aus den Augen, die sich gegen seinen Willen auf den Weg gemacht hatten. Maike seufzte laut und fuhr sich ebenfalls mit dem Handrücken über die Augen. „Jetzt hab ich einfach nur Angst, Tamara zu verlieren."

„Bleib zuversichtlich, Rick", sagte Bastian leise. „Egal, was passiert, wir sind für dich da. Du bist nicht allein."

„Okay", war das Einzige, das er herausbrachte, bevor ihn die Tränen übermannten. Maike drehte sich schniefend wieder nach vorne und ließ ihn in Ruhe weinen.

In der darauffolgenden langen Zeit des Schweigens ging er in Gedanken durch, was er über das spurlose Verschwinden von Menschen so gehört hatte. Die Zahl der aktuell Vermissten schwankte immer so um die zehntausend. Mal waren es mehr, mal weniger. Die wenigsten blieben vermisst, meist wurden die Personen nach Tagen oder Wochen gefunden. Er hatte mal gehört, dass die Polizei nur die Suche aufnahm, wenn Leib und Leben der Person bedroht waren. Es würde also keinen Sinn machen, Tamara als vermisst zu melden. Sie durfte schließlich gehen, wohin sie wollte, und musste niemandem Rechenschaft ablegen.

Dass sie es tatsächlich nicht getan hatte, machte ihn rasend vor Wut. Was hatte sie sich nur dabei gedacht? Hatte sie sich von ihm unter Druck gesetzt gefühlt? Hatte er sie verärgert? Enttäuscht? Vertraute sie ihm nicht? Hatte er sich zu wenig um sie gekümmert?

Seine Gedanken drehten sich während der Fahrt unaufhörlich. Leise spielte das Radio und hin und wieder wechselten Maike und Bastian ein paar Worte miteinander. In der Dunkelheit jenseits seines Fensters wechselten sich Licht und Schatten ab. Er verlor jegliches Zeitgefühl. Nach einem kurzen Moment der Ewigkeit wurden die Lichter draußen zahlreicher. Sie hatten Frankfurt erreicht. Ricks Herz schlug hart und schmerzhaft gegen seine Brust.

Mit Maikes Hilfe brachte Bastian das Auto ohne Navi zielsicher zur WG. Ein Parkplatz vor dem Haus war frei und während Bastian einparkte, kramte Maike schon in ihrer Handtasche nach dem Schlüssel.

„Hab noch einen behalten. Für alle Fälle", erklärte sie, als hätten Rick oder Bastian danach gefragt.

Sie rannten beinahe die Treppe hoch zur Wohnungstür. Vielleicht war sie ja wieder da? Maike und Bastian mussten das Gleiche gedacht haben. Alle drei riefen in der Wohnung Tamaras Namen, sobald Maike sie eingelassen hatte. Rick stürmte zu ihrem Zimmer und riss die Tür auf. Leer. Das Herz, das ihm gerade eben noch bis in die Kehle geschlagen hatte, verstummte kurz. Resigniert ließ er sich auf ihr Bett sinken, vergrub das Gesicht in den Händen und schüttelte den Kopf. Er spürte, wie sich jemand neben ihn setzte.

„Wir finden sie. Jetzt trinken wir mal einen Tee und dann machen wir einen Schlachtplan. Komm!" Bastian klopfte ihm fest auf die Schulter, stand auf und verließ Tamaras Zimmer. Rick atmete tief durch, hob den Kopf und ging schließlich auch rüber in die WG-Küche.

Der Tee tat gut. Sie diskutierten ein wenig über das weitere Vorgehen. Rick wollte gleich alles nach Hinweisen absuchen, aber Maike meinte, sie würde am liebsten erst am nächsten Morgen anfangen. Es war immerhin schon nach Mitternacht.

„Wir sind doch alle so müde, dass wir vielleicht was übersehen. Ich schlage vor, dass wir uns jetzt schlafen legen. Bastian und ich werden in meinem alten Bett in Tommys Schrank übernachten, du legst dich in Tamaras Zimmer. Wenn wir wieder etwas bei Verstand sind, wird uns die Suche leichter fallen. Und Tommy ist dann auch da, der kann sicherlich noch einiges Hilfreiches beitragen."

Erst wollte Rick widersprechen, doch schließlich lenkte er ein. Sie hatte recht. Eine kopflose Suche würde nicht zum Erfolg führen. Er verabschiedete sich von den beiden und schlurfte in Tamaras Zimmer. Seufzend ließ er sich auf ihr Bett fallen. Jetzt erst bemerkte er, dass er seine Schuhe noch anhatte. Er zog sie sich von den Füßen und ließ sie dort liegen, wo sie hinfielen. Die Mühe, seine Jeans auszuziehen, machte er sich nicht. Dafür war einfach keine Kraft mehr übrig. Der Duft, der aus ihrem Bettzeug stieg, überwältigte ihn. Die Bettdecke und das Kissen fest umschlungen, starrte er in die Dunkelheit.

Wo konnte sie nur sein? Wenn sie nicht bei Freunden oder Verwandten war, wo konnte es sie dann hingezogen haben? Gab es sonst einen Ort, an den sie gehen konnte? Er zermarterte sich das Gehirn nach Hinweisen, Aussagen, Andeutungen. Mittlerweile war er so müde, dass er seine Augen nicht mehr offen halten konnte, aber an Schlaf war nicht zu denken. Seine Gedanken fuhren in einem wilden Karussell mit Tamara als Zentrum.

Er ging die vergangenen Wochen noch mal durch. Ihr Kennenlernen, die Wanderung, ihre erste Nacht zusammen. War es da vielleicht schon passiert? War sie da schwanger geworden? Gezeugt im Zoiglrausch sozusagen. Seine Mundwinkel hoben sich leicht bei dem Gedanken, was sein Cousin dazu sagen würde. Aber die Trübsal hatte ihn im nächsten Augenblick bereits wieder fest im Griff.

Hatte sie der Besuch bei seiner Familie abgeschreckt? War der Gedanke, zu ihm zu ziehen, in die Provinz, mit einem teils sehr unnahbaren Menschenschlag, so schlimm für sie? Eventuell ging es auch einfach zu schnell. Sie hatten bisher kaum einen Beziehungsalltag erlebt. Vielleicht hatte sie ja Angst, dass sie ihre Gefühle nicht in ihr normales Leben würden übertragen können.

Oder es war die Andeutung, dass sie eigentlich gedacht hatte, keine Kinder bekommen zu können. Könnte es nicht sein, dass der Schock, entgegen aller Überzeugung doch schwanger zu sein, bei ihr diese Reaktion hervorgerufen hatte? Er würde morgen gleich Frank anrufen. Möglicherweise konnte der Psychologe ihm da weiterhelfen.

Und dann war da diese Schlägerei. Äußerlich war zwar nicht mehr allzu viel davon zu sehen, aber wie es innerlich bei ihr aussah, hatte er bisher nicht recht ergründen können. Es kam ihm vor, als würde Tamara alle Krisen, die ihr begegneten, nur mit sich ausmachen und sich niemandem anvertrauen. Es schien, als würde sie sich bei Problemen in sich selbst zurückziehen.

Auch dieser mysteriöse Besucher in ihrem Laden kam ihm wieder in den Sinn. Das hatte sie eindeutig wütend gemacht, das Geschäft lief schließlich nicht besonders. Was, wenn sie Schulden bei dem Typen hatte? Oder war sie einfach noch nicht so weit, alles aufzugeben? Alles, was sie hier erreicht hatte, zurückzulassen? Ging es ihr zu schnell? Nun, ihm wäre es ohne den Zeitdruck durch die Schwangerschaft auch lieber gewesen.

Liebte sie ihn womöglich gar nicht? Gesagt hatte sie es nie und auf seine Bekundung hin hatte sie nichts erwidert.

Aber das hatte er alles schon unzählige Male durchgekaut. Er versuchte, sich von den Gedanken zu befreien und ein bisschen zu schlafen. Währenddessen drangen die Grundgeräusche der Großstadt immer lauter an sein Ohr. Zuerst nahm er nur Laute aus dem Haus wahr. Eine Tür, die zufiel, leise Musik, gelegentlich eine Stimme, Gemurmel. Mit der Zeit wurde sein Gehör weit. Die Geräusche der Autos auf den umliegenden Straßen, Autotüren wurden zugeschlagen, einmal fuhr ein Wagen mit lauter Musik vorbei. In der Ferne konnte er das Grölen Betrunkener hören, die Hydraulik eines Linienbusses zischte. Die Innenjalousien vermochten kaum, die Lichter der nächtlichen Stadt auszusperren.

Er fühlte sich, als würde er in einem Bienenstock liegen, der nie zur Ruhe kam. So musste es Tamara auch oft gehen. Gerade als draußen ein Fahrzeug mit Sirene und Blaulicht vorbeipreschte, kam ihm eine Idee. Was, wenn Tamara hier bisher nicht in der Lage gewesen war, einen klaren Gedanken zu fassen, zur Ruhe zu kommen? Wie konnte man inmitten so vieler Störungen eine wichtige Entscheidung treffen? Sie hatte immer wieder betont, wie gut ihr die Stille bei Rick zu Hause täte und welche Bedeutung für sie Ruheinseln hätten. Hatte er nicht deshalb diese Plattform in seinem Garten gebaut?

Sie war zu einem dieser Retreats gefahren. Da war er sich plötzlich sehr sicher. Aber zu welchem? Das war sein letzter Gedanke, bevor er vor Erschöpfung wegdämmerte.

„Ich glaube, ich weiß, wo sie ist", sagte Rick sofort, als die anderen beiden die Küche betreten hatten. Er war schon länger wach. Nach nur vier Stunden Schlaf war er wieder aufgewacht und hatte sich erstaunlich frisch gefühlt. Voller Tatendrang und Zuversicht.

„Und wo?", rief Maike, während sie die Hand von Basti neben sich packte.

„Sie muss bei einem dieser Retreat-Wochenenden sein. Sie hatte letzte Woche zu mir gemeint, dass sie in Ruhe über alles nachdenken wollte. Als ich gestern im Bett lag und fast verrückt wurde von dieser andauernden Geräuschkulisse der Stadt, kam mir die Idee, dass das für sie in letzter Zeit bestimmt auch unerträglich gewesen sein muss."

„Du könntest recht haben", meinte Maike.

Bastian reichte ihr einen der beiden Kaffees, die er eben aus der Maschine gelassen hatte.

Rick hatte sicherlich schon die fünfte Tasse vor sich stehen. Seit er wach geworden war, suchte er im Internet nach entsprechenden Veranstaltungen, die an diesem Wochenende stattfanden. Da Tamara kein Auto hatte, war sie bestimmt mit der Bahn gefahren, also musste der Veranstaltungsort in der Nähe eines Bahnhofes liegen. Er hatte bereits eine Auswahl an Kursen ausgearbeitet. Im Prinzip wartete er nur noch, dass er endlich würde anrufen können. Vor acht Uhr am Morgen würde sicher keiner abheben. Wenn es sein musste, würde er bei jeder Veranstaltung für Yoga und Meditation, die an diesem Wochenende stattfand, nachfragen.

„Lass uns noch mal in ihrem Zimmer suchen. Vielleicht hat sie ja irgendwo eine Nummer oder eine Adresse aufgeschrieben", meinte Bastian.

„Machen wir das", sagte Maike, stellte ihre halb volle Tasse ab und verließ mit Basti die Küche.

Auch Rick erhob sich. Sein Blick fiel auf den Kühlschrank. Dort waren mit Magneten allerhand Notizen und Flyer angebracht, unter anderem ein Zettel mit einer Telefonnummer, mit eiligen Fingern hingekritzelt. ‚Delia anrufen!', stand darunter. Das war Tamaras Schrift, er hatte sie in ihrem Laden auf den Warenetiketten gesehen. Etwas krakelig, aber normalerweise gut lesbar. Er hatte sich damals schon darüber gewundert und gedacht, dass die Schrift so überhaupt nicht zu Tamara passte.

Vielleicht wusste diese Delia etwas. Er stand auf und nahm den Zettel vom Kühlschrank. Maike sah von Tamaras Schreibtisch auf, über den sie gebeugt stand, als er das Zimmer betrat. Bastian lag auf dem Boden und suchte unter dem Bett alles ab.

„Ich hab hier eine Telefonnummer von einer Delia. Kennst du die?", fragte Rick Maike.

„Nee, hab ich leider noch nie gehört. Meinst du, das ist eine Spur?"

„Vielleicht", meinte Rick schulterzuckend. „Mir ist jeder Anhaltspunkt recht. Möglicherweise ist sie eine Kursleiterin."

Bastian war währenddessen unter dem Bett hervorgekrochen. „Fragen kost ja nix", sagte er. „Ruf mal an."

Es klingelte lange, bis abgehoben wurde.

„Ja?", wurde am anderen Ende in den Hörer gerufen.

„Hallo?", fragte Rick. „Spreche ich mit Delia?" Im Hintergrund bei seiner Gesprächspartnerin brandete tumultartiger Lärm auf. Das war sicherlich kein Retreatseminar.

„Was? Ich versteh nicht!"

„Spreche ich mit Delia?", rief Rick in das Handy, hart an der Grenze zum Schreien.

„Ja, hier ist Delia Sandu. Wer ist dran?"

„Ich bin Richard Wolfrum. Ich suche Tamara Huber. Kennen Sie sie?"

„Ich kenne Tamara. Ist das Mädchen, das geschlagen wurde. Wieso Sie suchen sie? Wer sind Sie? Polizei? Passt Aussage nicht?" Sie war wohl in einen anderen Raum gewechselt. Das Geschrei im Hintergrund wurde leiser. „Tschuldigung", meinte sie. „Kinder streiten wegen Frühstück."

„Kein Problem", antwortete Rick, wieder in normaler Lautstärke. „Ich bin Tamaras Freund. Sie ist verschwunden und ich suche sie. Ich habe Ihre Nummer an ihrem Kühlschrank gefunden und dachte, ich probiere mal mein Glück."

„Warum ist verschwunden?", fragte Delia mit besorgtem Ton. Jetzt erkannte Rick auch einen osteuropäischen Akzent. Das musste die Frau sein, die Maike in der Drogerie vor den Mädchen gerettet hatte.

„Ich weiß es leider nicht. Sie war komisch in letzter Zeit und wollte ihre Ruhe. Haben Sie in der letzten Woche zufällig mit ihr gesprochen?"

„Gestern früh war sie bei mir. Ist vorbeigekommen, um zu sagen Danke für Rettung gegen die wilden Mädchen."

Eine Spur! Rick richtete sich auf.

„Gestern früh?", rief er aufgeregt. Maike und Bastian horchten auf.

„Ja. So neun Uhr. Hatte Tasche dabei. Wollte noch zum Bahnhof. Hat mir Blumen gebracht und Gutschein von Drogerie. Wir haben Tee getrunken und kurz geredet, aber dann musste ich Tochter in Kindergarten bringen und sie ist gegangen."

„Wann ist sie ungefähr los?", fragte Rick nach.

„So halbe Stunde." Also war sie mindestens bis halb zehn noch in Frankfurt gewesen. Und sie wollte einen Zug erreichen. Dann hatte sie sich nichts angetan. Er atmete erleichtert auf.

„Wie war sie so? War sie traurig? Ängstlich? Fröhlich?", fragte er.

„Weiß nicht recht. Ernst, aber nicht traurig. Kann nicht genau sagen. Hat mir erzählt, dass sie bekommt ein Kind. Ich habe gratuliert. Hat noch gefragt, wie es ist mit Kinder. Ob ich auch mal habe Ruhe. Muss man sich nehmen, hab ich gesagt. Aber ist möglich. War bei Angriff schon schwanger? Wissen Sie?", fragte sie mit besorgtem Ton.

„Ja, da war sie schon schwanger. Sie haben also nicht nur sie gerettet. Ich weiß gar nicht, wie ich Ihnen das jemals danken soll."

„Ist doch klar. Muss man machen."

„Aber das macht nicht jeder. Leider."

„Verstehe nicht, warum ist verschwunden. Hat nix gesagt, dass sie in Schwarzwald will?"

„Schwarzwald?" Rick sprang auf.

„Ja. Wollte Zug in Schwarzwald. Wollte nicht verpassen, weil nicht viele fahren."

„Delia, Sie sind ein wahrer Engel!", rief Rick. Eines der Seminarwochenenden, die er recherchiert hatte, fand im Schwarzwald statt. Da musste sie sein. Hundertprozentig. „Ich werde Ihnen das tausendfach zurückzahlen! Sie haben mir unfassbar weitergeholfen. Ich melde mich bei Ihnen, wenn ich sie gefunden habe. Machen Sie es gut, liebe Delia!"

Er legte auf. Sein Kopf glühte. Maike und Bastian schauten ihn voller Spannung und Hoffnung an.

„Sie muss im Schwarzwald sein. Da findet gerade so ein Seminarwochenende statt. Das hatte ich bei meiner Internetsuche gesehen und Delia meinte, sie hätte einen Zug in den Schwarzwald erreichen wollen."

„Gott sei Dank!", rief Maike. „Hast du eine Nummer von denen?"

„Ja. Moment." Rick scrollte durch die Screenshots, die er mit seinem Handy von den infrage kommenden Seminarwebsites gemacht hatte. Schwarzwald, Schwarzwald, Schwarz... Da! Yoga-Retreatzentrum im Schwarzwald. Er tippte die Nummer in sein Handy. Es klingelte. Lange. Keiner hob ab.

„Geht keiner ran", sagte Rick enttäuscht.

„Dann probier es später noch mal", meinte Bastian.

„Nein!", sagte Rick entschieden. „Ich werde hinfahren."

„Du weißt doch gar nicht, ob es das Richtige ist", warf Maike ein.

„Doch, das muss es sein. Ich fühl es irgendwie."

„Puh, ist aber etwas wenig, meinst du nicht?", fragte Bastian. Sein Gesichtsausdruck sprach Bände, was er über Ricks Idee dachte.

„Selbst wenn ich dort anrufe, könnte es sein, dass sie sich verleugnen lässt. Und ich will sie nicht am Telefon sprechen. Ich muss ihr dabei ins Gesicht sehen können."

„Ich hab halt echt Schiss, dass du da jetzt stundenlang hinfährst und sie ist da gar nicht", meinte Bastian.

„Und wenn sie absichtlich gegangen ist, ohne etwas zu sagen, meinst du nicht, dass es sie abschrecken oder verärgern könnte, dass du sie aufgespürt hast?", warf Maike ein.

„Hm", machte Rick. „Stimmt zwar irgendwie. Aber ich glaube, mein plötzliches Auftauchen drückt die Verzweiflung aus, die ich empfinde, oder? Vielleicht redet sie dann endlich mit mir. Ich glaube, am Telefon verärgert es sie mehr und sie kann wieder verschwinden. Das muss ich auf jeden Fall verhindern."

„Na gut", sagte Maike. „Aber du hast kein Auto dabei. Wie willst du da hinkommen?"

„Ich nehm Bastis", antwortete Rick mit einem fragenden Blick auf Bastian, der zusammenzuckte, als er verstand, was Rick von ihm wollte.

„Nee, vergiss es. Wie sollen wir dann wieder nach Hause kommen?"

„Ich bin heute Abend zurück."

„Warum leihst du dir denn keins?", fragte Maike. „Es gibt so viele Anbieter hier in Frankfurt."

„Hab keine Kreditkarte", meinte Rick schlicht mit einem Schulterzucken. „Und mir dauert das jetzt zu lange. Ich zahl dir das auch zurück, Basti. Ich schwör's dir."

„Also gut", sagte Bastian mit deutlicher Resignation in der Stimme. „Kannst den BMW haben. Aber net rasen, gell? Und heute Abend bist du wieder da. Ob mit Tamara oder ohne, verstanden?"

„Du bist der Beste." Rick trat auf seinen Freund zu und umarmte ihn fest.

„Hey, Leute. Was gibt's Neues?" Tommy stand in der Zimmertür und beobachtete die Szene mit vom Schlaf zerzausten Haaren.

„Wir wissen jetzt, wo sie ist. Also wahrscheinlich", meinte Maike.

„Echt? Wo?" Tommy fuhr sich aufgeregt durch seine Haare.

„Schwarzwald. Yoga-Retreat", sagte Bastian knapp.

„Schwarzwald", murmelte Tommy. „Ich glaube, sie war schon mal bei so einem Seminar im Schwarzwald. Zeig mir mal den Veranstaltungsort." Rick reichte ihm sein Handy mit der geöffneten Website.

„Ja. Kommt mir bekannt vor. Der Name und auch, was sie darüber erzählt hat. So ein Zen-Garten mit einem großen Teich in der Mitte, drumherum ein Kräutergarten. Und dieser Meditationsraum mit der Buddhastatue vor dem Fenster unter dem Dach. Es hat ihr damals gefallen, soweit ich mich erinnern kann."

„Wie groß ist die Wahrscheinlichkeit, dass sie da wieder hingefahren ist?", wollte Maike wissen.

„Groß, würde ich sagen."

„Also!", rief Rick aus. „Basti, her mit den Schlüsseln! Ich fahr sofort los!"

Zen

Mit offenen Augen lag sie in der Dunkelheit und lauschte auf die Geräusche ihrer Zimmergenossinnen. Da ihre Anmeldung zum Yoga-Wochenende sehr kurzfristig erfolgt war, hatte es für sie nur noch einen Platz in einem Mehrbettzimmer gegeben, was eigentlich nicht so ihr Ding war. Zweibettzimmer gingen ja noch, aber mit drei fremden Frauen in einem Raum übernachten zu müssen, war hart an der Grenze für sie. Trotzdem mochte sie es in diesem Yogazentrum immer sehr. Nächstes Mal würde sie sich früher anmelden, dann hätte sie auch mehr Privatsphäre.

Am Ankunftstag gestern hatten sie am Abend eine anstrengende Yogaeinheit absolviert und danach eine Stunde meditiert. Anschließend war sie so müde gewesen, dass sie sofort eingeschlafen war. Auch hatte sie noch etwas Schmerzen beim Yoga, die Rippen rebellierten schon noch ordentlich. Aber sie konnte es langsam angehen lassen, denn die Yogapraxis war eher zweitrangig in diesen Tagen.

Die Besonderheit an diesem Wochenende war das Schweigen. Man sprach nur in wichtigen Momenten, wenn etwa die Aufgaben im Haus für die Aufenthaltstage verteilt wurden oder in Notfällen. Natürlich sprachen die Kursleiter bei ihren Übungseinheiten, aber die Teilnehmer waren dazu angehalten, zu schweigen. Genau das Richtige für sie in ihrer Situation, ging es ihr doch an diesem Wochenende darum, wieder zu Verstand zu kommen.

Gestern früh hatte sie endlich Delia angerufen und wollte gerade zu ihr fahren, um ihr für die Rettung im Drogeriemarkt zu danken, da war ihr der Kurs an diesem Wochenende in den Sinn gekommen. Sie hatte schon länger darüber nachgedacht, konnte sich aber nicht dazu aufraffen, sich anzumelden. Plötzlich merkte sie, dass sie einfach Abstand gewinnen und raus aus der Stadt musste. Also hatte sie angerufen und Glück gehabt, es war noch ein Platz frei. Sofort hatte sie ihre Sachen gepackt und war nach dem Besuch bei Delia direkt zum Bahnhof gelaufen.

Nach einer guten Stunde Zugfahrt wollte sie bei Tommy Bescheid sagen, wo sie war, da war ihr aufgefallen, dass sie ihr Handy vergessen hatte. Sie hatte sich den Kopf zermartert, um sich an Tommys, Maikes oder Ricks Nummer zu erinnern, aber ihr Gehirn hatte momentan so viel mit der Überforderung durch Problemlösung zu tun, dass sie aufgeben musste. Sie war aufgeschmissen ohne Handy und ihre Eltern hatten auch gerade erst ihre Nummer gewechselt, nachdem jemand von der Firma ihres Vaters seine Festnetznummer aus Versehen herausgegeben hatte. Ständig riefen irgendwelche Leute bei ihren Eltern an, also hatten sie wechseln müssen. Und die neue Nummer kannte Tamara nun wirklich nicht auswendig. In Tommys Club würde sie um diese Uhrzeit auch niemanden erreichen.

Sie hätte zurückfahren können, aber sie war schon so weit, dass ihr das dämlich vorkam. Also hatte sie nach ihrer Ankunft eingecheckt und blieb mit einem schlechten Gewissen in völliger Stille zurück. Na ja, so still war es auch wieder nicht. Eine der Frauen im Zimmer schnarchte wie ein Holzfäller. An Weiterschlafen war also nicht zu denken, da konnte sie auch aufstehen. Es machte keinen Sinn, hier auf die Weckglocke zu warten.

Leise glitt sie aus dem Bett und zog ihre Yogaklamotten an, die sie sich gestern Abend noch zurechtgelegt hatte. Auf Zehenspitzen bewegte sie sich auf die Tür zu, zog sie lautlos auf und schob sich durch den Türspalt nach draußen in den Flur.

Außer ihr schien niemand wach zu sein, also ging sie erst einmal in Ruhe zur Toilette und erledigte dort ihre Morgenroutine. Die Frau, die ihr aus dem Spiegel entgegenblickte, war blass und sah ungesund dünn aus. Sie flocht sich ihre zerwühlten Haare zu einem Zopf und wusch sich das Gesicht mit kaltem Wasser. Aber auch das half nichts, ihre Augen blickten weiter ratlos und fast panisch aus ihrem bleichen Gesicht.

Sie richtete sich auf, stellte sich seitlich und strich sich über den Bauch. Noch sah man wenig. Wenn man es nicht wusste, fiel es nicht auf. Aber so langsam spürte sie etwas, ihr Körper fühlte sich anders an. In Worte fassen konnte sie es nicht, es waren wahrscheinlich die Hormone, die das Andersgefühl hervorriefen.

Na, wenigstens war ihr nicht mehr so schlecht. In den letzten Wochen hatte ihr das zu schaffen gemacht, aber seit Mitte dieser Woche war es weg. Sonst wäre sie wohl auch nicht so spontan hierhergefahren, denn mit Morgenübelkeit in einem Mehrbettzimmer zu schlafen mit Toilette auf dem Gang oder auch nur stundenlang Zug zu fahren, stand nicht gerade auf ihrer Wunschliste.

Erneut rieb sie sich über die Augen. Das schlechte Gewissen breitete sich wie ein dünner Nebel in ihrem Körper aus, wurde dichter und stickig. Wie konnte sie nur ihr Handy vergessen? Sie war einfach abgehauen, ohne was zu sagen. Tommy und Maike machten sich sicherlich Sorgen. Und Rick erst. Wie sollte sie ihm nach dem, was sie in letzter Zeit abgezogen hatte, je wieder unter die Augen treten? Sie konnte nur hoffen, dass er bereit war, ihr zu verzeihen, wenngleich sie wusste, dass sie ihm das nicht besonders leicht machte. Vor allem mit dieser Spontanaktion hier.

Aber sie konnte nicht anders. Sie hatte so dringend eine Ruheinsel gebraucht, in der sie ihre Gedanken endlich würde hören können. Ihr Kopf schwirrte und flirrte. Es war höchste Zeit, alles zu sortieren. Das war sie ihm schuldig. Und auch sich selbst.

Sie verließ den Waschraum in Richtung Speisezimmer. Hier standen zu allen Tages- und Nachtzeiten Wasserkocher und Teebeutel bereit. Sie würde sich einen aromatischen Tee machen, den Geruch und Geschmack bewusst genießen und dann, wenn die Sonne ganz aufgegangen war, hinausgehen und einen Spaziergang im Garten machen. Vor Frühstück, Pranayama-Stunde und erster Yogaeinheit war dafür noch genug Zeit.

Aus der Tasse vor ihr dampfte es vielversprechend. Sie sog den Duft des Rooibostees ein und spürte dem Aroma nach, das sich in ihrer Nase ausbreitete und wie ein feuchter Schleier auf ihre Schleimhäute legte. Von dem Geruch völlig eingenommen, trank sie einen großen Schluck und spuckte ihn direkt wieder in die Tasse. Dass er noch zu heiß war, hätte sie ja eigentlich wissen können, aber ein Tag ohne Tollpatschigkeit war bei Tamara noch nie vorgekommen. So langsam sollte sie das gewohnt sein. Sie grinste über sich selbst, als sie die Tasse wieder am Henkel hochnahm und vorsichtig hineinpustete.

„Guten Morgen!"

Den nächsten Schluck, den sie im Mund hatte, spuckte sie nun in hohem Bogen auf den Tisch vor sich. Der laute Morgengruß ihrer Zimmergenossin, der Holzfällerin, hatte sie beinahe zu Tode erschreckt. Die schlug sich entsetzt die Hand vor den Mund.

„Tschuldigung. Wollte dich nicht erschrecken. Ach Gott! Ich soll ja gar nicht sprechen!"

Lachend winkte Tamara ab, ging zur Spüle und holte sich einen Lappen, um das Malheur zu beseitigen. Auch die andere lachte. Sie hatte anscheinend noch nicht so viel Erfahrung mit dem Schweigen. Tamara hatte solche Seminare schon ein paar Mal mitgemacht und konnte mittlerweile damit umgehen, aber die ersten Male waren total merkwürdig gewesen. Den Drang, zu sprechen, musste man sich regelrecht abtrainieren, das war in den Anfangsphasen richtig anstrengend.

Sie befreite den Tisch von ihrem ausgespuckten Tee und winkte lächelnd ab, als die andere Frau ihr den Lappen aus der Hand nehmen wollte, um das für sie zu übernehmen.

Bis sie schließlich ihren Tee ohne weitere Unfälle getrunken hatte, war die Dämmerung bereits fortgeschritten. Sie stand auf, spülte ihre Tasse ab und hob zum Gruß die Hand. Den Blick der anderen spürte sie auf sich, bis sie aus dem Saal war.

Sie hoffte, dass die Strickjacke, die sie sich aus dem Schlafzimmer mitgenommen hatte, reichen würde für einen Gartenspaziergang. Der Frühling war längst angebrochen, aber die Nächte und Morgen waren immer noch frisch, beinahe kalt. Hier im Schwarzwald sowieso.

Die Tür zum Garten musste sie erst von innen aufsperren, bevor sie sie aufstoßen konnte. Es war tatsächlich kalt, aber das machte nichts. Ein paar Minuten würde sie schon aushalten. Ein kühler Wind blies von den nahen Wäldern her über das Gelände des Yoga-Zentrums. Er zerrte an ihren geflochtenen Haaren und brachte sie dazu, die Strickjacke eng um den Körper zu ziehen. Der Kies unter ihren Turnschuhen knirschte wie der feste Schnee, über den sie bei ihrer Wanderung im Fichtelgebirge gelaufen war.

Mit diesem Schneetag hatte alles angefangen. Da war sie Rick rettungslos verfallen. Wie ihr Herz gehämmert hatte, als er ihr seine alten Lederhandschuhe angeboten hatte und ihre Hände das weiche, von ihm gewärmte Innenfutter berührt hatten. Da hatte sich nicht nur Wärme in ihr ausgebreitet, Hitze war emporgestiegen. Es war, als hätte er ihre mit seinen eigenen Händen gewärmt.

Auf dem Nußhardt war ihr klar geworden, dass auch er Interesse zu haben schien. Er hatte geflirtet, was das Zeug hielt, und ihr war noch heißer geworden. Der Moment, als er in der Zoiglstube ihre Hand genommen hatte, war für sie der Point of no Return gewesen. Sie war ihm komplett verfallen. Warum sie seine Liebesbekundung bisher noch nicht erwidert hatte, war ihr selbst ein großes Rätsel. Alles in ihr schrie danach, ihm zu sagen, wie sehr sie ihn mochte. Aber es wollte einfach nicht über ihre Lippen. Hatte sie vielleicht Angst, dass es anschließend unumkehrbar wurde? Dass sie danach ohne ihn nicht mehr sein konnte? Sie schüttelte über sich selbst den Kopf. Wie blöd musste sie eigentlich sein, dass sie aus Verlustängsten heraus ihre Liebe nicht gestehen konnte?

Der Kiesweg hatte sie zu dem Zierteich am anderen Ende des Gartens gebracht. Einige Sumpfdotterblumen am Rand blühten bereits, der Rest sah noch nach Winterschlaf aus. Das Wasser war sicher sehr kalt. Bei dem Gedanken fröstelte es sie noch mehr. Der Wind frischte weiter auf und im nahen Wald rauschte es. Sie konnte ihn über die hohen Hecken, die den Garten umgaben, nicht sehen, aber sie spürte die Anwesenheit der Bäume. Sofort reiste sie im Geiste nach Oberfranken, zu Ricks Grundstück. Das hier würde sie dort jeden Tag haben können, ohne es mit jemand anderem als Rick teilen zu müssen, dachte sie, als sie Schritte hinter sich auf dem Kiesweg hörte. Eine ihrer Zimmergenossinnen spazierte ebenfalls durch den Garten. Sie lächelten und nickten sich zu. Unverhofft kam ihr wieder das merkwürdige Telefonat, das Rick vor ihrem Laden geführt hatte, in den Sinn. Hoffentlich hatte sich nicht schon jemand anderes in Ricks Leben geschlichen. Nein, sicher nicht. Entschlossen schüttelte sie den Kopf.

Mittlerweile hatten wohl auch die übrigen Seminarteilnehmer den Weg aus dem Bett gefunden und sicher war es bald Zeit für die erste Einheit an diesem Tag. Pranayama, Atemübungen. Die waren nicht so ihr Ding, oft wurde ihr dabei so schwindelig, dass sie sich auf nichts anderes konzentrieren konnte. Ihr ohnehin niedriger Blutdruck fiel bei einigen Übungen noch weiter in den Keller. Da musste sie vor allem in der Schwangerschaft aufpassen. Aber sie hatte im Vorfeld schon mit den Kursleitern darüber gesprochen und würde manches auslassen. Man würde ihr die entsprechenden Hinweise dann geben.

Sie ging rein und trank noch einen Tee. Der Tag konnte beginnen, sie war bereit.

Die Meditationsstunde nach dem leichten Mittagessen war beinahe zu Ende, da erhoben sich im Foyer laute Stimmen. Unruhe kam in die Gruppe. Man sollte zwar aufkommende Geräusche in die Meditation integrieren, aber gelingen wollte das nicht immer. Vor allem dann nicht, wenn die Stimmen so aufgebracht waren.

Tamara konnte nicht verstehen, was gesagt wurde, aber plötzlich stutzte sie. Hatte sie ihren Namen gehört? Na, sicher nicht, da musste sie sich verhört haben. Da: wieder. Jemand rief ihren Namen, über die andere Stimme hinweg. Eine Männerstimme, die sich irgendwie anhörte wie ... RICK!

Jetzt konnte man es gut verstehen. Die Streitenden kamen die Treppe nach oben und näherten sich. Plötzlich schwang die Tür auf und alle im Raum drehten sich erschrocken um. Da stand er, seine kurz geschnittenen Haare zerzaust, das Rot seiner Wangen schimmerte durch die Bartstoppeln. Sein suchender, gehetzter Blick traf ihren und er starrte sie mit einer verstörenden Mischung aus Kälte und Erleichterung an. Die Luft zwischen ihnen gefror. Dann drehte er sich abrupt um und ging zurück zur Treppe.

Keiner im Raum hatte ein Wort gesprochen. Bis jetzt.

„Hey! Was sollte das? Hallo?", rief eine zierliche Frau mit roten Haaren aufgebracht.

Tamara wollte aufspringen und hinter ihm her, aber es ging nicht. Sie musste beide Hände zur Hilfe nehmen, um ihre eingeschlafenen Beine voneinander lösen zu können.

„Mist, verfluchter!", schimpfte sie laut, was ihr die volle Aufmerksamkeit der entsetzten Kursteilnehmer einbrachte.

Sie rieb sich eilig die Füße, damit etwas Gefühl hineinkam, und versuchte wieder, aufzustehen. Humpelnd und barfuß machte sie, dass sie hinter Rick herkam. Das Kribbeln der aufwachenden Glieder ließ sie aufstöhnen. Sie hielt sich kurz am Treppengeländer fest, bis es etwas abgeebbt war, und stieg dann vorsichtig die breite Holztreppe hinunter. Der Meditationsraum war im ausgebauten Spitzboden des Hauses untergebracht. Ihre Füße und Beine waren erst vollständig aufgewacht, als sie im Erdgeschoss angekommen war.

Suchend blickte sie sich um. Durch die Glastür am Eingang konnte sie Rick draußen auf dem Parkplatz stehen sehen, neben ihm die Leiterin des Seminarhauses. Sie redete wütend auf ihn ein, aber sein Gesichtsausdruck wirkte leer und unbeteiligt. Sie musste das geradebiegen, unbedingt. Sonst würde sie ihn verlieren, wenn es nicht schon passiert war.

Eilig drückte sie die Tür auf. Etwas zu schwungvoll, denn laut krachte sie gegen den Türfeststeller am Boden. Rick und die Leiterin rissen erschrocken ihre Köpfe herum. Peinlich. Na egal, sehr viel peinlicher konnte es eh nicht mehr werden. Die Kieselsteine stachen ihr in die nackten Fußsohlen. Auch egal. Sie schritt auf die beiden zu, die sie immer noch anblickten, die Leiterin verwirrt und Rick eindeutig wütend.

„Frauke, es tut mir unendlich leid", begann Tamara, als sie sie erreicht hatte. Beschwichtigend hob sie beide Hände. „Ich habe einen großen Fehler gemacht und mich daheim nicht abgemeldet, bevor ich hergekommen bin. Er ist nur aus Sorge hergekommen und hat mich gesucht."

„Und aus Wut", murmelte Rick leise.

„Wenn Sie nicht gesagt haben, wohin Sie gehen, ist das natürlich furchtbar. Und der Herr hier hat allen Grund, erzürnt zu sein. Aber ich lasse mich trotzdem nicht anschreien und aus dem Weg schieben!" Frauke wandte sich wieder Rick zu und stützte die Hände wütend in die Hüften.

„Entschuldigen Sie bitte", sagte Rick schließlich deutlich zerknirscht zu ihr. „Ich war ewig unterwegs, stand anderthalb Stunden im Stau und habe etwa dreißigmal versucht, hier anzurufen. Es wäre echt hilfreich gewesen, wenn da mal jemand rangegangen wäre. Ich habe ein bisschen die Nerven verloren."

„Sie haben hier angerufen? Aber das Telefon hat nicht geklingelt. Ich war den ganzen Vormittag im Büro und habe keinen Anruf erhalten. Vielleicht ist etwas mit der Leitung nicht in Ordnung. Es hat in letzter Zeit immer mal wieder so kleine Aussetzer gegeben." Ihr Blick wurde milder. „Das tut mir leid. Sie haben sich sicherlich große Sorgen gemacht. Vergessen wir das Ganze." Sie reichte Rick die Hand und der schüttelte sie.

„Nochmals Entschuldigung für meinen Auftritt. Ist mir sehr peinlich", sagte er.

„Schon gut. Sie beide werden einiges zu klären haben, so wie ich das hier sehe. Wenn Sie die anderen Teilnehmer hier nicht noch einmal stören, dürfen Sie gerne solange bleiben. Im Speiseraum sind Tee und Obst, bitte bedienen Sie sich. Und fahren Sie in Ihrem momentanen Zustand bitte nirgendwo mit dem Auto hin. Da wär ich Ihnen dankbar." Sprachs und ließ sie beide allein.

Tamara spürte Ricks Blick auf sich. In die Augen sehen konnte sie ihm nicht. Sie schaute an ihm vorbei auf einen schwarzen BMW mit Wunsiedler Kennzeichen. Bastians Auto. Gott. Hatte sie mit ihrer Aktion alle mobilisiert? Die Scham stieg ihr von der Kehle ins Gesicht und hinab in den Magen.

„Was glaubst du, was du hier machst?" Ricks Stimme war leise. Gefährlich leise. Unterdrückte Wut mischte mit.

„Ich ... es war spontan. Und ich hab aus Versehen mein Handy liegen lassen. Ich hab nicht richtig drüber nachgedacht. Ich ..."

„Ich meine", unterbrach er sie, „dass du hier barfuß in der Kälte stehst."

„Ach so … Ich hatte Meditationssitzung und …" Sie brach ab. Worüber wollte sie diskutieren? Er hatte völlig recht. „Lass uns reingehen. Ich zieh mir was Warmes an und wir gehen hinten in den Garten. Da werden wir sicher einen ruhigen Ort zum Reden finden." Zum ersten Mal traute sie sich, ihm in die Augen zu schauen. Die Kälte war immer noch da, aber Wut konnte sie keine mehr erkennen. Vielleicht gab es ja doch noch Hoffnung.

Der Kies drückte ihr unangenehm in die Fußsohlen, als sie den Parkplatz zum Seminarhaus überquerte. Seine Schritte konnte sie hinter sich hören. Wenigstens war er gesprächsbereit. Das war schon mal gut.

Drinnen waren die anderen Seminarteilnehmer überall im Haus unterwegs. Es war wohl die freie Zeit bis zum Abendessen angebrochen. Niemand sprach, aber alle beäugten sie und vor allem Rick teils vorsichtig, teils unverhohlen neugierig.

„Warte kurz hier", flüsterte sie, als sie an ihrem Mehrbettzimmer angekommen waren. Drinnen war zum Glück niemand. Sie zog sich Socken und Schuhe an und schnappte sich ihre Jacke, die über ihrer geöffneten Reisetasche lag.

Wieder bei Rick, ging sie schweigend an ihm vorbei, durchquerte mit ihm im Schlepptau das Speisezimmer, sich der vielen Augenpaare bewusst, die sie anstarrten, und betrat den Garten. Sie hoffte, dass im hinteren Bereich mit dem Teich keiner war. Zügig schritt sie weiter voran, an zwei leise tuschelnden Frauen vorbei, die sofort verstummten, als sie sie sahen. Eine davon war die zierliche Rothaarige, die Rick so empört angesprochen hatte. Tamara versuchte, den unangenehmen Moment mit einem sanften Lächeln zu übergehen. Fehlanzeige, es blieb genauso unangenehm. Sie spürte die Blicke der beiden, als sie an ihnen vorbeigegangen waren.

Am Teich war zum Glück tatsächlich niemand. Sie setzte sich auf die Bank am Steg, der beinahe bis zur Hälfte der großzügigen Wasserfläche reichte.

„Was ist das hier für 'ne komische Sekte? Ist so seltsam still", stellte Rick fest.

„Ein Schweigeseminar", antwortete Tamara knapp.

„Oh", machte Rick. Langsam ließ er sich neben sie auf der Bank nieder. „Das macht die ganze Scheiße noch ein Stück peinlicher."

Ja, da hatte er recht. Aber er konnte nichts dafür.

„Dir muss es nicht peinlich sein. Mir ist es peinlich. Ich habe es verursacht. Dich trifft keine Schuld." Ihr Blick war starr geradeaus gerichtet. Prickeln in ihrem Gesicht sagte ihr, dass er sie ansah. Lange. Schweigend. Er wartete darauf, dass sie sich erklärte. Krampfhaft überlegte sie, wie. Wo sollte sie anfangen?

„Ich wollte nicht spurlos verschwinden. Es war eher ein Unfall. Ich hatte die spontane Idee, hab mir noch einen Platz organisieren können und dachte, ich würde dann Tommy und dir Bescheid geben, wenn ich im Zug sitze. Weil noch etwas Zeit bis zum Zug war, hab ich schnell was für Delia besorgt und den lange überfälligen Besuch bei ihr gemacht. In der Hektik habe ich dann wohl mein Handy zu Hause vergessen, aber aufgefallen ist es mir erst, als ich schon über eine Stunde im Zug unterwegs war. Umkehren wollte ich nicht, aber eure ganzen Telefonnummern sind mir auch nicht mehr eingefallen. Also bin ich mit schlechtem Gewissen hierhergefahren. Ich hätte nicht gedacht, dass es Tommy überhaupt auffällt, dass ich nicht da bin."

„Tommy war außer sich vor Sorge. Er hat mich gestern Abend völlig aufgelöst angerufen. Er macht sich allgemein sehr große Sorgen um dich. Du bist in letzter Zeit nicht mehr du selbst. Apropos Tommy", unterbrach er sich und kramte in der Jackentasche nach seinem Handy. „Ich muss den anderen kurz sagen, dass ich dich gefunden habe. Du hättest Maike sehen sollen. Sie ist fast gestorben vor Angst."

Tränen der Schuld stiegen ihr in die Augen, als sie sagte: „Das tut mir so leid. Aber ich musste da raus, Rick. Die Stadt wollte mich unter meinen Gedanken begraben und ersticken."

Er blickte von seinem Handy auf und sah ihr lange in die Augen. Immer mehr Tränen drängten nach, bis sie alles nur noch verschwommen sehen konnte.

„Es ist okay, Tamara. Ich bin nicht hierhergefahren, um dir eine Strafpredigt zu halten. Ich bin hier, weil ich mir Sorgen gemacht habe. Und weil ich Antworten will. Jetzt!"

Er streckte seine Hand nach ihrem Gesicht aus und strich ihr sanft die Tränen von der Wange. Aber der Strom riss nicht ab, bei Tamara brachen alle Dämme. Alles Angestaute der letzten Wochen floss aus ihr heraus. Der harte Zug um seinen Mund wurde weicher. Er streichelte ihren Kopf und zog sie schließlich sanft in seine Arme. Sie konnte nicht sagen, wie lange sie ihm in die Jacke geweint hatte, als sie sich von ihm löste. Ausgiebig schnäuzte sie sich in ein Tuch, das sie in ihrer Hose fand, und begann endlich zu erzählen.

Simon

„Du weißt, dass ich es immer geliebt habe, zu schwimmen", begann sie. Rick nickte. „Ich habe wirklich hart trainiert, zusammen mit Maike. Wir waren auch echt gut. Wenn Wettbewerbe anstanden, hat unsere Trainerin immer versucht, das Beste aus uns rauszuholen. Und es funktionierte, ich war ziemlich erfolgreich, weil meine Beinarbeit prima war. Maike konnte da nicht ganz mithalten, aber blieb immer eisern dran. Es war unser Hobby und wir liebten es.

Ich weiß noch, dass ich mir an dem Tag, an dem alles angefangen hat, überlegt hatte, meine langen Haare etwas abschneiden zu lassen. Es nervte einfach, sie ständig föhnen zu müssen oder mit nassen Haaren herumzulaufen. Aber mein damaliger Freund Simon liebte sie, so wie sie waren. Also hatte ich mich bis dahin immer gegen das Abschneiden entschieden.

An dem Tag war ich nachdenklich. Maike merkte es und ich meinte nur, ich würde über eine neue Frisur nachdenken. Das hat sie besänftigt, aber eigentlich hatte ich ein ganz anderes Problem. Ich hatte seit Wochen meine Periode nicht bekommen. Gut, das kommt vor, wenn man im Leistungstraining ist. Das war schon öfter passiert, vor allem vor Wettkämpfen. Aber diesmal kam es mir trotzdem seltsam vor." Tamara schluckte schwer und Rick griff nach ihrer Hand.

„Meinem Freund hatte ich davon erzählt und er meinte, ich solle doch mal testen. Also bin ich auf dem Heimweg in einer Drogerie vorbei", sie stockte kurz und grinste, „ohne zusammengeschlagen zu werden." Das quittierte Rick mit hochgezogenen Augenbrauen. Tamara wurde wieder ernst. „Zu Hause hab ich den Test gemacht. Positiv. Puh. Das war eigentlich ein richtig blöder Zeitpunkt, denn ich war gerade mal in der Mitte meines Grundschullehramtsstudiums. Simon war in seinem Studium zwar weiter, aber bis er eine Stelle als Gymnasiallehrer kriegen würde, dauerte das auch noch. Erst mal käme Referendariat und so. Ich hätte mein Studium länger auf Eis legen müssen, was mich etwas ärgerte. Aber über Geld machte ich mir keine Sorgen, meine Eltern würden mich nicht hängen lassen, auch wenn sie mir eine Moralpredigt halten würden, und Simon kam aus einer reichen Familie. Also kein Grund, in Panik zu verfallen.

Das Testfeld zeigte mir ziemlich schnell den zusätzlichen Strich. Wie auf Kohlen wartete ich auf Simon, der noch nicht zu Hause war. Als ich die Tür hörte, sprang ich ihm gleich entgegen und hielt ihm den Test vors Gesicht. Er war komplett aus dem Häuschen. Total begeistert." Sie brach kurz ab und blickte lange in Ricks ernstes Gesicht. Sie hoffte, dass es ihn nicht verletzte, dass sie ihrem Ex damals sofort den Test gezeigt und Rick die Schwangerschaft so lange verschwiegen hatte. Aber sie wollte ihm nichts mehr verschweigen. Zum Glück wirkte er aber nicht verletzt, sondern eher konzentriert, gespannt. Also fuhr sie fort.

„Wir waren überglücklich, denn wir liebten Kinder beide über alles. Wir hatten uns in einem Förderverein für Migrantenkinder kennengelernt, studierten beide Lehramt und wollten unbedingt mal eine große Familie haben. Ich bin Einzelkind und habe mir immer Geschwister gewünscht, genau wie er. Wir wollten das Gleiche und am besten zusammen. Also feierten wir diesen glücklichen Moment und freuten uns wie irre auf das Kind. Wir schmiedeten Pläne, stellten Ernährung und Alltag um und beim Training gab ich eine Muskelzerrung vor, um aus dem Wettbewerbstraining zu kommen. Es funktionierte und ich tat so, als wäre ich enttäuscht, aber hatte doch ein ziemlich schlechtes Gewissen Maike gegenüber. Wir wollten allen erst nach dem dritten Monat von der Schwangerschaft erzählen, also spielte ich die Verletzte.

Mein Frauenarzt war kurz zuvor in Rente gegangen und so dauerte es einige Zeit, bis ich einen Termin bei einer anderen Frauenärztin bekam, erst gute zwei Wochen später. Einige Tage vorher hatte ich Bauchschmerzen, aber da ich keine Blutung hatte, dachte ich an eine Magenverstimmung wegen der Ernährungsumstellung. Dass es etwas mit der Schwangerschaft zu tun haben könnte, glaubte ich nicht." Neben ihr zog Rick scharf Luft ein.

„Wie du dir vielleicht schon denken kannst, hab ich mich dahingehend gehörig geirrt. Am Tag des Arzttermins ging es mir richtig dreckig. Mir war schlecht und die Schmerzen waren so stark wie noch nie. Ich saß auf der Toilette und krümmte mich. Simon war nicht da, der war schon in der Uni, weil er ein wichtiges Referat halten musste, also kratzte ich meine letzte Kraft zusammen und machte mich allein auf den Weg zur Ärztin. Die Busfahrt kam mir vor wie eine Ewigkeit und ich bekam plötzlich das Gefühl, in die Hose gemacht zu haben. Panik stieg in mir auf. Ich schleppte mich den kurzen Weg von der Bushaltestelle zur Praxis, der mir vorkam wie eine Marathonstrecke. In der Arztpraxis dann musste ich mich an der Wand festhalten. Ich war eigentlich fit vom Training, aber da keuchte ich, als wäre ich gerade drei Rennen hintereinander geschwommen. Ich bin an der Wand zu Boden gesackt und konnte vor Schwindel und Schwäche nicht mehr aufstehen.

Dann weiß ich nur noch, wie die Arzthelferin erschrocken auf mich zugestürmt ist, mir hochgeholfen, mich auf eine Liege bugsiert und nach der Ärztin gerufen hat. Ich hab ihr noch meinen Namen sagen können und dass ich schwanger wäre, und danach weiß ich nichts mehr."

Diese Geschichte zu erzählen, zum ersten Mal und nach all der Zeit, verlangte ihr alles ab. Sie schluchzte laut auf und weinte erneut. Rick streichelte ihr in kreisenden Bewegungen den Rücken, sagte aber nichts. Was sollte man auch sagen, um jemanden zu trösten? Seine Nähe war ihr wichtiger. Nach und nach beruhigte sie sich wieder und konnte weiterreden.

„Geräusche weckten mich. Ich konnte sie nicht zuordnen, aber auch nicht die Augen aufmachen. Ich wollte auch nicht. Das Licht hinter meinen Augenlidern blendete mich. Nach einiger Zeit, keine Ahnung wie lange, hörte ich leises, regelmäßiges Piepsen und gedämpfte Stimmen. Bewegen konnte ich mich nicht, es fühlte sich an, als wäre ich unter einem Haufen Sand begraben. Beim Atmen gab es einen merkwürdigen Widerstand, als würde etwas von außen gegen meine Luftröhre drücken. Aber bevor ich das richtig einordnen konnte, bin ich wieder weggedämmert.

Wie lange diese Aufwachphase gedauert hat, kann ich beim besten Willen nicht sagen. Irgendwann bin ich zu mir gekommen und spürte eine Atemmaske auf dem Gesicht. Außerdem lag ich in einem Bett. Mein Kopf fühlte sich an, als würde ein Bienenschwarm darin herumschwirren und mein Körper war unendlich schwer. Aber ich konnte mich bewegen. Immerhin. Hin und wieder kam Pflegepersonal und redete mit mir. Man brachte mich in ein anderes Zimmer und ich konnte endlich einem Pfleger Simons Nummer sagen. Ich muss dann erneut eingeschlafen sein, denn als ich das nächste Mal wach wurde, saß Simon neben mir. Er war so blass wie die Wände meines Krankenzimmers. Mit Tränen in den Augen hat er mir immer wieder über den Kopf gestreichelt.

Dann kam irgendwann ein Arzt herein und verkündete uns, dass ich eine Eileiterschwangerschaft gehabt hätte und beinahe verblutet wäre. Es hatte nämlich schon einen Eileiterdurchbruch gegeben. Nur durch die schnelle Reaktion der Frauenarztpraxis und weil ich zur richtigen Zeit am richtigen Ort war, konnte das Schlimmste verhindert werden. Ich weiß noch, wie kalt und feucht Simons Hände während des Gesprächs waren."

Ein Entenpärchen schwamm friedlich über den Teich, dessen Wasseroberfläche durch einen aufkommenden Luftzug unruhig schimmerte. Schweigend reichte Rick ihr ein Taschentuch. Sie nahm sich Zeit, ihre Augen und Nase zu trocknen, bevor sie weitersprach.

„Sie hatten mich notoperieren und den betroffenen Eileiter mitsamt dem Embryo entfernen müssen. Nach weiteren Untersuchungen stellte sich dann heraus, dass der verbliebene Eileiter undurchlässig war. Durch diese Endometriose wäre ich nicht in der Lage, noch mal Kinder zu bekommen, meinten sie." Sie lachte kurz auf. „Tja. Da haben sie sich wohl getäuscht." Auch Rick schnaubte.

„Was für ein Glück", sagte er mit rauer Stimme.

„Hätte ich das damals nur gewusst. Für uns ist eine Welt zusammengebrochen. Simon und ich weinten an dem Tag so lange, bis keine Tränen mehr übrig waren. Es war schrecklich.

Weil wir bisher niemandem von der Schwangerschaft erzählt hatten, beschloss ich, es dabei zu belassen, bis ich wusste, wie ich mit der Situation umgehen sollte. Also habe ich jedem die Geschichte einer Blinddarmoperation aufgetischt. Da der entfernte Eileiter ebenfalls auf der rechten Seite war und ich nicht auf einer Frauenstation, sondern der inneren Medizin lag, zweifelte auch niemand daran. Nach etwa einer Woche wurde ich entlassen.

Als ich wieder zu Hause war, wirkte Simon wie ausgewechselt. Er redete kaum noch und schlich blass und stumm durch die Wohnung. Wir sprachen nicht über die Situation und die Trauer, die wir beide empfanden, verband uns nicht. Sie trennte uns und entfernte uns weiter voneinander, als würden wir auf verschiedenen Kontinenten leben. Die Erleichterung, gerade noch mit dem Leben davongekommen zu sein, wich der Angst, fortan ein Leben ohne Sinn zu führen. Ich konnte mir ein Dasein ohne Kinder nicht vorstellen. Wofür war meine Existenz dann gut? Und zum Schock über die Diagnose gesellte sich die Sorge, dass Simon mich verlassen würde, wenn er mit mir keine Familie gründen konnte.

Ich traute mich nicht, es anzusprechen. Ich liebte ihn. Er durfte mich einfach nicht verlassen, wie sollte ich das verkraften? Etwa zwei Monate nach der Operation setzte er sich zu mir auf die Couch und offenbarte mir seine Seelenqualen. Es hätte ihm so sehr das Herz gebrochen, dass er mich kaum mehr anschauen könnte. Ich täte ihm so leid, dass er sich unangenehm in meiner Gegenwart fühlte. Und dass ich mit niemandem darüber sprach und selbst ihm gegenüber schwieg, würde ihn zerstören. Ich sollte mir helfen lassen; er hatte keine Kraft mehr. Und so packte er seine Sachen und zog noch am selben Tag zu seinen Eltern."

„Ich kann nicht glauben, dass er dich hat sitzen lassen", unterbrach Rick sie.

„Er kam einfach nicht klar, Rick. Und ich war schrecklich zu ihm zu dieser Zeit. Er musste weg, um sich selbst zu schützen. Das habe ich später verstanden. Ich bin ihm nicht mehr böse", meinte Tamara und streichelte Ricks Hand, die er auf ihr Bein gelegt hatte.

„Und so zerbröckelte mein gewohntes Leben. Ich zog eine Woche später aus der gemeinsamen Wohnung aus und zu Tommy. Er verdiente endlich genug Geld mit seinen Auftritten als Dragqueen, dass er es sich leisten konnte, eine schicke Bleibe anzumieten. Die Untermiete, die er verlangte, war ein Witz im Gegensatz zur Miete der üblichen ‚Wohnklos' in Frankfurt. Fast, als wollte er überhaupt kein Geld von mir. Er und auch Maike merkten irgendwie, dass nicht nur die Trennung von Simon ein Grund für mein seltsames Verhalten war. Aber ich sprach es nicht aus.

Für die Uni hatte ich keine Kraft mehr. Ich verpasste Prüfungen und beschloss schließlich, meinen Traum vom Grundschullehramt aufzugeben. Mit Kindern konnte ich nicht mehr arbeiten. Ich gab jegliche freiwillige Arbeit auf und beendete zu Maikes großem Entsetzen auch meine Schwimmkarriere. Ich konnte mich einfach nicht vor irgendwem ausziehen, und wenn es nur Maike war. Ich hatte Angst, dass jeder, der die Narbe sieht, meine Lüge durchschauen könnte. Und dann müsste ich von der schlimmsten Zeit meines Lebens erzählen. Das wollte ich auf gar keinen Fall. Damals glaubte ich, wenn ich es nicht aussprechen würde, würde es auch nicht zur Realität werden.

Ich verlor immer mehr die Verbindung zu meinem Körper. Die Stimmungsschwankungen wurden für mein Umfeld zu einer Qual. Alle dachten, dass es Liebeskummer war, wegen Simon, und ich ließ sie in dem Glauben. Der Hass gegen meinen eigenen Körper ging so weit, dass ich sogar eine Essstörung entwickelte. Dieses finstere Tal durchschritt ich ein gutes Jahr, bis ich eines Tages im Fernsehen eine Doku über Yoga sah. Yoga könne verlorene Verbindungen zum eigenen Körper wiederherstellen, hieß es. Man würde seinem Körper dadurch wieder mehr Vertrauen schenken können. Warum nicht, dachte ich, alles war besser, als nichts zu tun. Und so meldete ich mich für einen Kurs an.

Ich sah es als Wink des Schicksals.

Es tat mir gut. Schnell schloss ich neue Bekanntschaften und da keiner die alte Tamara kannte, musste ich auch niemandem etwas vormachen. Ich recherchierte über Meditation, Yoga und fernöstliche Praktiken zur Geisteserweiterung und fand Freude daran. Zum ersten Mal seit endlos langer Zeit.

Gedrängt von meiner Familie schrieb ich mich dann doch für ein neues Studium ein, denn eine Alternative fiel mir eh nicht ein. Also begann ich, Vorlesungen zu Vergleichenden Religionswissenschaften und Philosophie zu besuchen. Die alte Tamara wurde von der neuen Tamara verdrängt und die neue Tamara war auf der Suche nach sich selbst und vertraute sich und ihrem

Körper mehr denn je. Sie hatte alles im Griff, konnte sich in Positionen halten, die vollste Körperbeherrschung erforderten, konnte in sich versinken und ihre Gedanken zum Verstummen bringen.

Die neue Tamara behauptete, keine Kinder zu wollen, wenn sie gefragt wurde. Die neue Tamara war ein Vorbild für andere, wenn es darum ging, in sich zu ruhen oder Lösungen für die Probleme des Lebens zu finden. Aber die alte Tamara wartete unbemerkt auf eine Gelegenheit, wieder hervorzukommen, das Ruder an sich zu reißen und die alten Wunden aufbrechen zu lassen, die nie geheilt waren."

Wasser

„Diese Situation hat die alte Tamara wieder hervorgeholt. Von der ich dachte, dass ich sie besiegt hätte. Dass ich sie überwunden hätte." Sie schnäuzte sich kräftig in ein neues Taschentuch, das Rick ihr hinhielt.

„Die kannst du nicht besiegen. Sie ist du. Und das bleibt sie. Für immer." Er sah sie mit einem traurigen Blick an. Seine Augen waren noch feucht von den Tränen, die er mit ihr zusammen bei ihrer Geschichte vergossen hatte.

„Aber ich hasse sie."

„Warum? Weil das passiert ist? Ist das deine Schuld? Hättest du etwas anders machen können?"

„Ich hätte es jemandem erzählen können."

„Aha", machte Rick. „Da kommen wir an einen interessanten Punkt. Das Einzige, was du falsch gemacht hast, ist, dass du alles mit dir selbst ausgemacht hast. So etwas kann man nicht alleine schaffen. Kummer und Leid muss man teilen, damit es besser wird. Du hast es aber in dir eingeschlossen. Es konnte nie raus."

Sie schwiegen eine Weile. Er hatte natürlich recht und sie wusste das. Hatte es immer gewusst. Warum sie nie mit jemandem gesprochen hatte, war ihr selbst nicht klar. Irgendwann hatte sie einen Punkt überschritten, wo man es noch hätte sagen können, ohne Schaden in der Beziehung zu den anderen anzurichten.

Eine der Enten landete mit lautem Flügelschlagen auf dem Teich vor ihnen. Sie beobachtete das Tier eine Weile dabei, wie es sich putzte, dann in das Schilf schwamm und verschwand.

„Manchmal, wenn ich morgens über den Verbindungskorridor in die Werkstatt gehe, habe ich das Bild vor Augen, wie ich damals meinen Vater gefunden habe. Es war Samstag und ich schlief meinen Rausch vom Vortag aus. Musste ja schließlich meine Zeit nach dem Abi genießen. Mein Vater war nicht im Haus, als ich aufstand, aber er hat oft an den Wochenenden gearbeitet, seit meine Mutter tot war. Also hab ich einen Kaffee gekocht und bin mit einer Tasse rübergegangen. Er lag in der Nähe der Tür und sah aus, als würde er schlafen, dabei war er schon einige Stunden tot. Hätte ich am Abend vorher nicht gesoffen und hätte ich nicht so lange geschlafen, hätte ich ihn vielleicht rechtzeitig finden können. Seither bin ich nie wieder vom Haus aus mit einer Kaffeetasse rüber in die Werkstatt gegangen. Es reicht schon, dass ich ihn fast immer dort liegen sehe, wenn ich die Tür aufmache."

Er wirkte gefasst und ruhig, als er ihre Hand in seine nahm und ihr tief und eindringlich in die Augen sah. „Es bleibt schwer. Aber weißt du, was ich gemacht habe? Ich habe darüber geredet. Immer wieder. So wie jetzt. Ich denke, Hias, Moni, Frank und Basti können mittlerweile meinen Vater so liegen sehen wie ich damals. Reden ist das Einzige", betonte er, „das wirklich hilft. Dass du mir davon erzählt hast, macht mich unendlich froh."

Seine Geschichte ließ ihre Tränen wieder fließen. In ihr Schweigen mischte sich das Rascheln des Schilfs, als ein kühler Wind aus den Wäldern darüber strich. Fröstelnd zog sie sich die Jacke fester um die Schultern.

„Ich bin gescheitert. So fühlt es sich an", sagte Tamara nach einer Weile. „Ich habe so lange gedacht, dass ich mich, meinen Geist und meinen Körper unter Kontrolle habe."

„Und wie erklärst du dir dann deine Tollpatschigkeit?", fragte Rick und stieß sie neckend mit der Schulter an. Das brachte sie tatsächlich kurz zum Lächeln.

„Ich werde wohl noch etwas an mir arbeiten müssen", sagte sie grinsend. Dann wurde sie wieder ernst. „Zuerst diese Mädchen und dann die Schwangerschaft haben mir völlig die Kontrolle über mich selbst genommen. Das Ganze hat mir meinen Körper weggenommen und auch meinen Geist. Ich konnte seither nicht mehr klar denken."

„Du bist dem Leben begegnet. Das lässt sich nicht kontrollieren. Verabschiede dich von dem Gedanken."

„Ich habe unendliche Angst, dass wieder etwas mit dem Kind sein könnte. Wie letztes Mal." Sie schluckte schwer. Diese Furcht saß in ihrem Nacken und strich immerzu mit kalten Tentakeln über ihr Herz. Seit sie erfahren hatte, dass sie ein Kind bekommen würde, hatte sie diesen Gedanken erfolgreich verdrängt, aber unbewusst war er ständig da gewesen und hatte jegliche Vernunft und die Fähigkeit, Entscheidungen zu treffen, gelähmt.

„Ob alles gut wird, weiß ich nicht", sagte Rick und drückte ihre Hand fester. „Aber ich kann dir versprechen, dass du nichts davon alleine durchmachen musst. Weder das Schlechte noch das Gute. Okay?"

„Okay", antwortete sie leise, während eine dicke Träne ihre Wange kitzelte.

Die Ente tauchte wieder aus dem Schilf auf und schwamm gelassen auf sie zu. Schwimmen ... Sie musste Maike die Wahrheit sagen. Und Tommy. Und ihren Eltern. Sie würden alle sehr verletzt sein. Wie sollte sie es ihnen beibringen? Sie fragte Rick.

„Ich bin mir sicher, dass es sie verletzen wird." Oh. Sie hatte auf eine Aufmunterung gehofft. „Aber ich denke auch, dass sie dir verzeihen. Ich für meinen Teil werde dich nicht bei der

Heimlichtuerei unterstützen, aber ich werde für dich da sein, wenn du es ihnen sagst. Das wird eine riesige Aufgabe, aber das schaffst du schon. Den ersten Schritt hast du ja heute gemacht."

Sie nickte. Dann fiel ihr noch etwas ein, das sie ihm sagen musste. „Ich bin pleite, Rick. Der Mietvertrag für mein Geschäft läuft in zwei Monaten aus und der Vermieter wird die Miete stark erhöhen. Der Laden läuft auch gerade überhaupt nicht und ich kann meine Lieferanten bald nicht mehr bezahlen."

„War der Vermieter der Typ mit dem Anzug, der aus deinem Geschäft gekommen ist?"

Sie nickte nur. Ihr Laden war ihr Traum und er zerbrach. Das tat er zwar schon länger nach und nach, aber in den letzten Wochen sehr konkret. Es belastete sie zusätzlich und sie wusste keine Lösung dafür. „Was soll ich denn jetzt machen? Ich kann doch gar nichts anderes." Wieder begann sie zu weinen.

Zu ihrer Überraschung sah Rick aber gar nicht betroffen aus. Er lächelte.

„Das werden wir hinbiegen, da mach ich mir überhaupt keine Sorgen. Zieh doch zu mir und mach online weiter, und wenn es gut läuft, kannst du dir bei uns irgendwo einen kleinen Laden einrichten. Ich bezweifle, dass die Miete mehr als ein Bruchteil von der in Frankfurt ist. Natürlich werde ich dir dabei helfen und bestimmt unterstützen Maike und Basti dich auch. Sind schließlich unsere Wirtschaftsexperten."

„Wenn sie überhaupt noch mit mir reden."

„Das werden sie. Gib ihnen einfach die Zeit, die sie brauchen. So", er klatschte die Hände auf die Oberschenkel, „jetzt wollen wir mal. Wirst du hierbleiben über das Wochenende oder soll ich dich mit nach Frankfurt nehmen?"

„Äh, weiß nicht." Die Frage verwirrte Tamara. Darüber hatte sie bisher überhaupt nicht nachgedacht. Aber sie wollte sich nicht mehr von Rick trennen, also würde sie wohl das Seminar abbrechen und mit ihm nach Hause fahren. Dass er ihr die Entscheidung überließ, machte sie sehr glücklich.

„Ich denke, ich komme mit dir mit. Die werden mich alle hier nach der Geschichte sowieso nur noch anstarren. Wäre mir unangenehm."

„Sorry", sagte Rick mit entschuldigendem Gesichtsausdruck. „Ich wollte dich nicht in Verlegenheit bringen mit meinem Geschrei."

„Wolltest du eigentlich gleich wieder fahren und gar nicht mit mir reden, als du mich gefunden hattest?" Das interessierte sie jetzt doch. Er hatte nicht den Eindruck gemacht, ein weiteres Wort mit ihr wechseln zu wollen.

„Als ich dich hier sah, war ich so erleichtert und gleichzeitig so sauer, dass ich wirklich sofort wieder fahren wollte. Ich wollte wissen, ob es dir gut geht, und fertig. Irgendwie kindisch. Tschuldigung", sagte er kleinlaut.

„Da fällt mir ein", sagte Tamara, „dass ich unbedingt wissen muss, wer das damals am Telefon war. Du weißt schon, vor meinem Laden."

„Ach das", meinte Rick und verzog das Gesicht. „Das war meine Ex Linda. Die sucht nach ihrer Halskette, seit wir letzten Herbst Schluss gemacht hatten. Meint, dass die irgendwo bei mir wäre."

„Die Kette scheint ihr ja ganz schön wichtig zu sein."

„Wichtiger, als ich es jemals war, so kommt es mir vor", sagte Rick.

„Ihr Glück", meinte Tamara, ihr Gesicht zu einem düsteren Ausdruck verzogen.

„Entschuldigung, wenn du deswegen eifersüchtig warst. Aber du bist auch ganz schön süß, wenn du sauer bist", sagte Rick und grinste sie fröhlich an.

„Aha", machte Tamara und musste gegen ihren Willen sein Grinsen erwidern. „So", beschloss sie nun. „Wir hören jetzt mal auf, uns zu entschuldigen, und verschwinden von hier."

Ruckartig erhob sie sich von der Bank und drehte sich schwungvoll zu ihm um, die Hand nach ihm ausgestreckt. Rick war gleichzeitig mit ihr aufgestanden und so prallte sie mit Schwung gegen ihn und rutschte auf den glitschigen Holzplanken aus. Die Hand noch immer nach Rick ausgestreckt, verstand sie überhaupt nicht, was passierte, da kippte die Welt und sie klatschte in den eiskalten Teich. Der Schock des kalten Wassers trieb ihr die Luft aus der Lunge. Prustend strampelte sie sich an die Oberfläche. Die Ente stob fort und flog schimpfend von dannen.

„Alles okay?", kam es vom Holzsteg her.

„Scheiße, was ist passiert?" Ihre mit Wasser vollgesogenen Kleider zogen an ihr.

„Du bist abgerutscht. Frag mich nicht, wie du das angestellt hast."

Tamara schwamm, so gut es mit den Klamotten ging, am Schilf vorbei auf den Steg zu und ignorierte dort Ricks helfende Hand. Nicht dass sie ihn noch zu sich hineinzog. Kraftvoll und geübt hob sie sich aus dem Wasser und brachte ihren Körper elegant ins Trockene. Tropfend stand sie vor Rick, der das Grinsen nicht verbergen konnte. Patschnass stürzte sie sich in seine Arme.

„Was machst du?", rief er lachend. „Ich werde voll nass!"

Sie umklammerte ihn fester und lachte laut. Als hätte sie das Wasser, ihr Element, reingewaschen, rief sie befreit auf: „Vergiss es! Dich lass ich nie wieder gehen!"

„Haben Sie gebadet?", brach eine Seminarteilnehmerin deutlich entsetzt das Schweigen, als sie beide um die Wette tropfend das Haus betraten.

„Unfreiwillig", antwortete Tamara kurz und zog Rick mit sich zu ihrem Schlafraum. Sehr viel peinlicher konnte es für sie hier nicht mehr werden. Rick ließ sie draußen warten und kramte schnell in ihren Sachen nach Handtüchern, Duschsachen und ihrem Bademantel. Vor der Tür drückte sie Rick alles in die Hand und bugsierte ihn zum Waschraum für Männer.

„Hier. Dusch dich heiß. Ich organisiere derweil trockene Sachen für dich."

Für sich selbst holte sie frische Klamotten aus ihrer Reisetasche und stellte sich unter die heiße Dusche im Frauenwaschraum. Es war höchste Zeit, sie hatte schon zu zittern begonnen vor Kälte. Damit Rick nicht zu lange warten musste, zog sie sich schnell an, verzichtete auf Haarekämmen und Föhnen und eilte zum Büro der Leiterin des Seminarhauses. Sie hatte Glück.

„Frauke, sorry, ich muss dich noch mal belästigen. Uns ist ein kleines Missgeschick passiert und ich bin in den Teich gefallen. Mein Freund ist auch nass geworden." Fraukes Blick wechselte von fragend zu überrascht. „Er bräuchte trockene Kleidung. Gibt es irgendwelche Fundsachen, die du uns überlassen könntest?"

„Na, ihr macht mir Sachen! Meine Güte!", sagte Frauke kopfschüttelnd, stand aber auf und verschwand mit einer Geste, dass Tamara warten sollte, in einem Nebenzimmer. Nach einer Weile kam sie zurück, eine Trainingshose, ein T-Shirt und einen ultrahässlichen mintgrünen Pullover in der Hand.

„Hier. Ist zwar nichts Tolles, aber es ist gewaschen."

„Egal. Ich danke dir, Frauke. Ich werde übrigens mit ihm mitfahren."

„Hab ich mir schon gedacht", sagte Frauke. „Die Rückerstattung überweise ich dir."

„Nein!", beeilte sich Tamara zu sagen. „Ich will nichts zurück. Sieh es als Entschädigung für die Unannehmlichkeiten. Das bin ich dir schuldig, schließlich haben wir die Ruhe hier herausgetragen."

„Wie du willst." Frauke zuckte mit den Achseln. „Du bist trotzdem jederzeit hier willkommen. Ihr könnt ja nächstes Mal zusammen kommen, dann müsst ihr einander nicht suchen." Frauke zwinkerte ihr verschmitzt zu.

„Danke", antwortete Tamara erleichtert und beeilte sich, Rick die Klamotten zu bringen.

Er stand schon wartend in den für ihn zu kurzen Bademantel gehüllt vor dem Männerwaschraum. Als sie ihm die Kleidung hinhielt, schüttelte er lachend den Kopf. „Mannmannmann. Mit dir macht man was mit."

Auf der Fahrt nach Frankfurt redeten sie kaum, sondern hingen jeder seinen Gedanken nach. Sie hatte sich vor der Abfahrt noch die Haare getrocknet, aber kalt war ihr trotzdem. Die Heizung im Auto lief die ersten hundert Kilometer auf Hochtouren. Auch Rick musste frieren, trug er doch nur die dünne, fremde Trainingshose. Der mintgrüne Pullover war ihm an den Ärmeln ein gutes Stück zu kurz.

„Ich werde nicht aussteigen mit den Sachen", sagte er nach einer Weile. „Eher schiff ich Bastis BMW voll, als mich auch nur einen Zentimeter mit dem Zeug aus diesem Auto zu bewegen."

Sie lachten daraufhin so sehr, dass sie kurz darauf beide auf die Toilette mussten. Entgegen seiner Ankündigung war Rick als Erster beim Rasthof aus dem Auto gestiegen.

Als sie gemeinsam zur Toilette eilten, sagte er: „Ich versuche, es mit Würde zu tragen. Gelingt es mir?"

„Unbedingt", sagte sie lachend und hielt ihm die Tür zum Rasthof auf. „Rick?"

„Ja." Er wandte sich um, halb in der Tür.

„Ich liebe dich."

Sein Lächeln überstrahlte das der Sonne, die sich mittlerweile aus ihrem trüben Versteck hervorgetraut hatte.

Tamara konnte Maike und Tommy nicht ins Gesicht sehen, als sie ihre Geschichte beendet hatte. Sie saßen im Wohnzimmer der WG auf der Couch. Tamara hatte es ihnen allein sagen wollen, daher war Rick mit Basti losgezogen.

„Was trinken", hatte Rick nur gesagt. Bräuchte er jetzt.

Und so waren die drei ehemaligen Mitbewohner allein.

Nach einer ganzen Weile, in der keiner von ihnen ein Wort gesprochen hatte, brach Maike das Schweigen: „Ich dachte immer, wir könnten uns alles erzählen. Wie kam es, dass du uns das verschwiegen hast?"

„Ich weiß es nicht. Ist einfach so passiert. Ich wollte niemanden mit meinen Problemen belasten, glaub ich", sagte Tamara kleinlaut. Zum gefühlt hundertsten Mal an diesem Tag traten ihr Tränen in die Augen. Sie waren schon ganz geschwollen und drückten unangenehm.

„Haben wir auf dich irgendwie den Eindruck gemacht, dass du es uns nicht erzählen kannst?", fragte jetzt Tommy.

„Ich weiß", sagte Maike, „dass ich damals sehr mit mir selbst beschäftigt war. Ich hatte immer viel zu tun im Studium, hatte ständig Nebenjobs und mit den Jungs so meine Problemchen. Aber ich hätte alles stehen und liegen lassen, um für dich da zu sein."

„Ich muss mir vorwerfen", sagte Tommy, „dass ich deine Launen und allgemein dein Verhalten damals auf Uni und Liebeskummer geschoben habe. Ich mache mir so große Vorwürfe, dass ich nicht gemerkt habe, dass da eigentlich viel mehr dahintersteckte. Und vor allem, wie schlecht es dir überhaupt gegangen ist. Verzeihst du mir das, Tamara?" Tommy, der sonst immer gefasst war, brach nun ebenfalls in Tränen aus. Das brach Tamara das Herz, sie schlang ihre Arme um ihn und Maike und gemeinsam weinten sie ihren Kummer heraus.

„Ich bin schon sehr enttäuscht", meinte Maike, als sie sich nach einer Ewigkeit wieder voneinander lösten. „Aber das geht weg. Du musst mir nur unbedingt versprechen, dass das nicht mehr vorkommt, ja? Ich will zukünftig alles wissen. Alles Gute, alles Schlechte, egal, zu welcher Tages- oder Nachtzeit und ob ich gerade Stress habe oder nicht. Immer. Versprich es!"

„Ich verspreche es", antwortete Tamara leise.

„Und was dein Geschäft angeht, hat Rick vermutlich wirklich die beste Lösung. Wenn du online verkaufst, ist es egal, wo du bist, denn du brauchst nur ein Büro und ein Lager. Da können dir sowohl Rick als auch Basti auf jeden Fall weiterhelfen. Ein Ladengeschäft könnte in Oberstemmenreuth schwierig sein, denn da gibt es keinen zentralen Marktplatz und wirklich viele Leute sind da nicht im Ort unterwegs. Erst recht nicht zum Bummeln. Andererseits gibt es halt auch kein Angebot. Einige kleine Geschäfte stehen leer, das weiß ich. Vielleicht kennt ja Basti oder einer von den anderen Langmaiers einen der Hausbesitzer. In dem Kaff kennt ja jeder jeden. Da lässt sich sicher was rausfinden." Sie grinste. Tamara erwiderte das Lächeln glücklich.

„So", meinte Tommy schließlich. „Zeit für eine Essensbestellung. Chinesisch, italienisch, mexikanisch? Was darf es sein?"

„Chinesisch!", riefen Maike und Tamara gleichzeitig.

Bastian und Rick kamen erst spät an diesem Abend zurück, Rick deutlich angetrunken, aber bester Laune.

„Wir haben die Großstadt unsicher gemacht", sagte er mit Stolz in der Stimme, als sie nebeneinander in Tamaras Bett lagen. „Zwei Landeier in der weiten Welt. War mal cool irgendwie."

Er griff zu ihr hinüber und zog sie in seine Arme. Nur Sekunden später ging sein Atem sanft und tief. Sie lag noch eine Weile wach und starrte in die Dunkelheit, bevor auch sie, eng von Rick umschlungen, einschlief. Diese Nacht war die erste seit langer Zeit, die sie traum- und sorglos durchschlief.

Epilog

Es roch nach Schnee. Der November war weit fortgeschritten und jeden Tag konnte es zum ersten Mal schneien. Der Unimog und die Schneefräse waren geölt und gewartet und harrten der kommenden Aufgaben. Die Babytrageschale hatte sie auf der Holzplattform abgestellt, während sie heruntergefallene Blätter auf die Stauden rechte, um ihre Beete winterfest zu machen.

Yuna schlief tief und fest, wie fast immer, wenn sie in ihrem Sitz saß. Seit der Geburt waren erst ein paar Wochen vergangen, aber Tamara konnte sich schon gar nicht mehr vorstellen, wie das Leben ohne dieses kleine, zauberhafte Mädchen ausgesehen hatte. Dick eingepackt machte sie im Schlaf an der frischen Luft einen absolut zufriedenen Eindruck.

Tamaras Eltern hatten vergangene Woche kaum mehr nach Hause fahren wollen. Die Wogen hatten sich spätestens seit der Geburt der kleinen Yuna wieder vollständig geglättet. Ihr Vater nannte sie nur „kleines Wunder" und Sabine sprach vom „Goldstern". Es hatte sie sehr verletzt, dass Tamara ihnen ihre Eileiterschwangerschaft von damals verschwiegen hatte, aber die Freude über das dadurch noch unwahrscheinlichere kleine Wesen hatte sämtliche schlechten Gefühle zwischen Tamara und ihren Eltern beseitigt.

Rick hatte alle Möbel des Kinderzimmers selbst gemacht, bis auf das Bettchen. Das war das Gesellenstück von Robin, der zu Recht stolz auf sein Werk war. Fahrbar, höhenverstellbar und mit

Wiegefunktion hatte er sich selbst übertroffen. Praktisch, wenn man nicht nur Akademiker oder Künstler in der Bekanntschaft hatte. Das war eine ganz neue Erfahrung für Tamara.

Sie schob gerade die letzte Rechenladung in ihr Beet, da sah sie Maike um das Haus auf sie zukommen. Ihre Freundin strahlte, wie immer, wenn sie zu Besuch kam. Dass sie ihre Heimat aufgegeben hatten, um in das Fichtelgebirge zu ziehen, und einander jetzt trotzdem noch hatten, war ein Glück, das beide kaum fassen konnten.

„Wo ist denn meine kleine Yuna-Maus?" Sie beugte sich über die Trageschale und strich dem schlafenden Baby sanft über die Wange. „Sie ist so brav."

„Ja, ist sie", sagte Tamara, die neben sie getreten war und den Rechen auf dem Holzpodest ablegte.

„Können wir?", fragte Maike.

„Ja, ich bin so weit. Ich hole nur schnell Rick aus der Werkstatt. Passt du kurz auf Yuna auf?"

„Was für eine Frage!" Vorsichtig nahm Maike den Griff des Babysitzes und trug ihn zurück zum Hof, während Tamara ins Haus ging und im Flur ihre Gartenschuhe und -jacke gegen schickere Exemplare tauschte. Der Gang zur Werkstatt war kalt geworden in den letzten Tagen, da es hier keine Heizung gab. Der Winter kam mit schnellen Schritten ins Fichtelgebirge, daran würde sie sich noch gewöhnen müssen. Sie öffnete die Metalltür und versuchte, im Chaos der Bretter und Möbelteile Rick ausfindig zu machen. Da war er, kam gerade aus der Kaffeeküche. Sie winkte und er winkte zurück.

„Hi Tamara", sagte Arno, der seine Schleifarbeiten kurz unterbrach, um sie zu grüßen. „Geht's los? Besichtigt ihr es jetzt?"

„Ja, geht los. Bin etwas aufgeregt."

„Kann ich mir denken. Hoffentlich taugt's dir."

Gemeinsam mit Rick verließ sie die Werkstatt wieder. Maike hatte derweil die Sitzschale auf ihrer Rückbank befestigt und so konnten sie direkt zu ihr ins Auto steigen.

„Also los. Da bin ich jetzt aber gespannt", sagte Maike, als sie den Wagen gestartet hatte und sie über den Hof rollten. „Basti meinte, es wäre perfekt für dich. Die Lage ist zwischen zwei leer stehenden Geschäften, die allerdings seit Kurzem auch wieder vermietet sind. In das eine soll ein Bastel- und Dekoladen kommen und in das andere zieht wohl ein Schuhmacher ein. Die Initiative zur Wiederbelebung der Ortsmitte hat anscheinend Früchte getragen. Bastians Vater Alois ist tierisch stolz auf seinen Einsatz."

„Kann er auch sein", meinte Rick. „Vielleicht erleben wir ja tatsächlich eine Renaissance des alten Glanzes."

„Und dein Lager ist nicht allzu weit weg", ergänzte Maike.

Bastian hatte Tamara für ihr Online-Geschäft einen Teil des Lagers der alten Brennerei zur Verfügung gestellt, in dem die *Borderline Spruces* immer ihre Bandproben hatten. Die Miete, die er dafür verlangte, war ein Witz gegenüber dem, was ihr ehemaliger Vermieter für den Mini-Laden in Frankfurt gewollt hatte. Bastian hätte es ihr auch umsonst gegeben, aber das hatte sie abgelehnt. Almosen wollte sie nicht.

Mithilfe ihres Vaters, ihrer Freunde und Rick hatte sie sich einen Online-Shop aufgebaut, der von Monat zu Monat besser lief. Da sie Original-Produkte direkt von den Herstellern aus Nepal und Indien bezog und ohne Zwischenhändler arbeitete, konnte sie authentische Waren zu annehmbaren Preisen anbieten. Und es wurde gekauft. Es lief sogar so gut, dass sich kurz vor und nach der Geburt von Yuna ihre Freunde und Rick um die Bestellungen kümmern mussten. Die Arbeit ging ihr nicht aus.

„Da fällt mir ein", sagte Tamara an Rick gewandt, „dass ich beim Putzen im Schlafzimmer heute Morgen eine Halskette gefunden habe. Hinter dem einen Nachtkästchen."

„Mit einem gelben Stein?", fragte Rick. Tamara nickte. „Gott sei Dank. Damit bin ich Linda endlich los. Ich sag ihr Bescheid."

Maike parkte am Dorfteich in der Ortsmitte von Oberstemmenreuth. Rick trug Yunas Kindersitz hinter den beiden Frauen her, die den rumpeligen Gehweg an der Hauptstraße entlang den Berg hochgingen. Ein alter Mann mit Gehstock kam ihnen entgegen und sie mussten alle auf die Fahrbahn ausweichen, da der mürrisch dreinblickende Herr keine Anstalten machte, ihnen etwas Platz zu machen.

„Servus, Korl", grüßte Rick den Mann, ohne eine Antwort oder Reaktion zu bekommen. Maike und Tamara grinsten sich an. So war das hier eben manchmal. Vor einem leeren Schaufenster blieb Maike schließlich stehen.

„Da ist es. Mal sehen, ob Herr Conrad schon da ist." Sie drückte gegen die Glastür neben dem Schaufenster, die auch direkt aufging. Nacheinander traten sie ein. Innen roch es staubig und ein klein wenig modrig.

„Ah, servus!", ertönte es aus einer hinteren Ecke. Der Laden war in der Breite schmal, aber in der Länge tief. Sie hatten den Mann kaum bemerkt, der am anderen Ende gestanden hatte.

„Herr Conrad, ich grüße Sie", sagte Maike und ging auf ihn zu.

„Schee, dass des geglabbt hod. Glasse. Na und wer issn des glaane Wuzala?" Der ältere Herr hatte sich über den Babysitz gebeugt und bewunderte die schlafende Yuna. „Mei is die butzich! Und du bist na Wolfrums Beter sei Bu, gell?", wandte er sich Rick zu.

„Genau", antwortete Rick schlicht.

„Dem dädd sei Engala gfalln. Is mei Freind gwesn, der Beter." Er wirkte kurz etwas traurig, fing sich aber schnell wieder, richtete sich auf und sah die drei erwartungsvoll an.

„Und? Wie gfällts Innern? Mit aweng aner Faab und scheener Möbl wär des doch a glasse Sach für Sie. Möbl wärn ja wahrscheinlich ka Broblem." Er blickte Rick an.

„Na, des wär echt ka Problem", antwortete der.

„Nächst Johr soll die Hauptstroß draußen gmacht wern. Dann dät ich a die Fassade herrichtn lossn. No werds nuch besser. Und? Wos song Sern?" Er blickte Tamara erwartungsvoll an. Die ließ ihren Blick durch den leeren Ladenraum schweifen, ehe sie breit lächelnd antwortete.

„Es ist perfekt."

ENDE

Danksagung

„Was machst du?", fragte Rick und musterte interessiert die vielen Grußkarten, die auf dem Esstisch verteilt lagen.

„Ich schreibe Dankeskarten an alle, die an der Veröffentlichung unserer Geschichte beteiligt waren", sagte Tamara. Sie blickte von der Karte auf, die sie gerade von Hand mit einer riesigen Sonne versah.

„Die ist für Jürgen, ohne den gar kein Wort den Weg aufs Papier gefunden hätte. Für seine Geduld, Aufopferung, Liebe, Ratschläge, den Titel und das Märchen vom Zoiglbrödl!"

„Sieht echt schön aus. Und die hier?", fragte Rick und zeigte auf eine Karte, auf die eine große Tintenfeder gemalt war.

„Die ist natürlich für Simona Turini, die Lektorin dieses Buches: ‚Mit deiner Geduld, deinen tollen Anmerkungen und Anregungen und deinem feinen Humor machst du das Überarbeiten zu einem witzigen und erkenntnisreichen Erlebnis und die Oberfranken-Liebesromane zu einem runden Lesevergnügen. Tausend Dank dafür!'", las Tamara von der Karte ab.

„Was ist das?"

„Ein Buchstabensalat." Tamara grinste, als sie die Karte mit der aufgemalten Salatschüssel voller Buchstaben in die Hand nahm. „Für Maria Rumler, die Korrektorin von ‚Zwischen Zen und Zoigl'. Vielen lieben Dank für das Ausgraben auch der letzten Fehler und deren Korrektur."

Die kleine Yuna regte sich in ihrem mobilen Kinderbettchen, das Tamara zwischen dem Esszimmertisch und dem Sessel aufgestellt hatte.

„‚Das Auge isst mit'", las Rick von der nächsten Karte ab. „Vielen Dank für deine tolle Arbeit mit dem Buchsatz und dafür, dass sich das Auge am Text nicht verschluckt, liebe Linda von Herzkontur!' Ist das ein Feen- oder ein Zauberstab?"

„Eher ein Feenstab, würde ich sagen. Hast du die schon gesehen?" Tamara hielt eine Karte mit aufgemalter Farbpalette und Pinsel in die Höhe. „Die ist auch für Linda. ‚Ich danke dir von Herzen, dass du mir einen Teil deiner Kreativität geschenkt und meine Hirngespinste umgesetzt hast, liebe Linda!'"

Rick griff nach einem kleinen Stapel Karten, die jeweils ein Mädchen zeigten, das mit einem aufgeschlagenen Buch auf einem großen Kissen saß.

„Die sind für die großartigen Testleserinnen Alex, Carola, Heike, Lea, Lisa, Petra, Sabrina, Susann, Susanne und Vanessa. Für ihre Gnadenlosigkeit im Aufzeigen der Schwächen der Erstfassung. Mit ihrer Kritik und ihrem Lob haben sie einen riesigen Anteil an der Entwicklung des Romans beigetragen. Alex und Carola haben außerdem das Oberpfälzisch auf Vordermann gebracht. Ohne die beiden würde sich deine Familie eher wie aus Nieder- oder auch Oberbayern stämmig anhören."

Rick grinste breit. „Gott bewahre", sagte er und zwinkerte ihr fröhlich zu.

„In Carolas Karte steht noch ein besonderer Dank an ihren Mann, der wertvolle Hinweise zum Brauvorgang des Zoigls hatte."

„Infos von Leuten vom Fach sind einfach Gold wert", meinte Rick und Tamara stimmte ihm mit einem Nicken zu.

Yuna begann leise in ihrem Bettchen zu quengeln. „Willst du ihre Windel wechseln?", fragte Tamara, der der unüberriechbare Wind einer vollen Windel in die Nase gefahren war.

„Von wollen kann keine Rede sein." Rick stand auf, gab Tamara ein Küsschen auf die Wange und ging dann zum Kinderbett, um das Werk im Strampler der kleinen Yuna in Augenschein zu nehmen.

Zum Abschluss will ich mich bei allen Lesern und Leserinnen meiner Bücher bedanken. Ohne euch alle würde das Schreiben kaum Sinn ergeben. Es ist ein einsames Handwerk, das seine Daseinsberechtigung erst durch die Bilder in euren Köpfen bekommt. Ihr haucht meiner Arbeit Leben ein.

Wenn diese Geschichte euch Freude gemacht hat, lasst doch ein paar Sterne bei Amazon, Thalia, oder wo auch immer ihr es gekauft habt, zurück. Und besucht mich mal auf meiner Website https://www.melanieschubert.com. Dort habe ich auch einen kleinen Blog, der zwar langsam, aber dafür stetig wächst.

Wer gerne informiert bleiben will, was es Neues von mir gibt, der kann hier meinen Newsletter abonnieren.

Macht's gut und servus! Bis zum nächsten Mal!

Eure

Über die Autorin

© MINT & SUGAR Fotografie

Melanie Schubert lebt im wunderschönen Fichtelgebirge. Im Hauptberuf ist sie als Bauzeichnerin für Tiefbau tätig. Das Schreiben hat erst recht spät Eingang in ihr Leben gefunden. Während eines Literatur- und Pädagogikstudiums in Erlangen begannen Ideen zu eigenen Geschichten in ihrem Kopf zu reifen. „Zwischen Zen und Zoigl" ist ihr zweiter Roman.

Lust weiterzulesen?

Ausgerechnet Oberfranken! Statt nach Hamburg, Brüssel oder London wird die erfolgreiche Unternehmensberaterin Maike aus Frankfurt ins bayerisch-tschechische Grenzgebiet geschickt. Dort machen ihr nicht nur die Provinz und die Einheimischen mit ihrer grummeligen Art zu schaffen. Auch Bastian, der Sohn ihres Auftraggebers ist ein typisches, missgelauntes Exemplar eines Oberfranken. Doch je länger sie dort ist, desto mehr entdeckt sie von der Liebenswürdigkeit des Fichtelgebirges, seiner Einwohner – und auch Bastians ...

Ein Liebesroman, der in Oberfranken spielt? Das ist nicht so unmöglich, wie es sich im ersten Moment anhört ...

Auch als E-Book erhältlich!

Aussicht auf Fichten
Schubert, Melanie
ISBN: 9783755741282 | 240 Seiten
Überall, wo es Bücher gibt!